凛冬将至

［澳］汉娜·肯特——著

彭玲娴——译

BURIAL RITES

BY HANNAH KENT

浙江人民出版社

图书在版编目（CIP）数据

凛冬将至 / (澳) 汉娜·肯特著；彭玲娴译. — 杭州：浙江人民出版社, 2018.6

书名原文: Burial Rites

ISBN 978-7-213-08710-3

Ⅰ. ①凛… Ⅱ. ①汉… ②彭… Ⅲ. ①长篇小说－澳大利亚－现代 Ⅳ. ①I611.45

中国版本图书馆CIP数据核字(2018)第060063号

浙江省版权局著作权合同登记章

图字：11-2018-106

凛冬将至 LIN DONG JIANG ZHI

[澳]汉娜·肯特 著 彭玲娴 译

出版发行 浙江人民出版社（杭州市体育场路 347 号 邮编 310006）
责任编辑 徐 婷 钱 丛
责任校对 陈 春
封面设计 壹诺工作室
印 刷 北京嘉业印刷厂
开 本 880 毫米 ×1230 毫米 1 / 32
印 张 10
字 数 240 千字
版 次 2018 年 6 月第 1 版
印 次 2018 年 6 月第 1 次印刷
书 号 ISBN 978-7-213-08710-3
定 价 45.00 元

如发现印装质量问题，影响阅读，请与市场部联系调换。
质量投诉电话：010-82069336

献给我的父母

关于冰岛人的姓名[1]

冰岛人传统上根据父亲的名字来命名，父亲的名加上“森”（-són）或“多特”（-dóttir）的字尾即为孩子的姓。爱妮丝·马格努多特（Agnes Magnúsdóttir）意译即为“马格努之女爱妮丝”。由于这种传统，冰岛同一家庭中的血亲未必有相同姓氏。

1 译者按：本书中所有姓名均尽可能依冰岛语发音音译（但部分发音为避免姓名过长而省略缩减）；地名除部分依地形意译外，其余依冰岛语发音音译，故与英语发音略有出入。

目录

凛冬将至

001 序曲
003 第一章
032 第二章
053 第三章
080 第四章
105 第五章
132 第六章
149 第七章
185 第八章
209 第九章
228 第十章
250 第十一章
276 第十二章
287 第十三章
308 尾声
309 作者后记
312 谢词

“我对我最爱的人最坏。”

——《拉克斯戴拉英雄传奇》[1]

1 撰写于13世纪的冰岛英雄传奇，故事以美丽女子歌姿润（Guðrún）的三角恋情为主题。歌姿润共经历过四段婚姻，却因误解和阴错阳差，与最爱的卡尔坦（Kjartan）最终失之交臂，甚至一手促成他的死。暮年在儿子的询问下，歌姿润坦承，心中最爱的是她最对不起的那一个。此为著名的北欧英雄传奇故事之一。

序曲

他们说我非死不可。他们说，因为我偷了旁人的气息，而今他们要偷回去。我不禁想象，人们就如同一根根烛火，油腻而明亮，在黑暗与寒风呼啸中飘摇，此时在阒静的房间里，我听见脚步声，恐怖的足音步步进逼，仿佛要来吹熄我，带走我的生命，使之如一缕炊烟袅袅飞灭。我将消失在空气与黑夜中。我们将无可幸免，逐一灭绝，直到仅存足以照见他们的光亮。那时我又魂归何处？

有时我以为自己又看见了，看见农场燃烧在黑暗中。有时我能感觉肺脏因凛冬而刺痛，依稀看见火光映照海面，海水诡异地随光亮而闪动。那天夜里我曾蓦然回首，回首看那团火焰。此刻若我舔舐肌肤，仍能尝到盐与烟的味道。

天气并非一直这么冷。

我听见脚步声了。

第一章

公告

1828 年 3 月 24 日，将于伊路加斯塔德农场举行拍卖会，出售农人纳旦·凯陶森遗留之财物，包括一头牛、马匹若干、为数不少的羊、干草及家具；一副马鞍、一副缰绳、许多碗碟。若获合理出价，所有物品将全数出清，物品由出价最高者得。若天气不佳导致拍卖会无法举行，则将顺延次日至天气好转。

地区首长伯尔尼·布伦达尔

约翰·托玛森教长惠鉴：

感谢您于本月14日赐函，询问盖塔斯卡农场裴杜·约森的遗体如何处置。该员据称于本月13—14日之间的夜里，与纳旦·凯陶森一同遭到杀害，遗体并遭焚毁。如您所知，对于是否应将遗体葬于基督教墓地，我们经过一番深思。他因抢劫、窃盗及收受赃物，原应于最高法院起诉定罪并施以惩戒。然而我们并未接获丹麦的任何信件。冰岛高等法院法官于去年2月5日将裴杜定罪，判处他至哥本哈根[1]监狱服4年劳役，但遇害当时他系自由之身。因此有关您的询问，由于他尚未归类为非基督教人士，他的遗体乃是以基督教仪式与纳旦遗体一同下葬。1740年12月30日，国王陛下以御函清楚载明不得以基督教仪式下葬之人士，该员并未涵盖其中。

地区首长伯尔尼·布伦达尔敬上

1828年3月20日

1 事件发生于1828年，当时冰岛属丹麦统治，直至20世纪，冰岛才逐渐独立，故当时冰岛仍以丹麦首都哥本哈根为最高行政中心与法律执行中心。

致维斯特霍普布雷达波斯塔德农场永恩森牧师

托瓦多·永恩森助理牧师大鉴：

深信您接获此信时，正于维斯特霍普妥善且生气勃勃地执行主的勤务。

首先，为您于冰岛南部完成学业致上迟来的祝贺。您的教区教友赞许您是一名勤奋的青年。对于您决定北返并在令尊指导下展开牧师职务，我深表赞同。得知世上仍有正直青年愿善尽其对人类与上帝的责任，我感到无比欣慰。

其次，我以地区首长的身份致函请求您的协助。如您所知，本地区近日来因一起刑案而蒙上阴影。去年发生于伊路加斯塔德的凶杀恶行，凸显本国的道德沦丧与信仰崩坏。身为胡纳湖区的地区首长，我不能容忍社会出现如此恣意妄为的行径。哥本哈根最高法院将授权于我，待接获授权后，我将处决伊路加斯塔德案件中多名杀人凶手。正因如此，托瓦多助理牧师，我向您请求协助。

您应记得10个月前，我在一封供神职人员传阅的信件中详述了此案始末，并要求诸君以罪与罚的理念向教友宣教。为辅助您对本案深入思考，容我复述事件经过。

去年3月13—14日之间的夜里，三名凶徒对两名受害者犯下令人发指的重大罪行。此二人您或许熟识，即纳旦·凯陶森与裴杜·约森。纳旦所经营的伊路加斯塔德农场惨遭火灾，裴杜与纳旦双双陈尸于灰烬之中。遗体经仔细检视，发现人为伤痕，调查于焉展开，法庭并随之进行审判。去年7月2日，由本人所主持的地方法庭认定被控谋杀的一男二女共三人有罪，判处斩首极刑。“打人以致打死的，必要把他治死。”冰岛高等法院于去年10月27日开庭，支持此项死刑判决。如今此案已上诉至哥本哈根最高法院，极可能维持原判。被告三人分别为卡塔谷农场主人之子弗德瑞克·西格森、女仆思瑰朵·葛蒙多特、爱妮丝·马格努多特。

此三个罪犯目前监禁于北方，将持续监禁至行刑。弗德瑞克·西格森已由约翰·托玛森牧师带往兴给拉尔，思瑰朵·葛蒙多特则被移监米德霍普，爱妮丝·马格努多特行刑前原将囚禁于斯托拉伯格，但由于不便言明的因素，下月将移至瓦特斯山谷的康索农场看管。此人对派遣的教诲师多有不满，以其仅存的少许权利要求更换牧师。她要求您——托瓦多助理牧师——担任她的牧师。

向您请求协助使我心怀犹疑。据悉，您目前的职务仅局限于为教区内最年幼的教友进行精神教育。此职务无疑意义重大，却不具政治上的重要性。您或许自觉经验生涩，对于如何引领此女受刑人来到主的跟前、领受主的无限慈悲，感到力有未逮。因此，若您恳辞此职，我绝无异议。毕竟要将此重担置于一位经验不丰的神职人员肩头，我备感踌躇。

然而，若您愿承担为爱妮丝·马格努多特进行临刑教诲之职责，则将有义务于天气允许时节定期造访康索农场，宣扬主的训诲，劝导该员悔悟并接纳法律之制裁。请勿任溢美之词影响决策；若您与该女囚间存有亲属关系，也切勿任此关系介入考虑。若您难以独立抉择，本人愿提供建言。

在此静候回复。请将回复交于信差。

地区首长伯尔尼·布伦达尔上

1829年5月30日

助理牧师托瓦多·永恩森在紧邻布雷达波斯塔德教堂的小小农舍中，用石头修补壁炉。他听见父亲在门口清喉咙。

“托蒂，有个华米尔来的信差在外面找你。”

“找我？”他吃了一惊，一块石头从手中滑开，落在夯实的泥土地板上，险些砸中他的脚。永恩森牧师不悦地啧了一声，低头钻过门框，轻轻地把托蒂往外推。

“没错，找你。他在等你。”

信差是个仆人，身穿破旧大衣。他望了托蒂好一会儿后才开口：“托瓦多·永恩森牧师吗？”

“是的，你好。我其实是助理牧师。”

仆人耸耸肩。“我有封信要给你，是地区首长伯尔尼·布伦达尔先生的信。”他从大衣内袋掏出一张小小的字条，递给托蒂，“我奉命在这里等你读完信并带回回复。”

信在仆人的衣袋里待久了，暖润而潮湿。托蒂拆开封印，发现信是当天写的。他坐在门口的劈柴墩上，开始读信。

读完信，他抬起头，发现仆人盯着他。“如何呢？”仆人扬起一边的眉毛，催促他答话。

“什么？”

“你要怎么回复地区首长？我可等不了一整天。”

“我能不能和我父亲谈谈？”

仆人叹了口气说：“那就快去谈。”

他在起卧间[1]里找到了正缓缓抚平床上毛毯的父亲。

1 冰岛房舍中的起居与休息空间，主要家具为床，人人在各自的床上工作、吃饭和睡觉。本书中译为“起卧间”，以传达其兼具起居与寝卧双重功能的概念。

“什么事？”

“是地区首长的来信。”托蒂把折叠的信递给父亲，在一旁手足无措地等他阅读。

父亲面无表情地折起信，一语不发地交还给托蒂。

“我要怎么回答？”托蒂终于忍不住发问。

“这要由你自己决定。”

“我不认识她。”

“嗯。”

“她不是我们教区的教友？”

“不是。”

“那她为什么要找我？我不过是个助理牧师。”

父亲重新转过身去整理床铺，说：“这问题恐怕要问她本人。”

仆人坐在劈柴墩上，用一把刀清理指甲，说：“好，那现在我要报告地区首长助理牧师是如何回复的呢？”

托蒂自己都不知自己心意如何，却脱口而出：“告诉布伦达尔我愿意见爱妮丝·马格努多特。”

仆人睁大了眼睛说：“原来是这回事呀！”

“我愿意当她的精神教诲师。”

仆人瞪着眼愣了一会儿，忽然大笑起来。“老天爷！”他嘟囔，“他们居然挑了只老鼠去驯猫。”说完这话，他跳上马，消失在群峦之中。托蒂呆站着，信拿得远远的，仿佛唯恐它会着火。

*　　*　　*

史黛娜·曜恩多特正在自家草皮农舍[1]旁的院子里堆叠干燥粪便，却听见快步而来的嗒嗒的马蹄声。她揩去裙上的泥土，站立着，越过小屋的侧边凝望，想看清楚那条贯穿了整座山谷的道路。一个身穿大红外衣的男人正策马而来，史黛娜看着那男人转个弯，朝她家农场前进，想到自己恐怕有必要和这人招呼应对，心里一阵慌。她压抑着惊恐，躲到屋子的另一侧，快快吐了口唾沫清清手掌，又用衣袖抹抹鼻子。重新回到院落时，那人正骑在马上等她。

“你好啊，小姑娘。”那人以一种困惑的神情低头俯视史黛娜以及她脏污的裙子，“看来我打扰你干活了。”史黛娜目瞪口呆地看着他优雅从容地把一条腿从马身的另一侧摆荡过来，跨下马背。这样身躯庞大的一个人，落地倒是轻巧。“你认得我是谁吗？”他寻找她脸上是否有熟悉的表情。

史黛娜摇头。

“我是地区首长伯尔尼·亚当森·布伦达尔。”他朝她微微颔首，理了理大衣，史黛娜发现他的大衣钉着银纽扣。

“你是从华米尔来的。”她低声咕哝。

布伦达尔保持着耐性，微微一笑说：“是的，我是你父亲的长官，我有事找他谈。”

“他不在家。”

布伦达尔皱起了眉，问：“那你母亲玛嘉烈呢？”

“他们到山谷南面探访亲戚去了。”

1　草皮屋为冰岛传统建筑。冰岛气候严寒，纯粹的木造或石造房屋不足以抵御寒风，加以树木缺乏，进口木材又昂贵，草皮却丰富且强韧，因此冰岛传统建筑均在木材骨架外覆盖长满青草的厚厚土壤。人类居住其间时，青草生长于其外。

“原来如此。”他瞅着眼前这位姑娘。姑娘局促不安、惶恐地朝田地里张望。她肤色苍白，一串雀斑星星点点跨越鼻梁和额头，棕色的双眼分得很开，门牙间有个大缝。她实在不怎么好看，布伦达尔这么想。他注意到她指甲缝里有一层厚厚的新月形的污垢。

“你可能要改天再过来。”史黛娜又说了句话。

布伦达尔紧绷起来：“我能不能至少进屋去呢？”

“噢，你要的话当然可以。”史黛娜咬着唇，看着布伦达尔把缰绳缠绕在院子里的一根柱子上，然后转身，几乎是一溜烟地跑进屋内。

布伦达尔跟着她的脚步，弯腰钻进低矮的门，走进农舍说：“你父亲今天会回来吗？”

“不会。”她回答得简短。

“真不凑巧。”布伦达尔一面抱怨，一面随史黛娜穿过黑暗走廊，走向起卧间，途中险些摔倒。自从奉派担任地区首长以来，他的身体发福不少，也习惯了位于华米尔、以进口木材构筑的宽敞官舍。他开始厌恶乡下农民的草皮茅舍——空间狭小，且草皮在夏日总是尘土飞扬，刺激着他的肺脏。

“首长……”

“是地区首长。”

“地区首长，对不起，妈妈和爸爸，我是说玛嘉烈和曜恩，明天才会回来，也可能是后天，要看天气。”史黛娜往狭窄房间最近的一端比了比，那儿有一块灰色的羊毛帘幔，隔开了起卧间和一个极小的客厅。“请坐。”史黛娜说，“我去找我妹妹。”

史黛娜的妹妹露卡·曜恩多特正在距离小屋略远的一方贫瘠菜园里除草。由于弯腰埋首工作，她并没有看见地区首长来访，却在姐姐人未到时先听见了她的喊声。

“露卡！你在哪里？露卡！”

露卡站起身来，用围裙揩掉手上的泥土。她并不用喊声来回应姐姐，而是耐心等待一路奔跑而来且被长裙绊得跌跌撞撞的史黛娜看见她。

“我到处找你！”史黛娜上气不接下气地喊。

“怎么了？”

“地区首长来了！”

“谁？”

“布伦达尔！”

露卡看着姐姐：“地区首长伯尔尼·布伦达尔？你把鼻子擦干净，史黛娜，你流鼻涕了。”

“他现在坐在客厅里。”

“哪里？”

“帘幕后面的客厅啊！”

“你让他一个人坐在那里？”露卡睁大了眼睛。

史黛娜苦着脸说：“拜托来跟他说说话。”

露卡恼怒地瞪着姐姐，快速脱下脏污的围裙，扔在圆叶当归丛里。“有时我真搞不懂你脑袋里在想什么，史黛娜。”两人一同快步走回小屋，露卡一路嘀嘀咕咕，“你竟然把布伦达尔这种重要人物一个人扔在起卧间里让他玩手指！”

“是客厅。”

“有什么差别？我猜你请他喝的是仆人喝的乳浆。”

史黛娜惶恐地转头看妹妹：“我没请他喝东西。”

“史黛娜！”露卡加快脚步，小跑起来，“他会觉得我们是乡下人！”

史黛娜望着妹妹在草丛间小心翼翼地拣选落脚处，快步前进，她咕哝："我们本来就是乡下人。"

露卡匆匆洗了洗手和脸，从女仆葵丝婷手上抢过一条新围裙。葵丝婷打从听见陌生人的说话声，就躲在厨房不敢出来。露卡发现地区首长坐在客厅里一张小小的木桌旁，阅读一张字条。露卡一面为姐姐失礼的接待道歉，一面奉上一盘冷羊肉末。地区首长略略露出受伤的神色，但欣然接受。露卡静静站在一旁等他食用，看着他肉嘟嘟的嘴唇包裹肉末。说不定她的爸爸即将从地区政务专员升迁到更高的职位，说不定会获得一套制服，或是来自丹麦朝廷的固定薪水。他们可能可以添购新衣，盖栋新屋，并多请一些仆人。

布伦达尔在盘子上刮擦餐刀。

露卡拿起空盘问："地区首长，要不要来点儿脱脂奶酪[1]和鲜奶油？"

布伦达尔用手在胸前挥挥，像是拒绝，但顿了顿又说："也好啊，多谢了。"

露卡红着脸转身去拿软奶酪，但才低头钻进帘幕，布伦达尔又在她身后喊："来点儿咖啡也不错。"

"他要干吗？"史黛娜蜷缩在厨房火炉边，"我只听见你在走廊走来走去，其他什么也听不见。"

露卡把空盘塞给她："他什么也还没说。他要奶酪和咖啡。"

史黛娜和葵丝婷互望了一眼，葵丝婷翻了个白眼。"咖啡没了。"史黛娜轻声说。

1 冰岛传统乳制甜点，类似浓稠的脱脂酸奶，通常搭配鲜奶油和糖食用，现代则常搭配冰淇淋或水果，或制成各式口味。

“有，上星期我在食品室看到过。”

史黛娜嗫嚅：“我……我喝掉了。”

“史黛娜！咖啡不是给我们喝的，是要留着特殊场合用的！”

“特殊场合？首长从来不来的。”

“是地区首长，史黛娜！”

“仆人们就快从雷克雅未克回来了，到时候我们就会有咖啡了。”

“到时候是到时候，现在怎么办？”露卡一肚子火，把葵丝婷往食品室的方向推，“去拿奶酪和鲜奶油，快一点儿！”

“我只是想喝喝看是什么味道。”史黛娜解释。

“现在说什么也没用了。倒点儿鲜奶给他好了，有什么可请他的全拿出来。等等，我看算了，让葵丝婷拿出去。你看起来像刚刚跟马一起在泥堆里打了滚似的。”露卡狠狠瞪一眼史黛娜衣上沾黏的粪便，径直沿走廊走了出去。

布伦达尔在等她。

“小姑娘，我猜你一定在好奇我为何造访你们家。”

“我叫希格莉。愿意的话，您也可以叫我露卡。”

“没问题，希格莉。”

“是关于我父亲的事吗？他……”

“到南部去了，我知道，你姐姐告诉我了，她……噢，你看，她过来了。”

露卡转过头，看见史黛娜一只油腻的手捧着软奶酪、鲜奶油和莓子，另一只手端着牛奶，从帘子的一侧钻出来。帘子的边缘从奶酪上扫过，露卡恼怒地瞪了姐姐一眼，幸好地区首长似乎并没注意到。

“先生，”史黛娜含糊咕哝着把杯和碗搁在首长面前的桌上，行了个难看的屈膝礼，“愿您享用愉快。”

“谢谢你。”布伦达尔说，他以品评的姿态嗅了嗅奶酪，然后抬起头望着两姐妹，淡淡一笑，问道，“你们两个谁比较大？”

露卡用手肘戳戳史黛娜，要她回答，但史黛娜静默不语，只是目瞪口呆地看着首长鲜红色的外套。

于是露卡只好开口：“报告地区首长，我是妹妹。”她巧笑着展露甜美的酒窝，“我们差一岁，史黛娃这个月满 21 岁。”

“大家都叫我史黛娜。”

“你们两个都很漂亮。”布伦达尔说。

“哪里，过奖了。”露卡微笑着回答。她再度用手肘戳戳史黛娜，于是史黛娜也喃喃咕哝：“过奖了。”

“你们两个都遗传了你们父亲的金发，但我想你的蓝眼睛是遗传自你母亲。”他朝露卡点点头，接着推开碰也没碰的碗，转而端起牛奶，闻了闻，又重新放下。

“请享用。”露卡向碗比比手势。

“谢谢，但我忽然饱了。”布伦达尔把手伸进外衣口袋，“我原本想和你们的一家之主谈一谈，但政务专员不在家，而这件事不能等到他回家才宣布，我想，我只好和曜恩的女儿谈。”他掏出方才那张字条，摊平放在桌上，好让姐妹俩阅读。

“我想你们清楚去年发生在伊路加斯塔德农场的事吧？”布伦达尔问。

史黛娜颤了一下：“您是指那起凶杀案？”

露卡点点头，蓝眼睛因为忽然庄重起来而睁大了：“审判是在您府上举行的。”

布伦达尔微微颔首说：“是的，草药师纳旦·凯陶森和裴杜·约森的命案。由于这桩不幸的惨案发生在胡纳湖区，我有责任和地方法官以及雷克雅未克的冰岛高等法院就如何处置人犯达成协议。”

露卡拿起字条，走到窗边就着光线阅读：“所以事情已经处理完毕了？”

“正好相反。三名被告去年10月在冰岛法院被判有罪。现在这个案子到了丹麦哥本哈根的最高法院，国王……”布伦达尔顿了顿，好加强效果，“……国王要亲自了解案情，并且批准我的死刑判决。你们可以自己阅读，这几名被告被判死刑。这是司法正义的胜利，我相信你们一定也同意。”

露卡仍在阅读，因此心不在焉地点头：“那要送他们到丹麦去吗？”

布伦达尔笑笑，在木椅子上往后一靠，穿靴子的脚跟抬离了地面：“不。”

露卡困惑地朝他望去：“长官，请原谅我无知，那他们……”话说到一半她幽幽打住。

布伦达尔把椅子往后一推，起身走到窗前，和露卡并肩而立，把史黛娜撇在一旁。他朝窗外凝望，窗棂上绷着一张羊膀胱，用来遮风挡雨。布伦达尔看见灰蒙蒙的膀胱皮上，一条小小的血管蜿蜒而过，他陡然颤了一下。他家装有玻璃窗户。

“犯人要在这里被处决。就在冰岛，说得更确切一点儿，是冰岛北部。我和雷克雅未克的主审法官认为这样比较……”他顿了顿，沉吟了片刻，才又继续说，“比较节省。”

“真的吗？”

史黛娜满脸狐疑地看着布伦达尔，布伦达尔对她皱起眉来。史黛娜伸出手，一把抢过露卡手中的字条。

“是的，同时我也不能否认，执行死刑能使本区的大众亲眼见证严重的逾矩行为会带来何种后果。这件事处理起来必须格外谨慎。聪明的希格莉，你也知道，罪行如此重大的犯人通常是要送到备有监狱等设施的国外去惩戒。但由于我们已经决定了这三个人要在他们犯下罪行的地区处决,在处决的日期和时间决定之前,我们有必要找地方监禁这三个人。

“你们很清楚，我们胡纳湖区没有工厂或客栈可以充当囚犯监禁所。”布伦达尔转过身，重新坐回椅子上，“因此，我认为应该把他们安置在正直的基督徒家庭所经营的农场中。这些正直的基督徒能够成为罪犯的好榜样，使罪犯发自内心悔悟；同时，在罪犯等待行刑的期间，农家也能受惠于罪犯提供的人力支持。”

露卡满头雾水地望着地区首长，轻声说：“不能把他们监禁在雷克雅未克吗？”

“不行，费用太高。”他的一只手在半空中挥舞。

史黛娜眯起眼：“你要把罪犯安置在这里？在我们家？只因为雷克雅未克的法庭觉得送他们出国太贵了？”

“史黛娜！”露卡轻轻呵斥。

“你们会获得补偿。”布伦达尔蹙起眉。

“那你要我们怎么办？把他们铐在床头吗？”

布伦达尔缓缓站直了身子。“我别无选择。”他的声音忽然变得低沉且语带威胁，“你父亲的头衔可不是用来摆着好看的，官员有官员的职责，我相信他一定不会提出这种质疑。康索农场的人手太少，何况你们家的财务状况也是个问题。”他走向史黛娜，在暗淡光线中俯视她小而污秽的脸庞，“何况，史黛娃，我不会给你们这么大的负担，强迫你们应付三名罪犯。你们只需要收容其中一名女犯人。”他把一只手沉沉搭在史黛娜的肩头，对史黛娜的瑟缩视若无睹，“你不怕和你同性别的人，对吧？”

布伦达尔离去后，史黛娜回到客厅，收拾布伦达尔碰也没碰的奶酪，鲜奶油的边缘已经凝结成硬块了。史黛娜愤怒又挫折地哆嗦起来，她咬住下唇，狠狠地把碗往桌上压。她的内心在呐喊，恨不得把碗压破。直到愤怒逐渐褪去，她才返回厨房。

*　　　*　　　*

有时我不知道我是否早已死亡。在黑暗中等待，在静寂中等待，在污秽到我已遗忘新鲜空气气味如何的房间中等待，生命早已不复存在。便壶里装满了我的秽物，若是没有人来倾倒，随时就要满溢出来。

他们前一次进来是什么时候呢？时间如今像极了一个漫长的黑夜。

冬季情况较好。冬日里，斯托拉伯格的居民和我一样是足不出户的囚徒。风雪肆虐时，大伙儿同挤一个起卧间。白昼有灯光，灯油用罄时，也还有烛火驱逐黑暗。然而春日来临，他们就把我赶进了仓库。我独自一人，仓库里暗无天日，烛火阙如，光阴无从计数，日夜混沌难辨。与我做伴的只有腕边的镣铐、脚下的灰土地、弃置在角落的一座解体的织布机，以及一枚破损的纺锤。

说不定已经是夏日了。我听见仆人在走廊上来去匆匆的脚步声，听见他们出入时门咿呀开合。有时我听见女仆在门外高亢尖锐的谈笑声，我就知道天气已经暖和了，寒风不再刺骨。我合上眼，想象夏日漫长白昼中的山谷，阳光烘暖了大地的筋骨，天鹅群聚在湖面，云彩腾高又腾高，显露出苍穹的辽远——那样明亮鲜艳的蓝，光彩夺目得令人泫然欲泣。

*　　　　　　*　　　　　　*

伯尔尼·布伦达尔前往康索农场造访女孩们之后的第三天，瓦特斯山谷的地区政务专员曜恩·杨森和妻子玛嘉烈起程返家。

曜恩已经活过了 55 个年头，精瘦结实但略略驼背，淡金的发色像雪一样，一对大耳使他显得愚骏。他手牵缰绳走在马的前方，以熟练的步伐踩着高高低低的路面。妻子坐在黑色母马的背上，旅途使她疲惫，但她绝不承认。她的下巴微微扬起，头颅颤巍巍地撑在细颈上。走过瓦特斯山谷的一座座农庄时，她耷拉着眼皮，目光扫过这许多农场。唯有在咳嗽不止时她才合上眼。气息平复后，她便在马背上俯身吐痰，并用披肩的一角抹抹嘴，低声说句祷词。在这样的时刻，丈夫偶尔会往她的方向偏偏头，仿佛忧心她会从马背上栽下来。但其余的时候，两人便这么马不停蹄地一路向前。

玛嘉烈刚刚结束一阵撕心裂肺的狂咳，往草地上吐了一口痰，手掌按住胸口，等待呼吸恢复平顺。开口说话时，她的嗓音沙哑："曜恩，你看，奥斯家多了一头牛。"

"什么？"她的丈夫正陷入沉思。

"我说，"玛嘉烈清了清喉咙，"奥斯家多了一头牛。"

"是吗？"

"你竟然没发现。"

"对。"

玛嘉烈在尘埃漫天的阳光中眨眼，遥远的前方，康索农场小屋朦胧的轮廓依稀可见。

"快到家了。"

丈夫咕噜一声表示同意。

“不禁会觉得，我们要多养一头牛也不错，是不是呀，曜恩？”

“有很多东西我们都很需要多一点儿。”

“可是多一头牛很好，会有比较多的奶油，收割季节就请得起多一点儿的人手。”

“等时机好的时候吧，亲爱的。”

“时机好的时候，我就上西天了。”

玛嘉烈没打算把话说得如此刻薄，却就这么脱口而出了。曜恩没有搭腔，只低声催促马儿快快向前。玛嘉烈对着丈夫的背影皱眉，期望他能回头，但他只是踏着沉重的步伐不断前行。于是玛嘉烈再度深吸一口气，重新凝望康索农场。

时近向晚，干草田上天光渐弱，低矮的云聚拢在东方，阳光轻轻巧巧地从天空褪去。山脊上成片成片的陈年积雪看上去灰暗惨淡，云朵散去时，却又是陡然亮眼的白。夏日鸟儿横越干草田飞翔，捕捉在它们上方颤动不休的昆虫。牧羊少年赶着羊群从山谷往农地移动，羊的咩咩声听上去悲切而凄凉。

康索农场里，露卡和史黛娜正走出小屋，要到山涧去提水。露卡在阳光下搓揉眼睛，史黛娜心不在焉地随着脚步节奏在身侧摆荡水桶。两人并不交谈。

两姐妹这些日子来尽在这样全然无语的状态下工作，仅仅在要求传递铲子或询问哪桶腌渍鳕鱼该先开封时发话。地区首长来访后，两人发生了一场争执，此后便不再交谈，静默中糅杂着愤怒与焦虑。极力减少使她们疲累的交谈。露卡难忍姐姐的固执与愚拙，史黛娜对布伦达尔带来的消息反应如此无礼，可能会伤害到他们家的社会地位。伯尔尼·布伦达尔权大势大，不会喜欢有个乳臭未干的女孩当面质疑他。史黛娜难道不知道他们家多么需要仰赖布伦达尔的鼻息过活吗？难道她不知道听命于他也只不过是善尽职责而已？她无法停止揣想父母会对布伦达尔的来访做何评论。

史黛娜则努力不去想起凶杀案的事。这案件本身已经够令她作呕，而首长硬把罪犯塞往他们家的冷酷态度更使她一想起便愤怒得喉头紧缩。露卡是妹妹，她凭什么指挥自己什么该做，什么不该做？她怎么知道对于穿红外套的胖男人所必须表现的社交仪节中繁复庞杂的窍门呢？不，还是别去想比较好。

史黛娜任水桶的重量拖垮肩头，大大地打了个哈欠。露卡在一旁也禁不住哈欠连天。某个短暂的瞬间，两人对视，共同的疲累使她们生出会心的默契，但露卡提醒史黛娜掩口，语气简洁，气得史黛娜杏眼圆睁，愤怒地瞪视地板。

前往山涧的途中，午后柔柔的阳光暖洋洋地照在她俩脸上。天气平和无风，山谷悠然凝止，两个女孩随着空气的停滞越走越慢。才刚刚靠近小溪周边的嶙峋岩地，露卡猛然回身去扯被有刺灌木勾住的裙裾，忽然看见远方有匹马正走过来。

“噢！”露卡惊呼。

史黛娜也转身：“又怎么了？”

露卡往马的方向偏偏头，上气不接下气：“是妈妈和爸爸，他们回来了。”她眯起眼，视线穿越田野上雾霭氤氲的阳光，自言自语似的说，“没错，是他们。”她急躁起来，把水桶一把塞给史黛娜，作势要她继续前往山涧，“你去装满。提两桶你没问题，对吧？我最好……最好回去生火。”

她推着史黛娜的肩膀，力道比她预期中更猛一些，然后急急转身。

露卡飞奔回屋，沿途荆棘一路勾刺她的长袜，但她心头一块大石落了地。地区首长和爱妮丝·马格努多特的事现在有爸爸来处理了。

露卡推开农舍大门，穿过走廊，左转进厨房。女主人不在家，葵丝婷休假探访家人去了，但火炉仍留有上午的袅袅余烟。露卡快速堆叠干燥粪便，险些掩灭微微蹿起的火焰。她的父亲对地区首长来访的消息会做何反应呢？囚犯安置在康索农场要安置多久？她无法拿地区首长的信给爸爸看，因为史黛娜在争执中把信扔进火炉里烧掉了。

露卡往火炉上的钩子挂上一口锅子，心中暗忖：只要爸爸知道了，他就会做主。

她用风箱往火炉里吹了点儿风，随即小跑穿过走廊，探头到门外张望。一股新的惊慌蹿过她的脊背——爸爸会怎么做呢？她缩回了头，钻进食品室去寻找能熬汤的食材。大麦仅剩一点点，他们仍在等农场工人从南方采买回来。

露卡跨出门，险些被突起的门槛绊倒。她急急走进储藏室去取肉来炖汤。这个时节不宜割取烟熏羊肉，但冬天的血肠还留有一两片，酸得厉害，但仍可食用。

我们待会儿一起在起卧间吃饭，我会在吃饭时告诉他们，露卡这么计划。她听见马蹄踩踏庭院泥土地的声音。

“欢迎你们安全回家！”露卡迎了出去，一面走出小屋，一面掸掉粪便遗留在手上的灰渍，并匆匆把发丝拢进帽子里。

她的父亲曜恩指挥马儿放慢脚步停下来，从帽檐下对露卡笑了笑，扬起空着的那只手打招呼，并凑近来仓促而正式地吻了她一下。

“小露卡！这些日子过得还好吗？”他转身从马背上卸下数个包裹。

“你好，妈妈！”

玛嘉烈垂眼俯视露卡，面露温柔，但嘴唇紧抿。“你好，希格莉。”她说。

“你气色很好。”

“还没死。”玛嘉烈说。

“累不累？”

玛嘉烈不置一词，粗手粗脚地爬下马。露卡怯怯地拥抱母亲，又用手抚了抚母马的鼻头，感觉到它的鼻孔翕动，暖暖湿湿的气息喷得她手掌温热。

“你姐姐呢？”

露卡往山涧所在的岩石区瞥了一眼，没有看见移动的物体：“去提水来做晚餐了。”

玛嘉烈扬起眉毛：“我以为她会在家迎接我们。”

露卡再度转头望父亲，父亲正将一个个小包裹从马鞍上卸下来，放在地上。露卡深吸一口气：“爸爸，我等一下有事要告诉你。”

父亲正开始解开母马身上僵硬的绳索：“谁死了？”

“什么？”

“哪头动物死了吗？”

“哦，不是，不是那样的事。”露卡说完又补上一句，“托老天爷的福！”她向父亲跨近一步，压低嗓子说，“我可能要私下告诉你。”

母亲听见了：“你可以告诉我们两个，露卡。”

“我不想惹你心烦，妈妈。”

“我一天到晚心烦。”玛嘉烈忽然笑逐颜开，“有小孩和仆人要照料，自然就会心烦。”她叮嘱丈夫放包裹时要避开地面的积水，然后径直提起几个包裹进屋去了，露卡也尾随而去。

曜恩走进起卧间，在妻子身旁坐下，露卡端着几碗汤走进来。

“吃顿热腾腾的饭应该会很舒服。”露卡说。

曜恩抬头望露卡，她正端着托盘站在他跟前：“我先脱衣服好吗？”

露卡迟疑了一会儿，在母亲身旁的床上放下托盘，跪下来替父亲解鞋带：“我有事要告诉你们。”

“葵丝婷呢？”玛嘉烈猛然冒出一句。曜恩正撑着手肘靠在床上，任露卡从他脚上剥去湿漉漉的袜子。

“史黛娜放了她半天假。”露卡说。

“那史黛娜又上哪儿去了？”曜恩问。

“哦，我不知道，在附近吧。”露卡知道父母正一一检视家中的状况，惊惶中感觉到胃一阵紧缩。“爸爸，你不在的时候，地区首长布伦达尔来找你。”露卡悄声说。

曜恩坐直身子，低头注视女儿：“地区首长？”

玛嘉烈握起了拳头：“他要干吗？”

“爸爸，他带了一封信给你。”

玛嘉烈低头俯视露卡：“他怎么不派个仆人来？你确定是布伦达尔吗？”

“妈妈，拜托不要这样。”

曜恩静默了一阵，然后开口：“信在哪里？”

露卡用力扭下另一只脚的鞋子，扔在地上，泥土从皮革表面噼啪剥落。

“史黛娜把信烧掉了。”

“老天！为什么烧掉？”

“妈妈！没关系，我知道上面写了什么。爸爸，我们要被迫……”

“爸爸！”史黛娜的喊声从走廊上一路传来，“你绝对猜不到我们要把谁关在我们家！”

“关在我们家？”玛嘉烈猛然扭头向大女儿发问，史黛娜正一蹦一蹦跑进房间，“天哪，史黛娜，你浑身湿透了。”

史黛娜低头看看自己湿漉漉的围裙，耸耸肩：“我的水桶半路翻掉，我只好回头去重新装一次水。爸爸，布伦达尔强迫我们把爱妮丝·马格努多特关在我们家！”

“爱妮丝·马格努多特？”玛嘉烈满脸惊恐地转头望露卡。

“没错，妈妈，就是那个杀人凶手！”史黛娜脱下湿漉漉的围裙，随手扔在身旁的床上，“就是杀掉纳旦·凯陶森的那个。”

“史黛娜！我才刚刚要跟爸爸说明……”

“还杀了裴杜·约森，妈妈。”

“史黛娜！”

“露卡，你只是想抢着先说。”

“你不该插嘴的……”

“孩子们！”曜恩站起来，摊开双手，“别吵了！露卡，从头说起，到底是怎么一回事？”

露卡嗫嗫嚅嚅把她所记得的地区首长来访的前后经过一五一十地禀报父母。背诵起信件内容时，她的脸蛋绯红起来。

露卡的叙述远还没完，曜恩已经动手把刚刚脱下的衣服又重新穿上了。

“我们绝对没有义务做这种事！”玛嘉烈扭扯丈夫的衣袖，但曜恩一把甩开，不肯看妻子激动的脸庞。

“曜恩。”玛嘉烈嘟囔。她瞥了女儿们一眼，两个女孩都坐得规规矩矩，双手放在膝头，一语不发地望着父母。

曜恩重新穿上靴子，把鞋带往脚踝上缠。用力拉紧时，皮革吱吱作响。

“时间太晚了，曜恩。”玛嘉烈说，“你是要去华米尔吗？他们一定都上床休息了。”

“那我就把他们吵起来。”他拿起挂钩上的帽子，扳住妻子的肩膀，轻轻把她推开，向女儿们点点头，便大踏步跨出房间，穿过走廊，走出小屋，掩上门。

“妈妈，我们该怎么办？”露卡怯怯的声音从黑暗的角落传来。

玛嘉烈合上眼，深吸了一口气。

曜恩在数个钟头后回到了康索农场。放假的葵丝婷一回来就挨了玛嘉烈一顿好骂，这会儿正怒气冲冲地瞪着史黛娜。玛嘉烈停下手中的编织，思索着是否该替冷战中的两姐妹打个圆场，却听见农舍大门咿呀一声打开，丈夫沉沉的脚步踏在走廊上。

曜恩一进房门，立刻望向房间另一端的妻子。玛嘉烈咬紧了牙。

“如何了？”玛嘉烈招呼丈夫走向床边。

曜恩粗手粗脚地扯着鞋带。

“拜托，爸爸。”露卡跪了下来，“布伦达尔怎么说？那女人还是要来吗？”露卡用力脱下曜恩的鞋，整个人向后一倒。

曜恩点头：“没错，爱妮丝・马格努多特要从斯托拉伯格的监禁处移到我们这儿来。”

“可是为什么呢？”露卡轻声问，“我们做错了什么？”

“我们没做错什么。我是地区政务专员。囚犯不能安置在随便的家庭里，主管官员要负责看管她，我就是主管官员。”

“斯托拉伯格的主管官员多的是。”玛嘉烈酸溜溜地说。

“反正他们就是要把她移监，出了点儿事情。”

“出了什么事？”露卡问。

曜恩低头凝望小女儿清丽的脸庞，半晌才说：“我相信一定不是值得忧虑的事。”

玛嘉烈哼哼笑了一声。“我们就像露肚子的狗一样任人宰割吗？”她把嗓子压成了嘶嘶的气音，“这个爱妮丝是个杀人凶手，曜恩！我们家有女儿、有工人，还有葵丝婷！我们有责任保护这些人！”

曜恩意味深长地看了妻子一眼：“玛嘉烈，布伦达尔会补贴我们。看管这人会有酬劳。”

玛嘉烈住口了。再度开口时，她的语气不再尖酸：“也许我们该把女儿送去别处。”

“不要，妈妈！我不要去别处。”史黛娜嚷着。

“这是为了你们的安全着想。”

曜恩清清喉咙：“玛嘉烈，女儿们和你在一起就够安全了。还有一件事。那女人来的那一晚，伯尔尼·布伦达尔要我到华米尔去。”他叹了口气。

玛嘉烈惊骇地张大了嘴：“你是说要由我出面接她？”

“爸爸，你不能让妈妈一个人跟杀人犯待在一起。”露卡嘟囔着说。

“不会一个人，你们也会在。斯托拉伯格会派戒护官过来，还会有个牧师，布伦达尔都安排好了。”

“布伦达尔是有什么要事，非要在他送囚犯到我们家的那晚找你过去？”

“玛嘉烈……”

“不行，你非告诉我不可。”

“我们要讨论由谁来行刑。”

“行刑！”

“所有的地区政务专员都会在场，瓦斯尼斯有专员预计要和斯托拉伯格的戒护官一道来，那些专员也要一起开会。我们当晚要在那里过夜，隔天才回来。”

“同一时间，我要独自面对杀害纳旦·凯陶森的凶手。”

曜恩平静地注视妻子：“你会有女儿陪你。”

玛嘉烈还想说下去，但打消了念头。她冷冷瞪了丈夫一眼，拾起刚才的针线活儿，马不停蹄地编织起来。

史黛娜低垂眉眼，一面观望父母，一面捧起晚餐，感觉打心底作呕。她手捧木碗，打量在油腻汤汁里泅泳的小块羊肉，缓缓用汤匙盛起一块羊肉举到唇边，开始咀嚼。一块软骨抵上她的舌尖，她压抑着吐出的冲动，用牙齿磨碎软骨，默默吞下。

*　　*　　*

在他们决定我必须离开之后，斯托拉伯格的人偶尔会在夜晚缚住我的腿，犹如缚住马匹的前腿，以防我逃跑。在他们眼中，我仿佛一日比一日更近似牲畜，像只眼神呆滞的兽，只要以胡乱凑合的食物喂养，避免被风雨侵残就行。他们把我囚禁在黑暗之中，断绝光与空气，当我必须移往他处时，他们把我捆绑，领我到他们要我去的地方。

这里的人从不对我说话。冬日在起卧间里，我总能听见自己的呼吸声。我害怕吞咽，唯恐整个房间都听见。唯一与我做伴的是展读《圣经》

的沙沙翻页声及旁人的低语。偶尔我在他人的唇边听见自己的名字，我知道那绝不是祝福。如今，法律规定他们必须向我宣读公告，他们犹如向某个站在我肩头后方的人发话，不愿迎向我的目光。

你，爱妮丝·马格努多特，被判帮助杀人罪罪名成立。你，爱妮丝·马格努多特，被判纵火及共谋杀人罪罪名成立。你，爱妮丝·马格努多特，被判处死刑。你，爱妮丝，爱妮丝。

他们不认识我。

我沉默依旧。我决意封闭自己，不向世界开启。我缩紧我的心，紧紧攀住我仅存的、尚未被窃去的财产。我不能任自己漂流无踪，我会守住真实的自我，紧紧拥住我会目睹、会听闻、会感受的一切，拥住当我洗刷、劈砍或烧饭时谱写的诗歌，拥住我倒背如流的英雄传奇。我将我所仅存的一切没入水中，我自己也将下沉。当我开口，说出的会是成串的气泡，他们将无法留存我的话。他们将看见这个婊子、这个疯女人、这个杀人凶手、这个雌性动物血染青青草地，嚼着一嘴尘土大笑。他们口里念着“爱妮丝”，眼里将见到那蜘蛛或巫女困在自己一手编织的宿命罗网中。他们或将见到羔羊被乌鸦围绕，因为失去了母亲而哀哀啼鸣。但他们不会见到我，我不会在那里。

* * *

托瓦多·永恩森牧师走出教堂，踏进沁凉潮湿的午后空气中，叹了一口气。自他接受布伦达尔的提议，同意造访那名女罪犯后，已经过了一个多月。这一个多月来，他日日质疑自己是否做错了决定。每天早晨他都惶惶不安，仿佛刚刚从噩梦中醒来。即使在日复一日惯常徒步前往布雷达波斯塔德教堂祷告，并在寂静中小坐片刻时，他的胃也胀满了慌乱，身子则恍若在左右为难的心情操劳下，疲惫不支，颤抖不休。这一天也并无不同，他坐在教堂坚硬的长凳上凝望自己的双手，发现自己渴望病倒，渴望病得奄奄一息，如此便有了不用跋涉至康索农场的借口。对于自己竟如此不愿前往康索，却又如此甘心牺牲美好的健康，托蒂感到恐惧。

但现在太迟了，他一边穿过教堂院落中萧条破败的小花园，一边自忖。你已经答应了那个人，也答应了上帝，没得反悔了。

母亲仍在世时，教堂土地草木扶疏，夏日墓冢周边会绽放紫色花朵。母亲说，仙逝之人使花朵摇曳生姿，迎接隆冬过后上教堂礼拜的教友们。但母亲过世后，父亲拔去了所有的野生花朵，坟冢从此童山濯濯。

布雷达波斯塔德农舍大门半开，托蒂走了进去，厨房的强烈暖意与走廊上蜡烛的烧融油脂味令他作呕。

父亲俯身照料着一只汩汩冒泡的锅子，用刀戳弄其中的什么东西。

“我想我该出发了。”托蒂说。

父亲从锅上挪开眼光，抬头望他，点点头。

“我预计在傍晚前到达，先和康索农场的那家人认识认识，然后等待……犯人。”

父亲蹙起了眉：“去吧，儿子。”

托蒂踯躅不前：“你觉得我准备好了吗？”

永恩牧师叹了口气，从煤炭上方的挂钩取下锅子：“你自己的心自己知道。”

“我刚刚在教堂里祷告。不知道妈妈对这件事会有什么看法。”

托蒂的父亲缓缓眨眼，转开了视线。

“那你有什么看法呢，爸爸？”

“做人要守信用。”

“但这个决定对不对呢？我……我不想惹你不开心。”

“你该重视的是上帝开不开心。”永恩牧师一边咕哝，一边试图用刀挑起汤中的鱼肉。

“你会为我祈祷吗，爸爸？”

托蒂等待父亲回答，但父亲没有回答。说不定他觉得他自己比较适合和杀人犯见面，托蒂想。说不定他嫉妒她挑上我。他望着父亲舔舐突出于刀锋之上的鱼肉。她挑上我，托蒂对自己复述。

托蒂转身走出房间，永恩牧师在后头喊：“回家时别把我吵醒。”托蒂在马背上架上马鞍，爬上去。“就这样了。”他喃喃自语，夹紧膝盖好敦促马儿向前，回头望望农舍，袅袅炊烟正缥缈地没入午后的微雨中。

穿越着教堂周边的山谷，四周尽是拔高的草丛，托蒂开始思索该说什么话。他是该和蔼亲切，还是如布伦达尔那样铁面威严呢？他一边骑马，一边演练数种语调及开场白。说不定他该等见到了那女人再说。忽然一阵小小的战栗传递全身——她不过是个女仆，但同时也是个杀人凶手。她杀了两个人，如屠宰牲畜般了结了那两个人。杀人凶手，他用嘴无声默念这几个字，字眼如牛奶从口中轻轻淌过。

他走在北方半岛，海洋在天际勾勒纤细的边线，云朵渐次散去，6月下旬太阳的红色柔光晕染了整片山隘，地面有水珠莹莹含光，山丘粉红静谧，地面阴影随着天空的云彩挪移。小小的昆虫在天空中蜿蜒，飞入阳光时乍然灿亮，如点点尘埃。近乎成熟的草散发着潮湿的甜香，弥漫在沁凉的山谷空气中。紧贴在肠胃内侧的恐惧在托蒂忘我惊叹于眼前迤逦展开的乡间美景时烟消云散了。

我们都是上帝的孩子，他自忖。这个女子是我主内的姐妹，而我是她精神上的弟兄，我必须引领她回家。他脸上有了笑意，勒马停下脚步。“我会拯救她。”他悄声这么说。

/第二章

罪犯爱妮丝·马格努多特1795年生于昂德菲妥教区的弗拉加农场，于1809年接受坚信礼，当年的记录记载她“才智卓越，对基督教教义认识丰富且理解深刻”。

以上为昂德菲妥教区教籍记录所记载。

P. 比亚纳生

1828年5月3日于瓦特斯山谷昂德菲妥

他们把我从房里带出来，再次戴上镣铐。这回他们派了个法庭戒护官与我同行，是个年轻人，麻子脸，笑得惴惴不安。他是从华米尔来的仆人，我认得他的脸。他张开嘴唇时，我看得出他口中牙齿溃烂。他的口气难闻，但不会比我的更糟，我知道自己浑身恶臭。我躯体所淌出的泪水——血、汗、油脂，聚集起来与尘土一同在皮肤上结了痂。我不记得前一次洗澡是什么时候。我的头发犹如一条油腻的绳索，我想把它编成发辫，但他们不准我使用发带。我想，我在那戒护官的眼里是个畸形怪物。这或许是他笑的原因。

他把我从那可怕的房间带出来，领我走过无光的走廊，其间有其他人加入了行列。那些人一声不吭，但我感觉到他们在我身后，感觉到他们的目光如冷冷的手攫住我的脖颈。于是，在充斥着我恶臭口气与便盆腥臊味的房间耽搁数月之后，我被人领着穿过斯托拉伯格的一条条走廊，踏进雨正飘飘洒落的、泥泞的庭院。

我该如何形容重新呼吸空气的感觉？宛若新生。我在世界之光中步履蹒跚，大口吞咽清新的海洋空气。天色近晚，午后潮润的嘴呵着我整张脸。就在这走出户外的短短瞬间，我的神魂如花绽放。我失足跌落地面，衣裙翻滚在淤泥里。我仰头，宛如祈愿，几乎要为重见天日而潸然落泪。

有人伸手一把把我抓起，犹如拔起一棵错生了土地的蓟草。这时我才注意到聚集的人群。起初我不明白这些人为何站立，男男女女纹丝不动地盯着我。接着我理解到他们凝视的不是我，他们看不见我，他们眼里的我是个死人，是一座熊熊燃烧的农场，是一把刀，是血流成河。

我不知在这群人面前应该如何自处，然后我看见了罗莎。她紧紧牵着小女儿的手，从远方望着我。看见熟人使我稍感宽慰，不自觉地对她微微一笑，但这笑是个错误，我揭开了群众的愤怒，女仆们脸庞变了样，一个孩童短促尖锐的喊声划破了宁静。“魔鬼！”嗓音在静寂里卓然拔尖，如喷泉水柱一飞冲天。我的笑容褪去了。

这一句骂惊醒了围观的众人。有人冷笑一声，有个年长妇人告诫骂人的孩子安静，带他离开了。群众一个个返回屋内继续手头的工作，仅剩下我和戒护人员站在细雨中。我的长袜被干燥的汗水凝成硬棍，脏污的皮肤底下，一颗心热辣如烈火灼烧。我回头，罗莎也不见了。

此刻我们正策马横越冰岛的北部，沐浴在岛屿的雨水中，在汪洋里任怒火闷烧，在山间追逐自己的影子。

他们用皮带把我捆缚在马鞍上，如同捆缚载往掩埋场的尸体。在他们眼里，我早已是个死人，正往坟场前进。我的双臂被缚在前方，迈着如此难堪的行进路程时，铁质枷锁夹伤了我的体肤，我看着自己鲜血淋漓。我已经把受伤视为家常便饭。斯托拉伯格的部分看守人在我的身体上烙印小小的暴力，按时记载他们对我的恨。伤痕与瘀青遍布肤底，它们是困在薄膜之下飘散不去的黑色与黄色的袅袅烟云。这几个看守人当中，有些可能认识纳旦。

但如今他们带我东行，虽然我如待宰的羔羊被五花大绑，但我庆幸能重回山谷。山谷里，岩石败退给了绿草。我将葬身于此，但我仍庆幸。

马儿在草丛中吃力行进，我寻思他们将在何时杀我。我寻思他们将在何处贮藏我，一如贮藏奶油或熏肉。我像一具死尸，等待着冰封的大地春融，好让人们把我像块石头一般埋入土壤的囊袋中。

他们并不告诉我这些事，而仅仅是给我戴上铁铐，拖着我四处走。我像头牛般随人牵引，而这头牛不会飞踢，因为有刀具环绕。绳索和冷酷的结局等着我。我垂下头，任凭他们牵引，暗自希冀他们引我去的不是我的坟，还不是。

苍蝇很可恶。它们在我的脸上爬行，钻入我的眼。我感觉到它们的腿与翅扎得我麻痒。是汗水吸引了它们。镣铐沉重，我举不起手来拍赶苍蝇。这镣铐是设计给男人戴的，但他们拴得极紧，铁条挨蹭着我的肌肤。

但能够处于移动的状态，腿下能够有马的体温，能够感觉到生命的存在，能够不那么冷，终究是个安慰。这么久以来，我处于半冰冻状态，好似寒冬在我的骨髓里安了家。永恒无边的黑暗岁月与人们憎恶的眼神足以让人一身筋骨露凝霜重。因此，户外好多了，即使飞蝇漫天，但能够前往某处总比如棺内死尸般在斗室里缓缓腐臭要好。

在虫鸣唧唧与马蹄的笃笃律动之外，我听见远方有某种隆隆之声。或许是海洋，是浪涛拍打给拉尔沙岸不绝于耳的哗哗声。也或者这仅是我的想象，海水进了我的脑袋，像纳旦说的，你一旦让它进了脑袋，它就不放你片刻宁静。像女人一样，大海是个唠叨婆。

那是伊路加斯塔德的第一个春天，阳光好似被追捕的兽，睁着大眼畏畏缩缩而来。海水单调迷蒙，纳旦在银白的海面推动他的小船，船桨在两侧插入水中。

“像教堂墓地一样安静。我不在时你要乖乖的。”纳旦嘴角含笑，手臂随着海水的力量起伏。我听见木头的嘎吱声，听见船桨拍击海面时的低声咒骂。

别想起他。

我们这样骑马有多久了？一小时了吗？还是两小时？时光如油般窜窜溜溜，但一定还没有超过两小时。这些问题我很清楚，我知道我们朝南而行，可能正行向瓦特斯山谷。我的心脏猛然扑向肋骨，多么怪！我有多久没看见这个地方了？几年吗？还是更久？这地方景物依旧，毫无改变。

我永远不会比此刻更接近家。

我们正穿越隘口奇形怪状的山丘，我听见乌鸦啼鸣，暗黑的鸟影衬在澄蓝的天际，依稀是某种兆头。在斯托拉伯格凄惨潮湿的小床度过的每一个夜晚，我都想象自己置身室外，正在弗拉加喂乌鸦。乌鸦是残酷却又聪明的鸟，而动物若不能因和善而被人所爱，就该因智慧而被珍惜。孩提时，我张望聚集在昂德菲妥教堂屋顶的乌鸦，想看出谁将日薄西山。我坐在围墙上，等着看哪只乌鸦会甩落羽毛，它的喙将朝向何方。有那么一次，真让我给等到了。一只乌鸦落在木质山墙上，尖喙猛然指向巴基农场。同一周，一个小男孩溺死河中，肿胀灰败的尸体在下游被寻获。乌鸦老早就知道了。

思嘉对噩梦及鬼魂一无所知。有一个夜晚，我们一同在伊路加斯塔德打毛线，海上传来乌鸦的尖锐啼鸣，凄厉得让人寒彻骨髓。我告诉思嘉绝不可在夜间呼唤乌鸦或喂食乌鸦。“在黑暗中啼鸣的鸟儿是鬼魂，”我说，“它们一见你就会杀了你。”我确信我吓着了她，否则她不会说后来的那些话。

不知思嘉此刻身在何方，不知他们为什么不把她和我一同监禁在斯托拉伯格。有天早晨，我铐在铁链中时，他们把她带走了。我询问过不止一次，但他们不愿告诉我她被关于何处。“反正是远离你，”他们说，“这样就够了。”

“爱妮丝·马格努多特！”

我身旁的骑士脸色严峻。

“爱妮丝·马格努多特，我在此告知你，你将被监禁在康索农场，直到行刑为止。”他在朗读某样东西，眼光朝自己手套的方向悠悠闪动，

“你是被冰岛法庭定罪的罪犯，我们褫夺了你的人身自由。”他折起纸张塞进手套里，补充道，“我建议你别再摆那副臭脸，康索农场的人都是好人。”

小子，你要看我笑？我这就笑给你看。笑得好吗？你可看见我咧开嘴唇？可看见了我的牙？

他越过我的马朝前走去，衬衫后背被汗水湿透。他们是故意的吗？偏偏挑上康索。

昨天我被禁锢在斯托拉伯格的储藏室时，康索对我而言是天堂。那是我童年的记忆，有小河，有绿地，覆着青草的山丘在春天汩汩涌泉。但如今这成为一种羞辱。山谷里的人会认得我，他们记忆中的我是襁褓小儿，是孩童，是在农场与农场间奔跑的女人，但如今他们会想起凶杀案，从此遗忘那个孩童、那个女人。我不敢张望周遭，唯有凝神于马鬃，看着虱子在毛发间爬行，不知它是来自马身抑或我身。

* * *

托蒂牧师在低矮的门前俯身探头，眯着眼在午夜太阳绯红的柔光中眺望，看见农场最北端的低矮处有一队人马逐渐靠近。他在骑着马的众人间搜寻女子的身影。在广袤浩瀚的金黄干草间，人影显得小而黧黑。

玛嘉烈踏出门外，站在他身后：“希望他们会留几个男人下来，以免那女人趁我们熟睡时把我们杀了。”

托蒂转头，看到了玛嘉烈的满脸愠容。她也正眯眼远望策马而来的人，额头蹙出了条条皱痕。她的灰发扎成两根结实的辫子并盘卷成髻，戴着她最体面的帽子。托蒂发现她换掉了当晚迎接他时身上穿的脏围裙。

“你女儿会不会一起出来？”

“她们累得站不住了，我让她俩先上床了。我真不懂，干吗非要三更半夜送犯人？”

“我想是为了不打扰到你的邻居吧。”托蒂说得委婉。

玛嘉烈咬咬下唇，红晕浮上两颊。“我并不喜欢让恶魔的孩子寄宿我家。”玛嘉烈压低嗓音，“托蒂牧师，我们一定要昭告大众，我们并不欢迎她。要是斯托拉伯格不能收容她，就把她放逐到海岛上去吧。”

“我们要尽我们的职责。”托蒂一边喃喃低语，一边看着小队人马转了个弯，往他所在的农场走来。他从胸前口袋掏出一个角质鼻烟壶，倒出一小撮鼻烟，优雅老练地铺撒在左手虎口，低头吸了几口。

玛嘉烈咳了几下并吐了口痰：“即使半夜像猪一样被宰也一样吗，托蒂牧师？你是男人，虽然年轻，但毕竟是个教士，我想她不会杀你。但我们呢？我的两个女儿呢？天哪，我们怎么安安稳稳地睡觉？”

“他们会留个官兵陪你。”托蒂一边含糊回答，一边转移注意力——他专一地看着一个脱离队伍朝他们小跑而来的人。

“他们非留个官兵在这儿不可，不然我就要亲自把罪犯送回斯托拉伯格。”

玛嘉烈在胸腹前方扭绞双手，扭头凝视一小群静静飞越瓦特斯达山脉的乌鸦。它们看起来像飘零在空中的灰烬。

“托蒂牧师，你是遵循传统的人吗？”

托蒂转头望她，思索这个问题：“如果你指的传统是高贵正直且遵循基督教义，那么我是。”

“你知道一群乌鸦被称为什么吗？”

托蒂摇头。

“叫阴谋，牧师，一群乌鸦叫作阴谋。”玛嘉烈扬起一边的眉毛挑衅，看他会不会反驳。

托蒂望着鸦群在牛棚的屋檐落脚：“是这样吗？玛嘉烈夫人。我以为鸦群是叫‘无情’。”

玛嘉烈还没来得及回答，那名朝他们骑马小跑而来的落单客已经到达了农场的边缘。

“愿上帝保佑你们。”那人嚷道。

“愿上帝保佑你。”玛嘉烈和托蒂异口同声回应。两人等那人下了马，才走上前去。双方依据礼俗，拘谨客气地互相亲吻招呼。那人汗流浃背，浑身散发着浓浓的马的气味。

“我们把她送来了。”那人气喘吁吁，“她可能有点儿旅途劳顿。”他再度顿了顿，摘下帽子抚抚湿漉漉的头发，“所以应该不会给你们添麻烦。”

玛嘉烈哼了一声。

男人冷冷地笑了笑：“我们奉命在这儿过夜，好确定她真的不给你们添麻烦。我们会在屋子旁边扎营。”

玛嘉烈严肃地点点头说：“只要别把草踩烂就好。你们要不要喝点儿牛奶？还是来点儿乳浆配水？”

“那就谢谢了。”男人说，“我们会酬谢你的招待。”

“不用了，”玛嘉烈噘起嘴，“只要注意别让那贱人靠近我家厨房的菜刀就好。”

男人哧哧窃笑，然后转身跟随玛嘉烈进入草皮农舍。托蒂趁他经过时，捉住他的手臂，问：“犯人要求和我说话。犯人在哪里？”

男人指着距离农舍最远的一匹马说：“就是摆副臭脸的那个。比较年轻的那个女仆留在米德霍普，据说是在等上诉的结果。”

“上诉？我以为已经定罪了？”

“瓦斯尼斯一带很多人希望思嘉可以获得国王特赦。她太年轻也太可爱了，大家舍不得她死。”那人挤眉弄眼，“哪儿像这一个，这女人动不动就乱发脾气。”

“她也在等上诉吗？”

男人大笑说：“我看希望不大。年轻的那个有布伦达尔撑腰，据说他看到那女孩就想起他太太。至于这个嘛……布伦达尔想用她来杀鸡儆猴。”

人马开始聚集在农庄的边界，托蒂注视着他们。男人们一一下马整理行装，唯有一个人仍留在马背上。托蒂倾身凑近方才那名官员。

“她有没有什么正式的名称？我应该怎么称呼她？”

“叫她爱妮丝。”男人打断他，“叫她爱妮丝，她会应。”

* * *

我们抵达目的地了。斯托拉伯格来的人员在距离康索那栋歪斜农舍稍有距离的地方下了马。农舍外站着两个人，一男一女，向我宣告我被褫夺了自由权的人正朝那一男一女行去。没有人上前来解开我的镣铐，他们可能把我忘了。女人压低脑袋走进室内，一边走，一边咳嗽吐痰。男的仍站在门外，和斯托拉伯格的官员说话。

我的左侧响起一阵笑声，两名戒护人员正朝地面撒尿，尿臊味飘在温暖的空气里。一如往常，谁也没注意到我一整天粒米未进且滴水未沾。我的嘴唇干裂如柴，我感到孩提时的那种饥肠辘辘，仿佛骨架的成长超越了身躯，仿佛骨骼即将抖抖索索脱身而去。我已停止流血，我不再是个女人。

其中一个人朝我走来，大大的步伐急急踏在农地上。别看他。

“你好，爱妮丝，我……我是托瓦多·永恩森牧师，我是维斯特霍普布雷达波斯塔德教堂的助理牧师。”他气喘吁吁。

别抬头。是他，嗓音一如从前。

他咳了几声，俯过身，像是要依循礼俗来亲吻我，但顿住，倒退了一步，险些被一堆草丛绊倒。他想必是闻到了我长袜上风干的尿味。

“你要求见我吗？”他的语气犹疑。

我抬起头。

他不认得我，我不知该庆幸还是该失望。他的头发一如当年，艳红如午夜的太阳，像吸饱了日光，如羊毛吸饱染剂一样地吸饱日光。但他的脸增添了岁月，消瘦了。

“你要求见我吗？”他又问了一次。我注视他的眼，他闪开视线，不安地拭去上唇的汗，留下点点污渍。鼻烟吗？他并不情愿来到这里。

我的舌头肿胀，无法言语。但纵使能言，事已至此，我又能对他说什么？我压住手铐在腕上磨出的伤疤，淋漓鲜血汩汩涌现。他注意到了。

“嗯，我必须……很高兴见到你，但……时间很晚了，你一定……呃，我很快会再来看你的。”他笨手笨脚地鞠了个躬，转身离去，因为脚步仓促而一路踉跄。我还没来得及让他明白我懂了他的意思，他就走了。我一边看着他跌跌撞撞走向他的马，一边顺手把新流出的鲜血涂抹在手臂上。

这下剩我一个人了。我张望乌鸦，聆听马儿吃草。

* * *

斯托拉伯格的官员们吃过饭，进入帐篷就寝后，玛嘉烈收拾起脏污的木碗，返回室内。她理了理女儿身上的毛毯，在小小的房间里缓缓行走，弯腰拾起脱落自横梁间层层草皮的干草。对于一屋子的尘埃，她感到绝望。她家的墙壁曾经镶着挪威树木制成的木板，但曜恩把木板拆了，拿去偿还他们欠山谷另一边一个农家的债务。如今光秃秃的草皮墙在夏日里往床褥崩落草和泥土，冬季则水润潮湿，生出霉丝滴落在羊毛毯上，侵蚀全家人的肺。这个家已经开始分崩离析，茅舍的摇摇欲坠蔓延到了屋里的居住者。去年，两个仆人感染湿气引发疾病，撒手人寰。

玛嘉烈想起自己的久咳不愈，不自觉地举手掩口。打从地区首长捎来信息之后，她的肺脏便以更趋频繁的规律排放腐朽。每天早晨醒来，她的胸口都宛如承载重物，她分不清这是由于恐惧罪犯将至，还是由于夜间的尘埃渣滓沉积在肺里，但她总联想起坟墓。都是往内倾塌的，她想。

一个戒护人员到爱妮丝与马的捆缚之处，把爱妮丝带过来。玛嘉烈仅在走出昏暗小屋端饭给官员们吃时，瞥到她遥远的身影，是个模糊的蓝点，污渍般的一团裙裾被拖拉下马。她的心猛然一沉，要不了多久，那个杀人凶手就会站在她跟前，她会看见她的脸，会在窘迫空间里感受到她的体温。到时候该怎么办？在这样一个女人面前应当如何自处？

要是曜恩在家就好了，她想。他会告诉我该如何对这人说话。只有男人，而且是好男人，才知道如何对付一个睡卧石间的女人。

玛嘉烈坐下来，心不在焉地拨弄手里的草。她掌理丈夫家里来来去去的仆人近 40 载，纵横过的农场也有四座之多，但恐惧与犹疑却使她提不起劲儿。而这个女人，这个爱妮丝，她不是仆人——当然更不是客人，但也不是个受她扶助的贫民。她不值得人宽厚以待，甚至还被判了死刑。玛嘉烈哆嗦起来，灯光把她的阴影投射在地板上。

农舍门口响起了闷闷的脚步声，玛嘉烈急急站起身，紧握的拳头松开时，方才握在手里的草飘落一地。戒护官低沉洪亮的声音从阴暗的走廊传来："康索农场的玛嘉烈？我带囚犯过来了，我们可以进来吗？"

玛嘉烈深吸一口气，挺直腰杆。"往这儿来。"她发出命令。

首先进门的是戒护官，他对着玛嘉烈笑得开朗灿烂。玛嘉烈尴尬僵硬地站着，两手握紧了围裙的布料。她往女儿躺卧的处所瞥了一眼，感觉血脉在喉头扑扑跳动。

戒护官眨着眼适应室内的微光，一阵静默，但接着他冷不防地把那女人一把拉进房间。

这女人外表的凄惨浊秽让玛嘉烈猝不及防。她身上穿的看起来是仆人寻常的工作服，以羊毛粗糙编织而成。但这身衣服脏得厉害，尘土在上头凝结成块，领口和袖子染着大片大片的棕色油渍，布料原本的蓝色几乎难以辨识，一块沉沉的干燥泥土硬生生把衣服拖得松垮。褪色的蓝色长袜完全湿透，松松垮垮地堆在脚踝边，其中一只破了，露出苍白的皮肤。她的鞋子看来是用海豹皮制成的，缝线绽着口，鞋面沾染了过多的泥，以致看不出究竟破损到什么程度。她的头发没有帽子遮掩，油腻得纠结成团，编成两条暗黑的辫子垂在背上，许多发丝散开了，软软地垂在颈旁。她看来像是被人从斯托拉伯格一路拖行而来，玛嘉烈想。她看不见女人的脸，因为她盯着地板。

"抬头看我。"

爱妮丝抬起头，玛嘉烈被女人嘴边一抹干涸的血痕及额头上的一条条污垢惊骇得震颤了一下。爱妮丝幽幽抬起头，玛嘉烈看到从她的下巴到颈侧还有一道黄色的瘀伤。玛嘉烈与她四目交接时，那激越的眼神令玛嘉烈胆寒，她脸上的尘垢使她眼眸的色彩显得淡而锐利。玛嘉烈把脸转向戒护官。

“她被殴打过。”戒护官等着看玛嘉烈是否流露出愉悦之情，但并没有，于是他垂下眼光。

“她的行李在哪里？”

“就只有她身上那几件衣服。”戒护官说，“办事时没收了她的财产，来支付她的食宿费用。”

玛嘉烈心中忽然燃起一把无名火，她伸手指着女人腕上的镣铐。“有必要把她拴得像待宰的羔羊一样吗？”她问。

戒护官耸耸肩，在身上四处摸索，翻出一把钥匙，熟练地扭了几下，解开爱妮丝的手铐。于是爱妮丝的手臂垂落在身体两侧。

“你可以走了。”玛嘉烈对戒护官说，“我上床后，你们当中的一个可以进来。但我要和这女人独处一下。”

戒护官睁大了眼：“你确定吗？这样不大安全。”

“我说了，我就寝时会请你们进来。你可以在门口等，万一有需要，我会叫你。”

戒护官迟疑了一会儿，点点头，敬个礼走出房间。玛嘉烈转向站在房间中央动也不动的爱妮丝。

“你跟我来。”她说。

玛嘉烈不想碰这女人，但屋里的黑暗迫使她不得不抓住爱妮丝的手臂，以引领她到该去的地方。她感受着爱妮丝手腕上嶙峋的骨骼，指尖触到她结痂的血。她浑身是腐臭的尿臊味。

“走这边。”玛嘉烈低头穿过低矮的门框，缓缓走进厨房。

垫高的石头壁炉里，残存的余烬给厨房带来了些光线，茅草天花板上一个小洞权充烟囱，微弱的粉红日光穿过小洞照在夯土地板上，照亮了一屋子的氤氲烟尘。玛嘉烈引领爱妮丝进入厨房，然后旋身面向她。

“衣服脱掉，要盖我家毛毯睡觉就要先洗个澡。我们家虱子够多了，我不准你再带更多进来。”

爱妮丝毫无表情，哑着嗓子问：“水在哪里？”

玛嘉烈犹疑着转身，指向搁在煤炭上的一只大锅，她伸手进去捞出浸泡其中的陶器，然后用力把大锅搬到地面。

“就这里。”她说，“是温的。洗快一点儿，已经过午夜了。”

爱妮丝看着大锅，忽然扑倒在地。起初玛嘉烈以为她晕厥了，但随即理解不是这么回事。她看着爱妮丝埋头在大锅的边缘，用手舀起油腻的脏水捧到嘴边，如牲畜就着饲料槽一般大口喘气大口吞咽。水沿着她的下巴和颈滴滴流淌，渗进她僵硬的衣裙皱褶里。玛嘉烈想也没想就俯下身，推着爱妮丝的额头，一把把她推开。

女人向后一仰，手肘撑地哼了一声，水从她的嘴里咕嘟溢流，那声音令玛嘉烈的心陡然震颤。爱妮丝半闭着眼，半张着口，模样看来像玛嘉烈见过的被酒或鬼魂或家人相继死亡的悲伤摧残到癫狂的人。

爱妮丝呜咽着用手背擦拭嘴，又擦拭衣服，然后撑着地面，奋力站起来。

“我很渴。”

玛嘉烈点点头。她的心仍在胸腔里剧烈动荡，她极力压制。

“下次先要个杯子。”她说。

* * *

托蒂牧师回到父亲位于布雷达波斯塔德教堂附近的农舍时浑身是汗。他快马加鞭地赶路，一路用脚跟重重夹踢马的两胁，冷风击打他的脸，冻得他两颊酡红。

近家时，他慢下脚步，指挥嘴边淌着白沫的坐骑走向茅舍门边的梯架，颤抖着双腿下马。起风了，风刮进他织工密实的衣衫，他感觉汗湿的皮肤一阵冰凉，且麻痒起来。他咬紧牙关，把缰绳缠绕在梯架上时，手是抖的。

海上飘来厚重的乌云，虽然夏至刚过不久，阳光却消逝得快。托蒂竖起潮湿的衣领，把脖颈裹得更密一些，帽子也压得更紧一些。他拍拍马的臀部，走上通往教堂的缓坡。他感觉自己像条被绞干的湿布，就这么被扭成麻花，扔在地上。北国的生活令他心烦，微光整日盘桓，夕照终久不散，他无法如在南方念书时那样，从天光判断时辰。

雨开始落下，风也强劲了。高高的草受了风的鞭笞，草茎一会儿贴紧地面，一会儿又挺拔腾跃。暗淡的阳光下，绿草银光闪闪。

托蒂大踏步上坡，趁着行走一边伸展肌肉，一边思索和那女人会面的情景。那女人，那罪犯，爱妮丝。

他首先注意到的是女人被捆缚在马鞍上，为了防止滑落而叉开双腿。接着他闻到了她身上的气味，是被遗忘的躯体、未洗的衣衫与新淌的汗，以及两腿之间的某种物质混合在一起所散发的强烈而刺鼻的味道，是女性罕有的恶臭。托蒂想到这点，红了脸。

但令他作呕的不是她身上的气味。她看来像具新出土的死尸，油腻的黑发凌乱，灰棕色的尘土在她的毛孔凝滞。那是麻风病的颜色。

他想要掉头离去，一见她就想逃，像个胆小鬼。

他在斜风细雨下弓起背，暗自责备自己，见到受伤的躯体就想逃，这算什么男人？见不得苦难的形象，能够成为哪门子的教士？

她下巴上一块格外清晰的瘀伤最触目惊心。那是一块时日久远的瘀伤，呈现黄色，犹如干涸的蛋黄。托蒂好奇是什么样的力道制造出那样的伤痕。是男性粗壮的手勒住她的脖颈，是一根绳索把她捆缚在镣铐上，或是一次重重的颠簸。

使人受伤的方式多么繁多，托蒂想。他来到教堂庭院，笨手笨脚摸索着围墙大门。

说不定是个意外，说不定是她自己不小心受伤的。

托蒂快速沿石头小径往教堂走去，尽可能不去看阴影中一座座坟冢及木质的十字架。他从口袋掏出一把粗糙的钥匙，打开教堂门走进去。关上木门并把萧萧风声阻隔在外后，他松了一口气。屋里一片寂静，唯有雨点打在教堂唯一的窗上制造了微弱的噼啪声。那窗也不过是个以鱼皮覆盖的洞。

托蒂摘下头上的帽子，伸手抚了抚头发。走往讲坛时，木地板在他脚下嘎吱作响。他驻足半晌，眯眼凝视祭坛背后的壁画——《最后的晚餐》。

壁画很丑，画着一张宽阔大桌和一个矮胖耶稣，徘徊在阴影里的犹大像神话里的洞穴巨魔，模样滑稽。作画的是附近一个商人的儿子，商人的妻子是丹麦人，在政界小有人脉。有个周日的礼拜过后，托蒂听到商人向永恩牧师抱怨原本的壁画漆料剥落，他提到自己儿子的绘画才能在哥本哈根获得了奖学金的肯定，若永恩牧师允许他对教区表达无上的奉献，他乐于出钱采买一切所需材料，并奉献儿子的劳力，教堂一分钱也不用出。托蒂的父亲是个崇尚俭约的人，自然答应让他绘制新画来覆盖旧的壁画。

托蒂怀念旧的壁画。旧的壁画描绘了旧约圣经里雅各与天使摔跤的故事，男人的脸埋在天使的肩膀下，拳头里握满圣洁的羽毛。

托蒂深深叹息，缓缓屈膝跪了下来。他把帽子搁在地上，双手交握在胸前，出声祈祷。

“天上的父啊，求你原谅我的罪，原谅我的软弱与恐惧。请帮助我战胜我的懦弱，赐给我力量面对苦难的形象，好让我能够遵行你的旨意，抚慰苦难中的人。

“主啊，我为这位犯下严重罪行的妇人的灵魂祈祷。请教导我如何说话，使我能唤醒她的忏悔之心。

“我忏悔我的恐惧，我不知该对她说什么，我感到不自在。主啊，求你护卫我的心，不叫这妇人引发我的恐惧。”

托蒂跪在地上好一会儿，直到想起他的马仍拴在风雨中才站起来，走出教堂并锁上门。

*　　　　*　　　　*

玛嘉烈隔天很早就醒了。睡在屋内保护她的戒护官正鼾声大作，呼噜噜的透气声直捣她的梦乡，惊断她的好眠。

玛嘉烈在床上转身面对墙壁，毛毯的边角塞进两耳，但如雷的鼾声依旧胀满她的脑袋。这会儿她睡意全消，仰面躺着，侧头望向漆黑房间另一头戒护官沉睡之处。他一撮撮油腻蓬乱的金发横七竖八，贴着枕头的嘴咧开着，下巴有点儿污痕。

他们就是这么帮我戒护杀人凶手的，玛嘉烈想，派个睡得死沉的小男孩来保护我。

她往囚犯那里瞥了一眼。囚犯睡在一张位于房间尽头的仆人的床上，此刻静静躺卧，应是沉睡中。她的女儿也都好梦正酣。玛嘉烈用手肘撑起身子，好看个清楚。

“爱妮丝。”玛嘉烈嘴巴里无声默念这几个字。

用受洗的教名来唤这人好像不大对，玛嘉烈想。不知他们在斯托拉伯格是怎么唤她的。囚犯？罪人？被告？说不定就没有名字，在该唤名字之处以沉默取代，这就算是呼唤她。

玛嘉烈一阵哆嗦，把毛毯裹紧了些。爱妮丝紧闭着眼，嘴也紧闭。玛嘉烈给她的帽子在夜里脱落了，黑发因此散乱，在枕头上错落如污渍。

等待了一个月后终于看见了这个人，感觉真奇怪，玛嘉烈心想。不只是等待一个月，也是恐惧了一个月。一种绷紧了的恐惧，犹如钓鱼线，钩着某种终须从深处拖拉而出的东西。

在曜恩见过布伦达尔回来之后，玛嘉烈日夜揣想自己将会如何对待杀人凶手，揣想这女人会生得什么模样。

什么样的女人会杀人呢？

玛嘉烈所知的女性杀人凶手仅有英雄传奇里的女人，那些女人用言语杀人，指派仆人去杀害情人或为血亲复仇。她们从远距离置人于死亡，指尖并不沾血。

但现下不是英雄传奇的时代，这个女人也不是传奇中的女人，玛嘉烈这么想。她是个名下无田产、喝苔藓和瘠地草熬成的粥长大的女仆。

玛嘉烈仰卧在床上，想起荷蒂丝。荷蒂丝是她最疼爱的女仆，如今已撒手尘寰，长眠在昂德菲妥了。她试图想象荷蒂丝是个杀人凶手，想象荷蒂丝趁她熟睡之际拿刀捅她，想象自己如纳旦·凯陶森与裴杜·约森一般，在睡梦中横遭杀身之祸。她想象荷蒂丝纤细的手指握住刀柄，想象暗夜中无声的脚步。

没有这种可能。

露卡问玛嘉烈，驱使人痛下杀手的邪恶心性可有外在的征兆？是否会显现出魔鬼的迹象，如兔唇、龅牙、胎记，或是某种外在的小小缺陷？

总该有某种警告，某种辨识方法，好让正直的人提高警觉吧？玛嘉烈说，没有，这一切全是迷信，但露卡并不相信。

玛嘉烈反而好奇这女人会不会生得花容月貌。她知道，居住在北方的所有人也都知道，闻名遐迩的纳旦·凯陶森善于发掘美女。人们怀疑他会巫术。

玛嘉烈的邻居英姬碧瑶听说纳旦与诗人罗莎结束恋情就是为了爱妮丝，她们好奇这是否意味着这位女仆比诗人罗莎更美。美丽的女子会杀人，这比较不那么难以置信，玛嘉烈想。英雄传奇里总是这么说的，女巫总是肤若凝脂。

但这个女人既不丑，也不美，或许还算迷人，但并不足以让年轻男子的眼光贪恋驻足。她非常苗条，按照南方人的说法，是小精灵般纤细，身高则并不突出。当晚在厨房里，玛嘉烈觉得女人的脸庞细长，颧骨格外高耸，鼻梁笔直。除掉瘀伤的地方外，她的皮肤苍白，在暗色头发的相衬之下，肤色显得格外惨淡。她的头发与众不同，这地区少有女人有这样的头发，玛嘉烈想。那样长，颜色又那样深，墨一般的深棕色，几近乌黑。

戒护官的鼾声持续震天，玛嘉烈把被子拉到下巴。不知情的人还以为要雪崩了，她气恼地这么想。她感到疲倦，痰液使得她胸口沉重。

女人的形象塞满了玛嘉烈紧闭的眼皮。她从锅子喝水时兽一般的行为。她不会脱衣。她的手指肿胀，不能弯曲，解不开衣带。玛嘉烈不得不帮她，用指尖掸去她衣上的干燥泥土，以便解开系带。在厨房狭小的空间里，尽管烟尘弥漫，女人衣衫上的恶臭与身上的酸腐味仍足以令玛嘉烈胃肠翻腾。把臭气冲天的羊毛衣衫从爱妮丝身上扯下时，玛嘉烈屏住了气息。衣服从窄小的肩膀落在地上，干燥的泥土飞扬起来时，她忍不住别过头去。

玛嘉烈想起爱妮丝的肩胛骨，锐利如刀，从内衣粗糙的布质里突出。内衣的领口泛黄，腋下脏成了褐色。

玛嘉烈打算在早餐前烧了这些衣物。昨晚她把衣物扔在厨房的角落，不想带进起卧间来。衣物的织孔有跳蚤蹿进蹿出。

她竟然成功洗掉了犯人身上多数的污垢和泥土。爱妮丝试图自己洗，虚弱地用湿布摩擦四肢，但尘垢在她皮肤上附着太久，几乎已经落地生根。玛嘉烈终于忍不住卷起袖子咬紧牙关，抢过爱妮丝手中的布，把她狠狠刷至整块布脏透。洗刷的同时，玛嘉烈禁不住搜索可有露卡所说的“外在瑕疵”“杀手征兆”，然而她全身上下唯有眼睛稍稍透了点儿玄机。她的眼睛与众不同，玛嘉烈想，非常蓝而清澈，但色彩太淡，人们通常不把颜色这样浅淡的眸子称为美丽。

女人的身体是一整块受尽摧残的大地。玛嘉烈见惯了辛苦劳动与意外带来的种种疾患，却仍感觉触目惊心。

她刷洗爱妮丝的皮肤或许刷得太用力了，玛嘉烈一边想，一边把头塞进枕头下，想挡住戒护官呼噜呼噜的鼾声。女人身上有些伤口皮开肉绽且血如泉涌。见到鲜血使玛嘉烈暗暗感到满足。

她也要求爱妮丝浸湿头发。锅里的水含了太多的泥沙和渣滓，于是玛嘉烈请一名戒护官到山涧去取水。等待期间，玛嘉烈用硫黄和猪油制的软膏替女人涂抹伤口。

“这是纳旦·凯陶森制的药。”她一边说，一边抬起眼看女人的反应。爱妮丝不发一语，但玛嘉烈依稀看见她颈上的肌肉绷紧。“上帝保佑他安息。”玛嘉烈低声说。

爱妮丝的头发在冰冻的水中被尽可能洗净，血流不止的伤口也用猪油堵住之后，玛嘉烈把荷蒂丝的内衣和寝具交给她。荷蒂丝死去时，就是身穿爱妮丝此刻穿着入眠的内衣。玛嘉烈猜想，即便衣上残存着感染病原，只怕也并无大碍，这身衣服的新主人也不久于人世。

此刻在距她不到十英尺的床上安歇的女子，不久之后就将长眠于黄土之下，这想象起来多么奇怪！

玛嘉烈叹了口气，在床上重新坐起来。爱妮丝依旧不动弹，戒护官也依旧鼾声震天。玛嘉烈看着他，他伸手到鼠蹊部抓了抓，沙沙声清晰可闻。玛嘉烈别过眼，既觉得好笑，又气恼她唯一的保护者竟是这样一个人。

不如起身替这些官员准备早餐吧。弄点儿脱脂奶酪好了，或是鱼干。她不知家里的奶油会不会用到一点儿不剩，也不知上雷克雅未克采买的仆人何时才会回来。

玛嘉烈解下睡帽，再次瞥一眼沉睡中的女人。

这一瞥把她吓得心脏险些跳了出来——阴暗的起卧间角落里，爱妮丝侧身躺着，好整以暇地望着她。

第三章 /

1829 年最高法院审讯内容:

弗德瑞克·西格森据称,在爱妮丝·马格努多特及思瑰朵·葛蒙多特的协助下,其于接近午夜时分潜入纳旦·凯陶森住处,以刀和榔头将纳旦及其宾客裴杜·约森殴打刺杀致死。其后,由于尸体血肉模糊,过于显眼,三人便放火烧毁农场,以掩盖其邪恶罪行。弗德瑞克行凶动机为厌恨纳旦且意图偷窃。凶案最终曝光。地区首长起初有所怀疑,半焚毁的尸体曝光后,他深信此三人系共谋犯案。

在斯托拉伯格的仓库中我不会做梦。蜷缩在铺着发霉马皮以保暖的木板上，睡眠有如清浅潮水，它袭上我身，轻轻拍打我，却从不把我淹没在忘我的空白中。总有什么会把我惊醒——脚步声、女仆前来倾倒便盆时的拖拉便盆声、尿液的浓烈臭气。偶尔，若我静静躺卧，双眼紧闭，把所有思虑排出脑海，睡眠会如涓涓细水慢慢流淌回来，我的神志会在清醒与昏聩中摆荡，直到最短暂的光线洒进房间，仆人打开门塞给我一点点鱼干。有些日子我感觉自从火烧农场之后，我就没有入睡过。说不定无法入眠就是上帝给我的惩罚，或甚至是布伦达尔给我的惩罚。我的梦境一如我所有的财产，被没收去支付我的食宿费用了。

但昨夜在康索，我梦见了纳旦。他正在熬制草药，我看着他，并用手抚过工作室的草皮墙壁。时令是夏天，阳光透着粉红。这帖药散发着浓烈香气，包围着我。我呼吸这苦中带甜的气味，感觉一股喜悦的浪潮在体内缓缓涌升。我终于离开了山谷。纳旦转过身来微笑，手拿一只烧杯，里头盛装着药汤中舀起的泡沫，蒸气袅袅。他穿着黑色的精纺羊毛长袜，手里热气蒸腾，像个魔法师。纳旦跨过一汪阳光，我展开双臂，满面笑容地迎向他，觉得我就将因胀满爱而死去，但此时烧杯从他手中滑落，摔碎在地板上，黑暗如油滴溜溜灌进屋内。

我不知在做了这个梦之后，是否会再次入睡。

纳旦死了。

每天早晨我醒来，一股哀痛都袭上我心。

唯一的疗愈办法是重新把我的神志埋入水中，埋入梦境中，埋入烧杯筒未破裂之前笼罩我的美好时刻中。或是想象布雷库考农场，想象妈妈仍在我身边的时候，若我专注凝神，可以看见她安睡在我对面的床上，还有犹亚，小犹亚抓挠着跳蚤咬出的肿包。我会用我的指甲和拇指把肿包捏破。

但我脑海里映现出的是冰冷的记忆。我知道布雷库考之后怎么了，我知道妈妈怎么了，也知道犹亚怎么了。

睁开眼时，我看见玛嘉烈清醒地躺在床上，她辗转反侧，心不在焉地抠弄毛毯。她的睡帽略略松脱，我看见她的灰发梳在脑后，即使在安歇时仍绑成极紧的辫子，我几乎看得出她头颅的轮廓。

她把毛毯往上拉，整张脸埋在毯中，因此面容模糊。她转身去端详在她床铺对面呼呼大睡的戒护官。

戒护官正鼾声大作，农场女主人咋着舌表露不满。我听见了。老太婆，这样就受不了了吗？你倒是和他们相处一整年，和他们无情的手与冷酷的神色相处一整年试试看。

她转动头颅时，枕头里的干燥海草沙沙作响。她看见我，倒抽了一口冷气，一只手掩上胸口。

我应该当心一点儿才是，端详别人时千万别给别人看到，他们会以为你有所图谋。

“你醒了，很好。”农场女主人抹抹额前的头发，打量了我半晌，似乎是不大确定我注视了她多久。

“起床。”她说。

我乖乖照办，脚下的木板冰凉。

玛嘉烈递给我一件蓝色的羊毛仆人服，我们在静默中着装。她紧张地盯着呼呼大睡的戒护官，我套上布料粗糙的衣袍，环顾室内。房间里还有其他人正沉睡。可能是仆人吧，但并没有时间探究这些人是谁，玛嘉烈领着我穿过小屋的潮湿走廊，仅有一次停下脚步，为的是扯下一绺自两座横梁间松脱垂落的草皮。

“四分五裂了。”她咕哝。

她走得太快了，我来不及观察小屋的其他房内有些什么。这不是栋大房子，但我仍记得初次置身此地时，屋里有间仓库是存放大木桶的，那边那间摆放着水桶、平底锅与乳品托盘的小室想必是乳品室，也或者他们改装成食品储藏室了。我们经过厨房，我从斯托拉伯格穿来的衣服堆在角落。

屋外已经阳光普照了，青草在昨夜落雨之后润泽潮湿，初升的太阳照得草叶晶亮。一阵强风吹来，院子里一洼洼的小水塘起了涟漪。我开始留意小小的事物了。

“你可以看得出来，”玛嘉烈发话，但因为被屋外柴火堆滚下的一根漂流木绊了一下而顿了顿，又重新开口说，“你看得出来，这地方有很多工作要做。”

这是她命令我穿衣之后说的第一句话。我不吭声，只是垂着眼，我发现她的裙摆因长年拖曳地面而染上污渍。

玛嘉烈挺直身躯，手撑在腰上，仿佛是要使自己看起来比实际高大些。她的指甲被啃到嫩肉都裸露出来。

“我不会掩饰我对你的不满。我不喜欢你住在我家，我不希望你靠近我的孩子。”

那些沉睡中的躯体是她的孩子。

“我被迫要收容你，而你……”她稍稍支吾了一下，“你被迫要待在这里。”

晨风吹拂中，我们的肩头紧绷，裙子在腿边噼啪飘扬。孩提时，我的养母英嘉教我在风中张开裙摆，佯作是羽翼，那感觉如同飞翔。有一天她告诉我，风会把我吹起，我会随风飘飞，全山谷的人都会仰望我，窥看我的亵衣。我听得咯咯发笑。

“我丈夫曜恩在华米尔，今天上午就会回来。我们的农场工人随时都可能会回来帮忙割晒干草。你最好别使性子，我们不吃你那套。我不知道你在斯托拉伯格干了什么好事，但我先警告你，你休想占我们便宜。”

她什么也不知道。

“好，现在，”她的手紧紧交握在腰间，“就我了解，你原本是担任仆役的工作……”她顿住了。

什么之前的原本？纳旦·凯陶森和裴杜·约森的头颅被敲碎之前的原本吗？

“是的，太太。”

听见自己的声音令我惊惶不安，我已经有大约一辈子不会自在地开口说话了。

“是当仆人吗？”风太强，她没听到我的回话。

“是的，是当仆人，打从15岁就开始当仆人了。15岁以前是打零工。”

她松了一口气：“你会纺纱、编织、烧菜和照顾牲畜吗？”

我闭着眼睛都会做。

“你会使刀吗？”

我的心一沉：“您说什么，太太？”

“你会割草吗？会不会用镰刀？天晓得有多少仆人一辈子没割过草。我知道这年头女人割草不常见，但我们家农场人手不足……”

“我会用镰刀。”

“很好。我认为你要用工作来换取食宿。你必须为我们的不便付出代价。我不需要罪犯，只需要仆人。”

罪犯。这字眼在空中沉重盘桓，狂风呼啸也吹它不走。

我想摇头。那字眼不属于我，我想这么说。它不适合我，不能描述我的身份。我的身份是另一个字眼，这个字眼属于另一个人。

但咬文嚼字有何意义呢?

玛嘉烈清清喉咙："我不会容忍暴力，也不接受偷懒。你敢有什么无礼放肆的行为，或不守规矩，或摸鱼打混，或偷窃，或密谋什么勾当，我就会把你扫地出门。有必要的话，我会扯着你的头发把你拖出农场。清楚了吗？"

她没有等我回答，她知道我别无选择。

"我带你去看牲畜。"她深吸一口气，"我去帮牛和羊挤奶，你……"

她的眼光从我身上飘移，转向山谷里的隔壁农场。有什么东西吸引了她的注意。

*　　　*　　　*

吉斯塔德农场的农人史纳彼昂正沿山谷上坡走来，保罗也一道。保罗是他七个儿子当中的一个，今年夏天被康索农场雇来牧羊。一旁费力跟上脚步的是史纳彼昂的妻子萝丝琳，她带着最小的两个女儿同行。

"上帝保佑！"玛嘉烈喃喃咕哝，"来了一票人！"她悚然一惊，猛然抓住爱妮丝的手臂低语，"进屋去。"她拉着爱妮丝退到农舍旁，急匆匆把她往门边推，"进屋去，快！"

爱妮丝在门口踯躅，打量了玛嘉烈一会儿，才隐没到屋里的黑暗中。

"天气真好啊！"史纳彼昂喊着。他是个高壮的男人，脸颊红润，暗金色的发丝垂到眼里。

"可不是吗？"玛嘉烈回答得简短。

等到史纳彼昂走近了，她才又说："看来你和保罗带访客来找我啰！"

史纳彼昂咧开嘴笑得腼腆："萝丝琳坚持要来。她听说了你……呃，你的倒霉境遇。她说想来看看你好不好。"

"真好心！"玛嘉烈咬着牙说。

萝丝琳来到了彼此说话声能互相听闻的范围。"天气真好啊！"她像个孩子似的举起一只手嚷道，"希望好天气能持续到割晒干草的日子。早安呀，玛嘉烈！"

史纳彼昂的妻子正怀着他俩的第 11 个孩子，腹部向前隆起，衣裙的前侧撑高起来，裸露出被朝露濡湿的肿胀脚踝。费力徒步了一大段路使得她一张大饼脸红通通的，她气喘如牛，胸脯在圆滚滚的腹部上方起伏。

"史纳彼昂和保罗要过来，我就想和他们一起过来看看你。"她 5 岁的女儿踉踉跄跄跨过一堆草丛，伸手递了个盖盘给玛嘉烈。"黑麦面包。"萝丝琳说，"我想你也许会喜欢来点儿点心。"

"谢谢你！"

"噢，老天，我简直喘不过气来。这把年纪怀胎太辛苦了，但孩子就是一个接一个，络绎不绝。"萝丝琳欢欣地拍拍腹部。

"那倒是。"玛嘉烈回答得酸溜溜。

史纳彼昂咳了一声，望望萝丝琳又望望玛嘉烈说："我们爷儿俩要干活儿去啦。玛嘉烈，曜恩在吗？"

"上华米尔去了。"

"好吧，那我让保罗去上工。你不介意我乱动工具间的话，我去看看镰刀。"他转而对妻子及女儿说话，"萝丝琳，别耽搁玛嘉烈太久，害她没办法做事。"他对妻女短暂笑笑，便转身迈着均匀的大步，推着男孩的背离去。

一待丈夫离开了能听见她们话语的范围，萝丝琳便笑了：“男人就是这样，一刻也站不住。席芭，去跟你妹妹玩，别跑远，在附近就好，走吧！”萝丝琳把两个女儿轻轻推开，一面说话，眼光一面在农场间到处乱瞟，像是寻找着什么人。玛嘉烈挪移盛着黑麦面包的盘子，改捧在腰际。面包的甜香混合着萝丝琳身体热烘烘的潮湿气味，令玛嘉烈感觉难受，她一阵狂咳，身子剧烈摇晃，萝丝琳不得不把面包盘接过来，以免全撒到草地上。

“放轻松，玛嘉烈。深呼吸。好，没事了。身子骨还是不好？”

玛嘉烈等这阵咳嗽平息，往草地吐了一团黏液说：“我好得很，这只是冬季喘咳而已。”

萝丝琳哧哧笑起来说：“可是现在是盛夏呢。”

“我身体很好。”玛嘉烈没好气地回嘴。

萝丝琳以夸张的怜悯表情看着她说：“那当然，你说好就一定好。可是老实说，我今天来就是为了这个。我有点儿担心你。”

“哦？”玛嘉烈咕哝，“担心什么？”

“当然是担心你的肺不好啰。不过这几周我听说了一些传言，我想一定是胡说八道啦，但是……”萝丝琳脑袋歪向一侧，胖墩墩的脸庞露出了带酒窝的笑靥，“我真是的，只顾叽叽哇哇说话，都忘了先问你忙不忙。”她越过玛嘉烈的肩头往农舍窥看，一只手抵在眉心遮阳，“希望我没打扰。看来你好像有同伴，是个黑发的妇人。是访客吗？”萝丝琳客气地装出满不在乎的神情。

玛嘉烈不悦地叹了口气说：“萝丝琳，你真是好眼力。”

“噢，是英姬碧瑶吗？”萝丝琳扬起了一边的眉毛，“那我不打扰你们了，让你们两个好朋友好好聊聊。”

玛嘉烈忍着翻白眼的冲动回答："不是。"

"那倒是啦，这个时间访友也太早了。"萝丝琳眨眨眼，"是新来的女仆吗？你们割晒干草真的是需要多一点儿人手。"

"也不算是……"

"那是亲戚啰？"萝丝琳锲而不舍，往前跨了一步。

玛嘉烈叹了口气，清清喉咙，她知道她逃避不了萝丝琳的询问："你看到的妇人是地区首长伯尔尼·亚当森·布伦达尔安置在我们家的。"

"真的？好奇怪，为什么要这样？"

"她叫爱妮丝·马格努多特，是杀害纳旦·凯陶森和裴杜·约森的两个仆人之一，处决之前都要由我们监管。"玛嘉烈坚毅地把手臂交横在胸前，挑衅似的低头俯视萝丝琳。

萝丝琳惊呼一声，把面包盘放到地上，以便把惊恐表现得更明显一些。

"爱妮丝！是和弗德瑞克一起的那个爱妮丝吗？杀死纳旦·凯陶森的凶手！"她用手捧住自己红通通的脸颊，睁大眼睛望着玛嘉烈说，"可是玛嘉烈，我来就是为了这个！欧丝珂·约翰多特说她和索菲雅·咏多特聊过，索菲雅的弟弟约翰在华米尔当农场工人，她说布伦达尔决定要把爱妮丝从斯托拉伯格移走，因为他们不能让这么重要的家庭被屠杀……"

萝丝琳发觉自己说错话，赶紧住了口。玛嘉烈噘着嘴瞪她。

"噢，玛嘉烈，我不是那意思……"她圆嘟嘟的脸庞绯红起来。

"是的，萝丝琳，布伦达尔确实把杀人凶手安置在我们家，我和曜恩都没有置喙的权利。但布伦达尔为何做这种决定，只有他自己知道。"

萝丝琳用力点头说："那是一定的。欧丝珂真是个大嘴巴！"

“没错。”

萝丝琳点头如捣蒜，并且向前一步，一只手搭在玛嘉烈肩头说：“我真替你难过，玛嘉烈！”

“难过什么？”

“难过你家竟然住着一个杀人凶手！难过你被迫要每天看她丑陋的脸。难过你要因为这件事而害怕，害怕你自己、你先生和你可怜的女儿会受伤害！”

玛嘉烈哼了一声：“她的脸没有那么丑。”但萝丝琳压根儿没听进耳。

“玛嘉烈，我对这件案子的了解还蛮多的，我要警告你，这三个邪恶的人夺去了善良的纳旦·凯陶森和裴杜·约森的性命，我听说过他们的一些很残酷的事。”

“大多数人应该不会用‘善良’来形容纳旦和裴杜吧。”

“噢，但他们真的很善良！当然他们也犯过错……”

“裴杜割断了30只羊的喉咙，萝丝琳，他是个贼。”

“但他们仍然是高尚的冰岛人。而且想想纳旦的家人，他的哥哥古孟笃和妻子及小孩。他们都到伊路加斯塔德去修复农庄和纳旦的工作室了。”

“萝丝琳，如果我听说的没错，纳旦花在和有夫之妇床上的时间比待在伊路加斯塔德工作室的时间更多！”

萝丝琳大大惊骇：“玛嘉烈？”

“我只是觉得……”玛嘉烈欲言又止，转过身望向茅舍的入口，好一会儿后才终于吐出一句，“没有什么事情是那么单纯的。”

“你总不会觉得他们死得活该吧？”

玛嘉烈哼哼鼻子：“当然不会。”

萝丝琳小心谨慎地打量她说："你知道她有罪吧？"

"我知道。"

"好，那我告诉你，我建议你要好好小心提防这个……她叫什么名字来着？"

"爱妮丝。"玛嘉烈轻声回答，"你知道的，萝丝琳。"

"对，爱妮丝·马格努多特，就是这个人，你要小心她。我知道你不能抗命，但是你可以请地区首长派个卫兵来看管她，不然就把她的手绑起来！大家都说被定罪的三个人里面，爱妮丝是最坏的一个。那个小男孩弗德瑞克是受爱妮丝指使的，她又强迫另外那个女孩把风，还把她绑在门柱上，防止她逃跑。"萝丝琳上前一步，脸凑近玛嘉烈的脸，"我听说是她捅了纳旦18刀，捅了一遍又一遍！"

"18刀？真的吗？"玛嘉烈轻声咕哝。她迫切希望史纳彼昂快些回来接走他的妻子。

"捅在肚子上和脖子上。"萝丝琳的脸因为兴奋而涨红，"而且……噢，老天保佑，还捅在脸上！听说她把刀插进他的眼窝里，像刺穿蛋黄一样刺穿眼睛。"萝丝琳紧紧抓住玛嘉烈的肩膀，"如果我是你，只要有她在房间里，我一秒也不会合眼！我会情愿睡在牛棚，也不要冒丢掉性命的危险。噢，玛嘉烈，我真不敢相信流言竟然是真的！杀人凶手就在我们面前！我们这个教区真的是世风日下，比传说中的雷克雅未克还要堕落。而且这个女人就站在我女儿玩耍的地方，我想到就汗毛倒竖。你看我的手臂，我浑身都起了鸡皮疙瘩。可怜的玛嘉烈，你要怎么面对这种事？"

"我会有办法的。"玛嘉烈语气尖刻。她弯下腰去拿起盛着黑麦面包的盘子。

“会有办法吗？曜恩又在哪里保护你们呢？”

“他去华米尔跟布伦达尔开会，我告诉过你了。”

“玛嘉烈！”萝丝琳在半空中挥舞双手，“布伦达尔让你和女孩们跟这个女人独处真是太恶劣了。这样吧，我待在这里陪你！”

“千万别这样，萝丝琳。”玛嘉烈语气坚定，“但谢谢你的关心！我不想送客，可是羊不会自己挤奶。”

“要不要我帮忙？”萝丝琳说，“来，我帮你把面包端进去。”

“萝丝琳，再见。”

“如果我见到她，可能可以估量出她对你和对我们全部人的危险性有多大！要怎样防止她半夜溜出来四处乱走呢？”

玛嘉烈握住萝丝琳的手肘，把她往适才来的方向转过去：“谢谢你来看我，萝丝琳，谢谢你的黑麦面包。走路小心！”

“可是……”

“再见，萝丝琳。”

萝丝琳回望农舍一眼，挤出一抹微笑，然后踩着吃力的步伐走上通往吉斯塔德农场的斜坡，小女儿们跟在她屁股后头一步一颠。玛嘉烈呆立着，黑麦面包盘捧在前方，注视她们离去，直到她们化作远方的小黑点，才蹲下身来，咳到舌头都黏滑了。她往草地喷吐痰沫，然后缓缓站起，转身走回农舍。

* * *

走进起卧间时，我发现方才呼呼大睡的官员不见了，八成是到户外和同伴们会合去了，窗外传来混合着丹麦语和冰岛语的男人谈话声。他们想必没看到女主人把我推进室内。两个沉睡中的女儿也不知去向，剩下我一个人。

我独自一个人。

没有人看管我，没有人守门，没有绳索，没有镣铐，没有锁栓，我独自一个人，没有被捆绑。这个状态我光是想到就浑身瘫软。必定有个人正从钥匙孔观看吧？必定有个人挤在墙缝，等着看我会做出什么，等着冲进房里，用手指着我，一如拿刀抵住我的喉头。

但什么人也没有。一个人也没有。

我站在房间中央，让眼睛适应房里的阴暗。是的，就只有我一个人，一阵兴奋的战栗蹿递全身，如同即将要烧滚的水的表面那样抖抖颤颤。此时此刻我可以做任何事——可以观察这栋小屋，可以躺下，可以大声说话，可以唱歌，可以骂人，可以大笑——谁也不会知道。

可以逃跑。

恐惧如气泡沿脊椎腾腾蹿升，感觉如同站在冰上却听见冰在脚下破裂，糅合着惊恐与兴奋。在斯托拉伯格时，我梦想着逃跑，梦想着找到镣铐的钥匙而后逃之夭夭。我从没思考过要逃到哪里去，反正也从来没有这种机会。但此时此刻，在这里，我可以跑出庭院，跑到山谷另一端，跑离这座农场，等待黑夜降临，再逃进高地，高地的天空会用它灰黑粗糙的手遮蔽我。我可以逃到荒野中，可以让他们知道他们关不了我，我是个偷时间的贼。他们所拒绝给我的时光，我会偷回来！

绑在窗上的薄膜有阳光透进来，阳光里有尘埃飞扬。我注视着点点尘埃，想逃的兴奋感缓缓流逝，像水从间歇泉慢慢隐没。逃跑不过是用一个死刑交换另一个死刑。高地里，暴雪号哭如渔人的遗孀，狂风会刮去人的脸皮，寒冬如黑暗里的拳头，让你猝不及防，杳无人烟的地带就和刽子手一样残酷。

我软着膝盖，跌跌撞撞走回我的床。我闭起眼，房间里的宁静如人的手一般压迫着我。

心跳慢下来后，我往戒护官睡过的床望去，他的床单卷成一团，裸露出破旧的床垫。他应该要换张床板才对，不然会走霉运。如果床仍温热，表示他还没走远。触摸光溜溜的床垫感觉像入侵他人领地，但床垫是凉的，他走远了。我的床整理过了，我抚摩着薄薄的毛毯，毛毯因经年使用而磨损得平滑。在我之前，这里躺过多少人呢？这块布匹之下生出过多少梦魇呢？

地面钉上了木板，但墙壁和天花板都没有，裸露的草皮亟待整修。整片整片的干燥草皮向内凹陷且变细变薄，导致墙面出现裂缝，风因此吹了进来。冬天会很冷。

但冬天还没来，我可能就死了。

快赶开那念头！

枯死的草从天花板垂落，像脏污未洗的头发。横梁间垂吊着雕刻饰物，门楣上钉着一座十字架。

这里的人在冬天唱不唱圣歌？说不定他们不唱圣歌而背诵英雄传奇，我喜欢听故事胜于祈祷。康索农场的人曾经为这事鞭打我。那是我童年时代的事了，我被送到康索来看管农地，农场主人彼昂不满我对英雄传奇的了解比他多。“你还是和绵羊做伴比较好，爱妮丝。”“书是人写的，不是上帝写的，这种东西缺乏信仰，不是你这种人该读的。”

要不是我的养母英嘉趁夜晚彼昂熟睡时给我上课，我险些就相信了他的话。

房间入口处，靠近女主人床位的地方，钉了一块灰色的羊毛帘子，我猜想是用来权充隔壁房间的门。帘子不够长，和地板之间隔着一大截空隙，空隙中可以看见一张桌子的桌脚。桌脚略有些破裂，像是遭人啃咬过。

起卧间几乎就和多年前的康索农场一样陈设简陋，只不过在屋顶斜梁与墙壁间钉了木板当作置物架，摆放着一般的物品——木头罐子、羊角、烟斗、鱼骨、连指手套及毛线织针。其中一张床下放着一个上了漆的小型衣箱，还有一双亟待修补的废弃拖鞋。这类熟悉的日常用品使我感到宽慰，曾经我也拥有这样的东西。我曾有一只白色麻布袋，里头装着干燥花，还有离开妈妈前她给我的石头。“这会给你带来好运，爱妮丝，这是一颗魔术石头，放在舌头下就能和鸟儿说话。”

石头在我嘴里躺了许多天。如果鸟儿们听懂了我的发问，那它们始终懒得回答。

胡纳湖区的康索农场。6 岁那年，我被带到这座农场的门口，只带着一个吻和一枚妈妈给的石头。如今我已活过 33 个冬天，因两个死去的男人和一场火，又再度被拖回这个地方。我工作过的北方农场比一个人所应工作过的更多，但贫穷使得这许多农场毫无二致，所有农场的共通点即所有该有的东西都付之阙如。我就如同一辈子只待过一个地方。

那么就是这里了，康索就是我最后的凄清角落。我最后一张床，最后一片屋顶，最后一块地板。一切都是最后，这使我哀哀沉痛，仿佛除了火焰所冒的袅袅余烟外什么也不剩。我必须假装我仍是个仆人，这里是我的新住处，我必须专注思索我将做的一切活计，思索我将如何令女主人赞赏我灵巧的手指。我曾以为若我工作勤快，终有一天会成为女管家。但不是在这里，不是在康索。

康索。这个字眼在我脑海里反复不休地翻滚，我不得不轻轻地把这字眼念出声，感受它的读音。我告诉自己，这也不过就是一座农场，我念咒似的轻轻诵念我所待过的每一个地方，弗拉加、贝纳克尔达、里拉基利亚、布雷库考、康索、谷润纳斯塔德、吉斯塔德、加博、梵勒加斯塔德、布尔菲妥、盖塔斯卡、伊路加斯塔德。

这所有的农场名称当中，有一个是个错误，是个梦魇，是黑暗中踩空的阶梯。

一切的差错都在那个名字中发生。伊路加斯塔德，海边的农场，轻柔的空气在打铁室的铿锵声与海鸥的啼鸣声中回响，海豹浑身油脂地翻滚。伊路加斯塔德，那里的夜晚被火光点亮，烟雾在清晨冒起，吞噬星辰。成了废墟的伊路加斯塔德在烧毁的梁柱构成的牢笼里，轻轻拥抱尸首。

窗外的戒护官们爆出一阵笑声，其中一人谈起他在赫尔加湖的富裕表亲。

“我们去帮他消化一点儿白兰地吧！”其中一人说。

“对！再顺便帮他消化一下老婆和女儿吧！”大伙儿又是一阵哄笑。

会有个人留下来注意我会不会逃跑吗？注意着别让我燃起灯，以免我把火焰往地上扔；注意着我的手不会乱摸乱碰，舌头乖乖静止，双腿并拢，目光低垂。

我现在是国家的财产了。

我希望他们今天全部都会离去。

我正竖起耳朵努力聆听戒护官员的谈话，却发现对面的床底藏着某种闪闪发亮的东西。是一枚银质胸针，它出现在这样物质匮乏的房间里十分奇怪。是偷来的吗？这个山谷里，人们会在羊群散开之前捕捉羊并磨去羊耳上的标记，男人会留长指甲以方便捡拾硬币。偷窃在这山谷里并不奇怪，这一带许多手脚不干净的农人或仆人都接受过法律的制裁，就连纳旦身上都有少年时被桦树枝鞭笞过的疤痕。

我拾起胸针，发现它出乎意料的沉重。

“不要乱拿！”一个苗条的年轻女孩叉开双腿站着，双臂从两侧举起，“那是我的！”

我扔下胸针，胸针落地时，我和女孩都颤了一下。女孩的骨架纤细，身材瘦小，颜色极淡的睫毛在深蓝色的眼珠外拍打。她的脑袋用围巾包裹着，鼻子上有个小小的突起。

“史黛娜！”女孩动也不动，只是从门口不断打量我。我猜她怕我。

另一个女孩穿过房门走进来，想必是先前那女孩的姐姐或妹妹，但她个头较高，棕色眼睛，鼻子上雀斑点点。“萝丝琳跟她那堆小家伙——”看到我时，她戛然住口。

“她刚刚乱动我的坚信礼礼物。”

“妈妈不是把她带到外面去了吗？”

“我也以为是这样啊。”

两人瞪着眼发愣：“妈妈！妈妈！快过来！”

玛嘉烈颠颠簸簸地走进来。她看见银质胸针在我脚边的地上，脸庞唰一下没了血色，嘴也张开了。

“妈妈，她乱动胸针，被我抓到了。”

玛嘉烈闭上眼，一只手掩住口，仿佛承受着痛楚。我想碰碰她的手臂，想安慰她，她向我走来，变得怒不可遏。我还没感觉到痛，先听到了巴掌声，清清脆脆的一记响声，热热辣辣的一阵刺痛。

“我是怎么跟你说的？”她吼，“屋里什么也不许碰！”她剧烈喘气，手指着我的脸，“我这次不往上报算你好运。”

“我不是小偷。”我说。

“你不是小偷，你是杀人凶手。”蓝眼睛的女孩愤愤吐出这几个字，酒窝在两颊闪动。她的头巾脱落了，一绺淡金色的发丝落在额头，脸蛋绯红。

“露卡。”玛嘉烈制止她，“去厨房，史黛娜也一起去。”姐妹俩离开了，玛嘉烈抓住我的衣袖，拖着我走出房间，“跟我来。你可以用做牛做马来证明你的悔意。”

* * *

托蒂牧师大清早就醒了，再也无法入睡。今天他该再度造访康索农场，他不情不愿地起身更衣，走进沁凉清新的晨间空气里，开始农场与教堂的工作。他把父亲豢养的一小群羊聚拢，以超乎寻常的细腻悉心为它们挤奶，柔声呼唤它们的名字，手指轻抚它们毛茸茸的耳朵。

上午悠悠晃过，太阳在天空中淌血，托蒂给他们的牛喂食草和水，取下父亲晒在教堂石墙上的衣物。

“那些事不用你做。”永恩牧师从茅舍朝他走来。

“没关系，我不介意。”托蒂笑吟吟地说。他从一只袜子中翻出一颗草籽。

他的父亲耸耸肩说：“我还以为你今天要去瓦特斯山谷。”

托蒂苦闷地皱起脸。

“你既然要去见她，干吗大费周章地仔细整理衣物？”

托蒂顿住了，注视着正在风中抖甩一条裤子的永恩牧师。“我不知道要跟她说什么。”托蒂说，然后顿了顿又说，“是你的话你会说什么？”

父亲用粗糙的手拍了一下他的肩头说：“快去吧！谁说你一定要说话的？快动身！”

*　　　　*　　　　*

玛嘉烈带着我穿越庭院，去看种植当归和圆叶当归的小小菜圃，然后我协助她挤奶。我猜想她不放心再放我独处了。稍早来到的小男孩已经把牲畜赶到一起，玛嘉烈指着他告诉我他叫保罗，但并未介绍我们认识。保罗不敢靠近我，但张着嘴愣愣地看着我。

然后我们烧掉我的衣服。

这套衣服是两年前我自己做的。思嘉和我用纳旦给的布，一人做了一套样式简单的蓝色工作服。

我从未料知这套我勤勤恳恳缝制的衣裳，有一天会成为我在一间弥漫着皮肤酸臭味的斗室里唯一的温暖。我从未料知有一天我会在夜里急匆匆穿上这套衣服，在夜半时分汗流浃背地奔跑至史塔帕，用死人也会惊醒的音量死命尖叫。

玛嘉烈给了我一点儿桶里的温羊奶，然后我们走进厨房，她的两个女儿正用粪便生火。我一走进门，两个女孩就缩到墙边。

“史黛娜，把锅子从钩子上拿下来。”玛嘉烈对长相平庸的女儿这么说。接着她卷起角落里那堆我的脏衣物，没有举行任何仪式，就这么直接扔进火里。

“好了。”她的口气听来十分满意。

我们看着那套羊毛衣闷烧，直至大伙儿全都被烟熏得泪眼迷蒙，玛嘉烈咳嗽起来，我们才不得不走开到别处去工作，任由我的衣服烧成灰烬。两个女儿则走进食品室。

那件衣衫是我最后的财产，如今我在世上什么也没有了，就连躯体散发的温度都被夏日的和风带走。

康索农场的草药园，植物长得过度茂密且杂乱无章，周遭围绕的粗糙石墙一端倾颓倒塌。多数植物都熟透了，寒害冻坏的根在较暖的天气里腐烂，但还有艾菊、当归，以及一些我在纳旦伊路加斯塔德的工作室见过的草药一并散发着甜香。

我们忙着除草，在健康的植物旁寻找偷偷蹿出的杂草，从土壤里拔除。我喜爱根的弹性，喜爱草茎在我的指腹迸裂，但我的肺脏疼痛。我变虚弱了，但我不让人看出来。

蹲踞在地上，裙子臃肿鼓胀在四周，用粪便生的火冒出的腾腾烟味弥漫在头发间，这其中有着一种愉悦。玛嘉烈忙得团团转，马不停蹄，气喘如牛。她在想什么？她的指甲因沾了土壤而乌黑，却仍然在泥土里疯狂扒抓。厨房的烟熏得她眼眶泛红。她清喉咙时，我听见痰声呼噜。

“回屋里叫我女儿出来找我。”玛嘉烈忽然开口，“然后把炉子里的灰清一清，混到土壤里。”

我独自回到农舍时，戒护官们正在给马套上马鞍。他们静默下来，其中一个对玛嘉烈喊：“还好吗？”玛嘉烈挥挥沾满泥土的手报平安。

农舍的门开着，可能是为了让污浊的烟排放出去。我举脚跨过门槛，在食品储藏室里找到两个女孩，她们正在捞除昨日挤的牛奶表面的乳脂。小的女孩先看到我，用手肘戳了戳她姐姐，两人都向后退了几步。

“你妈妈要你们两个去找她。”我微微点头，然后退到一边好让她们通过。小的那个迅速溜出房间，眼光一瞬也没离开过我。

大的女孩踯躅不前。她小名叫什么来着？史黛娜，意思是石头。她以奇异的眼光看我，缓缓放下木勺。

“我好像认识你。”她说。

我不吭声。

“你以前在这个山谷当过仆人，对不对？”

我点头。

“我认识你。我是说，我看过你。我们要搬家到谷润纳斯塔德，承租那个牧场时，你正要离开那里。我们在路上碰到了你。”

那是什么时候的事情？1819 年 5 月。那时她多大？不会超过 10 岁吧。

“我们那时带着一条狗，白色和土黄相间的狗。我记得你是因为狗狗对着你吠，而且往你身上扑，爸爸把狗狗拉住，后来我们一起吃饭。”

女孩搜索似的端详我的脸。

“你是我们去谷润纳斯塔德的路上碰到的女人。你记得我吗？你帮我妹妹绑辫子，还给了我们一人一个蛋。”

两个小女孩在路边吸吮蛋，裙摆被泥巴打湿。依稀有只瘦狗在水中追逐自己的倒影，破碎的天空青灰而辽阔。三只乌鸦排成一线飞翔。是个好兆头。

“史黛娜！”

在料峭春日从谷润纳斯塔德走往吉斯塔德的路程。1819 年，与给拉尔附近的海岸来了 100 条小鲸鱼。是个坏兆头。

“史黛娜！”

“来了，妈妈！”史黛娜转向我说，“我说得没错，对吧？是你。”

我向她踏近一步。

农场女主人呼啸而入。“史黛娜！”她看看我，又看看她女儿，“给我出来。”她捉住女孩的手臂，把她拽出房间，又转身对我说，“去清理炉灰，快去！”

屋外的微风从桶里抓起一把我的衣裳烧成的灰烬，向蓝天撒去。灰色的尘烬在空中飞扬，沉坠，消融在空气中。我胸臆中的这股暖意，如同有人掩上一只手的暖意，是快乐吗？

我或许能够假装我仍是从前的我了。

* * *

“我们要不要先一起祷告？”托瓦多·永恩森助理牧师问。

他和爱妮丝坐在农舍门口一小堆割好并整理好的草皮上，这是预备修整农舍用的。牧师一只手捧《圣经》，另一只手握了一片黑麦面包。黑麦面包是玛嘉烈给他的，抹上了奶油，颇为绵软，上面黏附着从衣服上沾来的马毛。

爱妮丝没有回答牧师的问题。她的手指搁在膝上，背微微弓起，注视着排成一排正要离去的戒护官。她的头发间夹杂着炉灰。风停了，戒护官们偶尔传来一句喊声或一阵哄笑，玛嘉烈与女儿们在菜园除草发出的撕扯声掺杂其间。较大的那个女儿不时抬起头来窥看牧师与罪犯。

托蒂看着自己手中的书，清了清喉咙。“你觉得我们是不是先从祷告开始？”他再问了一次。他以为前一次问时爱妮丝没有听到，于是提高了音量。

“先从祷告来开始什么？”爱妮丝轻声问。

托蒂没意料到这样的问题，一时语塞：“呃……开始你的忏悔。”

“我的忏悔？”爱妮丝复诵，然后轻轻摇头。

托蒂匆匆把面包塞进口中，快速咀嚼，咕一声大口吞下。他用衬衫抹抹手，用拇指翻阅手中的《圣经》，在草皮上调整姿势。前夜下过雨，草皮仍湿，托蒂感觉得到潮气渗入了裤子。坐在这里真蠢，他心想，他应该待在室内别出来才对。

“我一个月前接到地区首长布伦达尔的一封信，爱妮丝。”他顿了顿，又开口说，“我可以叫你爱妮丝吗？”

“我的名字就是爱妮丝。”

“他告诉我你不满意斯托拉伯格的牧师，希望能有另一个牧师来陪伴你度过……度过……”托蒂的声音缥缈消逝。

“临死前的时光？”爱妮丝帮他把话接完。

托蒂轻轻点头说：“他说你要求我来陪你。”

爱妮丝深吸了一口气说：“托瓦多牧师……”

“叫我托蒂吧，大家都叫我托蒂。”他打断她，但随即红了脸，后悔自己表现得这样亲昵。

爱妮丝犹豫了一会儿，又重新开口：“那么就称你为托蒂牧师吧。你认为地区首长为什么希望我和神职人员谈话呢？”

“呃……我想是因为……我是说我们希望，布伦达尔和所有的牧师还有我，都希望……希望你可以回归上帝。”

爱妮丝的神情冷酷起来：“我想我很快就会在大斧一挥之下回归上帝了。”

“我不是这个意思……我不是指这样的意思……”托蒂叹息了，情况就和他预期中一样糟，“但你真的向他们要求我当你的牧师，对吗？但是我花时间查了布雷达波斯塔德的教籍资料，你没在里面。”

“没有。”爱妮丝回答，“不会有的。”

“你从来不是我或我父亲教区的教友？”

“对。”

“那既然我们没见过面，你怎么会要求我当你的牧师？”

爱妮丝注视着他说：“你不记得我了，是吗？”

托蒂吃了一惊。这女人的确给他一种熟悉感，但他在脑海中逐页搜寻这辈子认识过或见过的所有女人——女仆、人母、人妻、孩童，都寻不着爱妮丝的踪迹。

“很抱歉。”他说。

爱妮丝耸耸肩：“你有一次帮了我的忙。”

“是吗？”

“骑你的马过河。”

“在哪里？”

“在冈各斯克附近。我本来在梵勒加斯塔德工作，正要离开那里。”

“所以说你是斯卡加峡湾区的人？”

“不是，我就是出生在这个山谷，胡纳湖区的瓦特斯山谷。”

“我曾经协助你过河？”

“对，过道被水淹没了，我正打算涉水而过时，你刚好骑马经过。”

托蒂纳闷着。他曾多次行经冈各斯克，却不记得曾遇见年轻女子：“那是多久以前的事？”

“六七年前吧，你那时还很年轻。”

“对，那时我应该很年轻。”托蒂说。有半晌的时间，两人都沉默。“是因为我那时对你好，所以你现在找我当你的牧师吗？”托蒂细细端详爱妮丝的脸。她看起来不像罪犯，托蒂想，洗过澡之后就再也不像了。

爱妮丝眯起眼，远远眺望山谷的另一方，表情深邃难辨。

“爱妮丝……”托蒂叹息，“我只是个助理牧师，受过的训练还不完备。也许你需要一个合格的神职人员，或是你们教区认得你的牧师？一定也有别人对你表达过善意吧？你当年的牧师是谁呢？”

爱妮丝把一绺黑发塞到耳后：“我认识的神职人员没几个我喜欢的，认识我的则一个也没有。”

几只乌鸦穿过山谷，栖息在石墙顶端。托蒂和爱妮丝都看到玛嘉烈的脑袋从石墙背后冒出来。“讨厌的东西！”她嚷道。一团泥土从墙那边腾空飞来，鸟儿惊慌飞蹿，愤怒地呱呱乱叫。托蒂看看爱妮丝，笑了笑，爱妮丝却铁青着脸。

“它们不会喜欢这样的。”她喃喃自语。

“嗯。”托蒂深吸一口气，“如果你需要一个精神教诲师，我会把探视你视为我的责任。我会遵照布伦达尔首长的意愿，带领你祈祷，好让你怀着信心和尊严走向你的命运。我会负起责任，为你提供精神抚慰和希望。”

托蒂住口了。他在骑马来此的途中演练了这套说辞，这会儿很满意自己没忘记“精神抚慰”这四个字。这词汇听起来有父亲的慈祥，且自信沉着，仿佛在性灵的笃定程度上，他位于一个崇高的地位。他想他理当是位于那个地位的，却隐约有一种惶惶不安之感，觉得自己并不在那里。

但他终究不习惯如此正式的言辞。《圣经》的书页薄如细纱，他那抚着书页的手却冒着汗。他小心翼翼合起书，留神着别把书页弄皱，然后在大腿上抹抹掌心。现在该是摘几句《圣经》佳言的时候了，他父亲向来都是这么做的。但此时他唯一能想起的，却是他多么渴望他的鼻烟壶。

“也许我错了。”爱妮丝的语气沉着冷静。

托蒂不知该说些什么，他看着爱妮丝脸上的瘀青，咬着自己的下唇。

“也许你还是待在布雷达波斯塔德比较好。我很感谢你，但是……

你真的觉得……”爱妮丝双手掩口，摇摇头。

“亲爱的孩子，别哭！”托蒂从草皮上站起来惊呼。

爱妮丝拿开手说：“我没有哭。”她的语气平缓，“我错了。托瓦多牧师，你叫我孩子，但你自己也不过是个孩子。我提出要求时忘了你有多年轻。”

托蒂无言以对。他注视她半晌，凝重地点点头，随即把帽子戴回头上，向她道别。

爱妮丝看着他走过石墙去向玛嘉烈及两个女孩道别，一伙人站着聊了一会儿，不时望向她。爱妮丝想聆听他们谈些什么，但起了风，风把说话声带得离她更远了。唯有在托蒂向玛嘉烈举起帽子，并走向马桩去牵他的短腿马时，爱妮丝听见了玛嘉烈高声说：“我看把石头捏出血来可能都比教化这人容易！”

* * *

这一天剩余的时间便都在工作中——除草，以及照顾可怜兮兮的草药——度过。我聆听远方的绵羊哀鸣。可怜的绵羊刚刚被剪去了冬天的毛，看起来干瘦且斑驳。牧师离开后，玛嘉烈、两个女儿及我吃了顿鱼干和奶油搭配而成的午餐，我特别注意每一口都咀嚼 20 下。饭后我们返回菜园，我开始修整石墙，把移位的石头拔出来，放在地上分类整理，再重新堆叠固定。石头捧在手里的沉沉重量令我感到欢欣。

我常感觉自己虚幻缥缈，但重量使我记起我是存在的。

玛嘉烈和我默不作声地工作，她唯有在下命令时才对我说话。我们的思绪仿佛凝聚在另外的事情上，我想着命运把我带回孩提时居住过的康索是多么奇怪的事。我在这个地方头一次学会什么叫哀痛。我想着我曾走过的路径，想起那个牧师。

像个农家子弟一样，让人喊他托蒂的托瓦多·永恩森。他做这个职位似乎太青涩了。他的嗓音和手都显得柔软。他的手不像纳旦那样修长且染着色，也不像农场工人的手那样粗壮肥大，他的手小巧、细瘦且干净。同我说话时，他的手搁在《圣经》上。

我错了。他们判我死刑，我却要求一个孩子来教我面对死亡，一个红发的孩子，狼吞虎咽他的奶油面包，歪歪斜斜走向小马时，裤子的屁股部位是湿的。他们希望这个年轻人能引导我匍匐跪倒，全心祈祷。我希望这个年轻人能帮助我，然而要用什么方法、运用什么力量来帮助我，我却全然想不出。

能理解我此刻心境的人唯有纳旦。他了解我，一如人们了解季节、了解潮汐。他深知我的本质和想望，一如熟稔烟的气味。然而他死了。

或许我应该告诉他，可怜的男孩，回牧师寓所去吧，回去读你宝贵的书吧，我错了，你什么也帮不了我。上帝曾有机会释放我，但唯有他本人方知的缘故，把我打入了悲惨的命运。我会挣扎，但灾难横亘了我的上下里外，命运的劈砍不留任何余地。

/ 第四章

冰岛东北部副总督钧鉴：

承蒙钧座于本年 1 月 10 日赐函询问被告弗德瑞克、爱妮丝与思瑰朵三人谋杀罪、纵火罪及其他罪行之起诉状况。该三人已获判死刑。敬复钧座来函，特此禀报，受托打造行刑用斧头之铁匠韩瑞克森据职去年 12 月 30 日所提之构造及尺寸，报价工本费用 5 银圆。然接获钧座赐函后，职遵奉钧座指示，决改以相同价格赴哥本哈根购置较宽阔之斧头，并委请商人赫尔 · 西蒙森代为备办。

今夏该商人西蒙森持其所置阔斧回报，职获知该斧耗资 29 银圆，大感震惊。经职详察账单无误，不得不自钧座所核发之本案经费中拨款，如数给付。

职斗胆向钧座禀报此超支情事，并呈请钧座裁示该项支出是否可自本案经费提拨。盖该经费原应用于罪犯之监禁等费用。并呈请钧座核示刑毕后该斧应做何处置。

敬颂

钧安

胡纳湖区地区首长伯尔尼 · 布伦达尔敬禀

托蒂离开康索时，打定主意要写信给布伦达尔，推翻自己担任爱妮丝精神教诲师的承诺。他与这名罪犯的第二次谈话彻底失败，就连简简单单带领她祈祷一下都没做到。但想到他必须说明自己何以仅仅造访两次就改变主意，这使他满怀恐惧和困窘。于是他暂时不构思这封信。我明天再来写。在布雷达波斯塔德的每一天，他都这么承诺自己，但两星期过去了，农人们个个都开始准备 7 月中旬的收成，他却连羽毛笔都不曾拿起过。

一天晚上，托蒂和永恩牧师一同坐着，各自默默阅读，永恩牧师忽然抬起花白的脑袋问他："罪犯有没有祷告？"

托蒂支支吾吾地说："我不确定。"

"嗯。"永恩牧师喃喃低语，"要确定。"永恩牧师眯起黏糊糊的眼睛看托蒂，看得托蒂脸颊和脖子一阵潮红。"你是上帝的仆人，小子，别丢自己的脸。"话说完，他又自顾自继续读起《圣经》来。

第二天，托蒂起了个大早，去给艾萨克挤奶。他把额头抵在母牛暖暖的腹部，聆听牛奶泼入木桶的规律节奏。爱妮丝坐在他身边的影像赫然蹦入脑海。他的父亲知道他没去看爱妮丝。得知儿子竟然承担不起引导一个女人赎罪的责任，他会感到羞耻。但对一个不想赎罪的女人，该拿她怎么办呢？爱妮丝是怎么说的？她认识的神职人员中，没有一个她喜欢的。她似乎并不是虔诚教徒，而他那番关于精神抚慰的愚蠢小演说——一大堆冠冕堂皇的话——完全是白费唇舌。那么她到底期望从他这儿得到什么呢？若她不想谈论上帝，不想谈论生与死、天堂与地狱，也不想谈论上帝的教诲，又为什么要求见他呢？只是因为他曾经协助她过河吗？这使他感到不安。为什么不找个亲戚或朋友来协助她面对自己生命的终结呢？

说不定她在世上已经没有朋友了。说不定她想谈谈其他的事，例如在淹水的春日跨越冈各斯克山坳；例如她何以离开瓦特斯山谷，而到更东之处去工作；例如她何以不喜欢神职人员。托蒂闭上眼，感受到艾萨克在他额头之下不安地把重心从一侧移到另外一侧。为了安抚艾萨克，他背诵起皮耶图森[1]的诗句："我欲遵循主耶稣的受难之路，我的软弱生出火一般的性格。"他睁开眼睛，把最后一句重复诵念了一遍。

木桶装满之前，他决定再次前往康索。

托蒂骑马穿越鬼魅一般盘桓缭绕在草地之上的山岚，山谷中流连不去的晨雾遮蔽了山的形象。托蒂在低温中哆嗦，手埋进马的鬃毛中避寒。今天我会和爱妮丝修补关系，他这么想。

托蒂放慢马的脚步，攀越谷口席瑞斯塔帕的三座怪丘，朝瓦特斯山谷的青绿隘口迈进，晨曦透过云层洒落下来，又是一个美好的晴日。再过不久，家家户户的农人和仆人便将星罗棋布于一座座家庭农场间，手持镰刀，把收割的牧草摊放在阳光下暴晒，整座山谷会弥漫着干草的清香。但此刻仍是清晨，托蒂仅看得到山的顶端，绝大部分的棕色山体仍笼罩在缓缓游移的晨雾中。他听到一声叫喊，看见康索的牧童保罗赶着羊群沿山腰行走，烟岚影影绰绰遮蔽着他的身影。托蒂催促马儿往河岸行去。河流在山谷间蜿蜒，远远流经前方的康索，持续往昂德菲妥低矮的茅舍迤逦而去。

一个满脸胡茬的大块头农人出现在门口："你好，我是赫克·雍森。"

"赫克你好，我是助理牧师托瓦多·永恩森。请问昂德菲妥的教区

1 Hallgrímur Pétursson，1614—1674，冰岛著名诗人兼牧师。

牧师在吗？”

“你找彼耶特·比亚纳森？不在。他现在不在这里租房了，不过他住得不远。请进。”

托蒂尾随着农人庞大的身躯走进农舍。这房子比他见过的多数屋舍都大，起卧间里至少坐了8个人，各自忙着穿衣或交谈。一个大眼睛的女孩膝上抱了个涨红脸蛋尖声嘶吼的幼童，两个年轻女仆正七手八脚给一个显然对坐在地上玩弄指节远比穿衣更感兴趣的小男孩着装。看见托蒂走进来，一屋子人全都噤了声。

“请这里坐。”赫克朝一张床上的空位比了比。空位旁是个垂垂老矣的妇人，脸庞干枯，以空洞的眼神注视托蒂。“这位是歌德润，她眼睛看不见了。你不介意等一会儿的话，我帮你去找牧师。”

“麻烦了。”托蒂说。

农人走出去，一会儿一个脸色红润的少妇匆匆走进起卧间说：“你好！你从布雷达波斯塔德来的？要喝点儿什么吗？我是妲佳。”

托蒂摇摇头。妲佳从女孩膝上抱起小女童，让她倚在自己的肩头：“可怜的小东西，她一个晚上没睡，整夜都在鬼叫，死人都快被她吵醒了。”

“她生病了吗？”

“我先生认为是肚子痛，但我担心是更严重的问题。牧师，你懂医药方面的事情吗？”

“我？我不懂，不会比你懂。真抱歉！”

“没关系，只是很可惜纳旦·凯陶森死了。愿他安息！”

托蒂眨眨眼说：“你说什么？”

角落里的女孩忽然发话：“我的百日咳是他治好的。”

“他是你们一家人的朋友吗？”托蒂问。

妲佳皱起鼻子说："不是，不是朋友。但小孩子生病或需要放血的时候，找他很有用。小歌娜咳嗽不会好时，纳旦在我们家待了一两夜，在这里调配草药，查阅一本外文书。他是个怪家伙。"

"他是巫师。"托蒂身边的老妇人忽然开口，全家人的眼光都望向她。

"他是巫师。"她又说一次，"他的遭遇是罪有应得。"

"歌德润……"妲佳有些不安地对着托蒂微笑，"有客人在呢。你会吓到小孩。"

"纳旦撒旦，他就叫这名字。他所做的一切都不是出自上帝。"

"别说了，歌德润，那只是传言。"

"什么传言？"托蒂问。

妲佳把号哭的孩子换到另一侧的腰际问："你没听说过？"

托蒂摇头说："没有，我一直在南方念书。我都待在贝萨斯塔德。"

妲佳扬起眉毛说："就是山谷里大家传说的那些。有人说纳旦·凯陶森的母亲有预知能力，就是做的梦会成真。她怀纳旦的时候，梦见一个男人来找她，告诉她她怀的是男孩。这人问她是否愿意以他的名字为孩子命名，纳旦的母亲答应了，于是这人告诉她他的名字是撒旦。"

"她吓到了。"歌德润皱着眉头插嘴，"牧师帮她把名字改成纳旦，他们觉得这名字很高雅体面，但我们都知道这孩子不会成就什么好事。他是双胞胎中的一个，但他弟弟从没领受到上帝的光，一个上天，一个下地。"老妇在床上缓缓旋身，脸蛋凑近托蒂的脸，悄声说，"他从来不缺钱，他和魔鬼做生意。"

"也可能他不过是个巧手的草药师，靠着狮子大开口来赚钱。"妲佳轻快地说，"我说了，那只是传言而已。"

托蒂点头。

“不提了，牧师，今天是什么风把你吹来瓦特斯山谷的呢？”

“我是爱妮丝·马格努多特的牧师。”

妲佳的笑容消退了：“我听说她被送到康索农场了？”

“是的。”托蒂看到两个女仆互望了一眼。他身旁的歌德润干咳一声，他感觉到星星唾沫落在他的颈上。

“审判是在华米尔举行的。”妲佳继续说。

“没错。”

“她是出生在我们这山谷的人呢。”

“我就是为了这个来的。”托蒂说，“我是说来昂德菲妥。我想要从教籍资料来多了解一点儿她的生平。”

少妇的表情紧绷起来。“我可以告诉你一点儿她的生平。”她迟疑了一会儿，要仆人把孩子们都带出去，并等大伙儿全离开了，才重新开口，“她这人生性就是这样。”妲佳压低了嗓音，小心翼翼朝歌德润望了一眼。歌德润懒洋洋倚在墙上，像是睡着了。

“什么意思？”托蒂问。

少妇扮了个鬼脸，往他凑近一些说：“这么说很不妥，但是牧师，爱妮丝·马格努多特向来眼里只有自己，没有别人。她总是一心往上爬，想要爬到她没资格达到的地位。”

“她很穷吗？”

“三级贫户的杂种，一肚子鬼，正派的女仆没有像她这样的。”

少妇的措辞令托蒂心惊：“你们两个感情不好？”

妲佳笑了：“不好。我和爱妮丝是两种人。”

“那她是哪种人？”

妲佳欲言又止：“有些人满足于自己的命运以及与自己为伍的人，

并且感激上帝的赐予。但爱妮丝不是这种人。”

“但你认识她吧？”

女人把呜咽的孩子换到另一边抱：“我没和她同住过一个起卧间，但我知道这个人。这个山谷里人人都互相认识。她年轻点儿的时候，这一带流传一首诗是形容她的。那时大家都喜欢她，称她为布尔菲妥的爱妮丝。她年纪越大，性情就越乖戾。她有某种问题，留不住男人，定不下来。这山谷很小，她的尖嘴利舌和人尽可夫家喻户晓。”

门口有男人清喉咙的声音，农人带着另一个男人回来了。那人正打着哈欠，挠抓脖颈上的胡茬。

“托瓦多·永恩森牧师，这位是彼耶特·比亚纳森牧师。”

昂德菲妥教堂是个小小的礼拜堂，座位不超过六排，后侧仅供站立。坐不下全山谷的农人，托蒂想。彼耶特·比亚纳森牧师正心不在焉地把一副金属框眼镜往鼻梁上推。

“啊，钥匙找到了。”牧师朝祭坛旁一只箱子弯下腰，使力开锁，“你说你目前住在康索？”

“不是住，只是短暂造访。”

“我想你去比我去要好。那家人怎么样？”

“我跟他们不太熟。”

“不，我的意思是，他们对收容凶手这件事接受得还好吗？”

托蒂想起爱妮丝从斯托拉伯格来到康索的那晚玛嘉烈恶毒的言辞：“可能有点儿不开心吧。”

“他们会善尽职责的，挺亲切和善的一家人。小的那个女儿是个小美人，那对酒窝真迷人，认真负责又聪明绝顶。”

“叫露卡，对吧？”

“没错。比她姐姐高明多了。”牧师把一本皮革封面的巨型书册搬上祭坛，“好，来吧。她几岁啦，我的孩子？”

托蒂不喜欢被人称为孩子，身子僵直起来：“我也不清楚。我猜应该超过30岁了吧。您不认识她？”

牧师哼了一声：“我到这儿也才一年而已。”

“真可惜，我本来希望能从您这儿得知一点儿她的性格的。”

牧师嘲笑：“纳旦·凯陶森的遗体对她的性格应该是很好的说明。”

“或许吧，但我希望得知她在伊路加斯塔德事件发生之前的状况。”

彼耶特·比亚纳森牧师从鼻梁向下俯视托蒂：“你当她的牧师真是太年轻了。”

托蒂红了脸：“她要求找我。”

“嗯，如果她的性格有什么值得了解的地方，教籍记录一定会记载。”彼耶特牧师小心翼翼翻着写满潦草字迹的黄色书页，“找到了。1795年，生于弗拉加农场，父母是马格努·马格努森和英薇朵·拉夫多特。两人并非夫妻，是非婚生孩子。生于10月27日，隔天命名。你还想知道什么？”

“她的父母没结婚？”

“上面是这么写的。这里说：‘父亲居住于斯托利山谷，其余无值得记载之处。’你还想知道什么？要不要查查她的坚信礼记录？这里有。布伦达尔首长几个月前要我把一些细节抄录给他。”牧师哼了哼，把眼镜往鼻子上推了推，“记录在这里，你可以自己看。”他让开一步，好让托蒂能俯身靠近页面。

“1809年5月22日，”托蒂出声朗读，“14岁时和……”他停顿下来计算人数，“其他五个人一同举行坚信礼。但她当时应该是13岁。”

“你说什么？”彼耶特牧师从窗外转回视线。

“这里说她当时 14 岁，但 5 月时她应该才 13 岁。”

彼耶特牧师耸耸肩说：“13 岁或 14 岁，有什么差别？”

托蒂摇摇头：“没太大差别。这里说什么？”

彼耶特牧师伏在书页上端详，托蒂闻到他的口气，带有白兰地和鱼肉的气味。

“我看看。这些孩子中，葛瑞摩、斯凡比雍和爱妮丝三个都把《教义问答手册》的内容全部背下来了。后面就是些一般的评语。”

“她的表现好吗？”

“上面说她‘才智卓越，对基督教教义认识丰富且理解深刻’。真可惜她最后没听从耶稣基督的教诲。”

托蒂不理会他的最后一句感叹。“才智卓越。”托蒂复诵。

“上面是这么写的。托瓦多牧师，请问你是希望我们继续在寒风中翻查教籍呢，还是回到可爱的赫克太太那儿，看看还有没有剩下的早餐和咖啡？”

*　　*　　*

“托蒂牧师！”托蒂才刚刚在门上轻轻巧巧敲了几下，不到三秒，玛嘉烈就把门打开了，“你来拜访真是好！我们还以为你回南部去了。请进。”玛嘉烈咳了几声，把门开大一些好让托蒂进来，托蒂发现她腰间挂着一个沉重的麻袋。

“我帮你吧。”托蒂提议。

“不用，不用。”玛嘉烈哑着嗓子招呼他进走廊，“我没问题的。农场工人已经从雷克雅未克回来了。”她转头对托蒂浅浅一笑。

“哦，”托蒂说，“去采买回来了。”

玛嘉烈点点头说：“成果不坏，面粉里没有象鼻虫，不像去年。盐和糖里也没有。”

“真是好消息。”

“要不要来点儿咖啡？”

“你们有咖啡？”托蒂很惊奇。

“我们所有的羊毛都卖出去了，熏肉也卖了一些。曜恩去磨收割用的镰刀了。要咖啡吗？”她引导托蒂走进起卧间，拉开帘幔好让他进入小客厅，“在这儿等一等。”她蹒跚走出房间，麻袋依旧在她腰间。

托蒂在椅子上坐下来，用手指摩挲着木桌上的纹理，听到玛嘉烈在厨房一阵剧烈咳嗽。

“托蒂牧师吗？”帘幕背后传来嗫嚅声，托蒂站起身，轻手轻脚拉开帘幕。爱妮丝从帘幕的缝隙偷窥，朝他点了个头。

“爱妮丝，你好吗？”

“对不起，我只是要拿……”她往小客厅里另一张椅子上的一卷毛线比了比。托蒂让开一步，掀起门帘好让她通过。

“请别走。”托蒂说，“我是来看你的。”

爱妮丝拿起毛线卷：“玛嘉烈要我……”

“请坐，爱妮丝。”爱妮丝乖乖在椅子的边缘坐下。

“来了！”玛嘉烈脚步轻快地走回小客厅，手捧一个盛装咖啡用具的托盘，以及一只盛了奶油与黑麦面包的盘子，但她赫然发现爱妮丝坐在客厅里。

“希望你不介意放爱妮丝休息几分钟。”托蒂站起身来，“我是特地来找她的。”玛嘉烈看着他，于是他玩笑似的说，“是布伦达尔的命令。”

他挤出一丝毫无说服力的微笑。

玛嘉烈抿紧嘴唇点点头说：“托蒂牧师，随便你怎么处置她，交给你了。省得我费事。”她把托盘当地一声放在桌上，转身用力掀起门帘走开。爱妮丝和托蒂听见她的脚步重重踩过走廊的泥土地板，一扇门砰一声关上。

“好。”托蒂在桌边坐下，对爱妮丝扮了个鬼脸，“你要不要来点儿咖啡？虽然只有一个杯子，但我相信……”爱妮丝摇头，“那来点儿面包吧？我刚刚去了昂德菲妥一趟，那户人家的太太请我吃了一大堆脱脂奶酪。”他把盘子推向爱妮丝，自己斟了一杯咖啡，并从糖罐撒了点儿糖进去。他从眼角余光瞥到爱妮丝撕下一小块面包塞进嘴里，他微微笑了。

“看来仆人们在雷克雅未克把老板的生意做得很成功。”托蒂啜饮咖啡，感觉滚烫的咖啡灼伤了他的舌头。他的直觉反应是吐出来，但他知道爱妮丝色彩清淡的眸子注视着他，他勉力把滚烫的咖啡咽下去，稍稍呛了一下。

“你喜欢这里吗，爱妮丝？”

爱妮丝咽下面包，凝神望他。她的脸比上回圆了些，脖子上的瘀青几乎完全消退了。

“你气色不错。”

“这里吃得比斯托拉伯格好。”

“你跟这家人相处得好吗？”

她嗫嚅：“他们容忍我。”

“你觉得地区政务专员曜恩怎么样？”

“他不跟我说话。”

“那他们家女儿呢？”

爱妮丝默不作声，于是托蒂又说：“昂德菲妥的牧师好像很喜欢露卡，说她在女性中算是绝顶聪明的。”

“那她姐姐呢？”

托蒂又啜了一口咖啡，顿了顿才说：“她是个好女孩。”

“好女孩。”爱妮丝复诵。

“是的。多吃点儿吧。”

爱妮丝拿起剩余的面包，快速吃掉，吃完后手指并没有移开，她把手指上的奶油吸吮干净。托蒂无法不注意到她的嘴唇粉红油亮。

他强迫自己把眼光放在眼前的咖啡杯上：“我想你大概在纳闷儿我怎么会又来了。”

爱妮丝用大拇指的指甲剔出齿缝间的一块面包屑，没有吭声。

“你说我是孩子。”托蒂说。

“我得罪你了。”她的口气显得漠不关心。

“我并没有介意。”这是谎言，“但是爱妮丝，你错了。没错，我是年轻，但我在南部贝萨斯塔德的学校念了三年书，我会说拉丁语、希腊语和丹麦语。上帝挑选我来引导你赎罪……”

爱妮丝眼睛眨也不眨地注视托蒂说：“不对，牧师，是我挑选的。”

“那就让我帮助你啊！”

女人静默了一阵。她持续剔着牙齿，然后用围裙拭手：“如果你要和我聊，就用常人的口气聊。斯托拉伯格的牧师说起话来像主教似的，他希望我跪在他跟前哭泣。他不听我说话。”

“你希望他听你说什么？”

爱妮丝摇摇头说：“每次不管我说什么，他们都会扭曲我的话，然后用那话来侮辱我、指控我。”

托蒂点头：“你希望我用平常人的态度跟你说话，而且你希望我听你说话？”

爱妮丝从椅子上欠身过来，仔仔细细端详他，因此托蒂注意到了她眼眸的奇异颜色。她的蓝色虹膜颜色浅淡如冰，瞳孔上有星星点点的灰色斑纹，但外头又围绕着极细薄的一圈黑。

“你想听什么？”爱妮丝问。

托蒂往椅子后侧靠了靠：“今天我一个早上都待在昂德菲妥教堂。我去看你在教籍资料里的记录。你说你是出生在这个山谷的。”

“里面有我吗？”

“我找到你的出生记录和坚信礼记录。”

“那你就知道我的年纪了。”爱妮丝冷冷微笑。

“或许你可以多告诉我一些你的过去和你的家人。”

爱妮丝深吸一口气，开始缓缓把卷轴上的毛线绕在自己的手指上：“我没有家人。”

“不可能。”

她把毛线紧紧缠在指节上，指尖因血液不流通而涨成深红色：“牧师，你或许在教籍记录里看到了我父母的名字，但把我记成孤儿也没太大差别。”

“为什么这么说？”

门帘外传来咳嗽声，帘底的缝隙有双鱼皮鞋窸窣挪移。

“请进。”托蒂说。爱妮丝迅速解开缠在手指上的毛线，门帘则被拉到了一边，史黛娜雀斑点点的脸从帘侧探进来。

“不好意思打搅了，牧师，妈妈要找她。”史黛娜匆匆指了指爱妮丝，爱妮丝忙不迭从座椅站起来。

“我们在说话。”托蒂说。

“对不起，牧师，现在是收成季节。我是说，现在是7月中，今天要开始割晒干草了。至少天气还晴的时候每天都要。”

“史黛娜，我大老远跑来……”

爱妮丝把一只手轻轻搁在他的肩上，严厉地看了他一眼，他不由自主地噤声了。他注视着她的手，长而苍白的手指，拇指上泛红的水泡。爱妮丝注意到他的目不转睛，迅速挪开了手，一如放上他肩头那样迅捷：“牧师，如果你愿意，明天再来吧。我们可以趁等干草上的露水风干时聊一聊。”

*　　　　*　　　　*

誓愿要把往事锁在心中或许是件憾事。在华米尔受审时，他们如鸟一般拽扯我的言辞。可怕的鸟，胸前有银色纽扣的红衣鸟，脑袋高高扬起、口喙尖利的鸟，如同在树丛间寻找莓果一般寻找人的罪。他们不让我用自己的话诉说事发经过，把我对伊路加斯塔德及纳旦的记忆加以扭转，曲解我对那一晚的陈述，把我塑造得心狠手辣。我所说的每一件事都被篡改加工，于是我的故事不再是我的故事。

我以为他们会相信我。当那小小厅堂里鼓声咚咚响起，布伦达尔宣告“有罪”的刹那，我心中唯一的想法是：若你移动，你将崩解碎裂；若你呼吸，你将颓然倒地。他们想把你消灭于无形。

审判中，来自特约恩的牧师告诉我，若我不回顾自己一生的罪恶并祈祷乞求原宥，便将烈火灼身——仿若祈祷能将罪恶拔除似的。但随便哪个妇女都知道，一条线一旦经过编织，就固定在那里了。抚平错误的唯一方法是将一切拆解摊开。

纳旦不相信罪这种东西。他说："性格上的缺陷才是一个人的特色。就连大自然都会为了成就美、为了创造，而违反自己的规则，好维持自己的热情。你了解的，爱妮丝。"

他是在史塔帕诞生了双头羊之后告诉我这话的。史塔帕的一名仆人奔跑到伊路加斯塔德来告诉我们这消息，但我和纳旦赶到时，小羊已经归天。农家主人觉得双头羊是坏兆头，一见它就杀了它。纳旦要求把尸首给他，好供他解剖，研究构造。但就在他掘地要挖出羊尸时，一名妇人走上前来厉声说："魔鬼的孩子就交给魔鬼来处置吧！"我在一旁看着纳旦在她面前哈哈大笑。

我们把这古怪生物扛到他的工作室，鲜血与泥泞满身且严重作呕的我扔下纳旦，让他独自去开膛剖腹。他从羊身上割下了少许肉片，我和思嘉都没有吃。他骂我们不领情，提醒我们他花了多少钱才换来这具畸形尸体，但他自己也并没有胃口大开。那些肉最后成了狐狸饵，孪生的头骨则保存在他的工作室里，颜色如新制的鲜奶油。

我不知牧师眼中的我是否也如那头羊，是引人好奇、受了诅咒的东西。男人究竟是如何看待我这样的女人的?

但这牧师甚至不算是个男人，他像孩子一般脆弱，只不过缺了年轻人的跛扈与愚昧。我记忆中的他比较高。我不知该对他做何想法，说不定他不过是个高明的骗徒。我认识的男人够多了，我知道他们打从断奶就谎言不断。

我要想想要对他说什么。

*　　　　*　　　　*

康索农场的一家人聚集在田地的边际，准备开始收割牧草，这时雾气已消散入清朗的空气中，草叶上晶莹的珠串也已蒸融。地区政务专员曜恩及刚从雷克雅未克回来不久的两名男工——留着长长金发金须的巴尼和古蒙多尔——站在一端，葵丝婷、玛嘉烈和露卡站在另一端。大伙儿全都静静等待史黛娜和爱妮丝来和他们围成圈。史黛娜跌跌撞撞走过庭院，爱妮丝尾随在后，一面走，一面忙着用围巾裹住编成辫子的头发。

“我们来了。”史黛娜欢欣地说。爱妮丝向曜恩及玛嘉烈点头致意。两名男工看了看她，又互相望了望。

曜恩垂下头祷告：“仁慈的主啊，感谢你在收成之日赐给我们美好的天气，祈求你在这段时间庇佑我们的安全，让我们远离危险与意外，并赐给我们赖以维生的干草。奉主耶稣之名，阿门。”

工人们咕哝着阿门，然后拾起长柄镰刀。镰刀新近经过了锤打磨光，铁刃亮晃晃闪着光泽。古蒙多尔是个短小精壮的28岁男子，他用腕上的汗毛测试刀刃的边缘，对于锋利度很是满意，于是迅速把镰刀旋转到正确方向，开始刮擦脚边的草，一扬头，却发现爱妮丝正注视着他。

“古蒙多尔和巴尼，”地区政务专员命令，“你们负责割草，还有葵丝婷和……”曜恩支吾一阵，瞥了一眼爱妮丝。两名工人随他的眼光望去，视线停在爱妮丝身上。

“你要让她拿镰刀？”巴尼随口问。他肤色蜡黄，这会儿紧张兮兮地笑着。

玛嘉烈清了清喉咙：“爱妮丝和葵丝婷跟你们两个还有曜恩一起割草。我和史黛娜、露卡负责耙和翻。”古蒙多尔正对巴尼露出得意的笑容，玛嘉烈狠狠瞪了古蒙多尔一眼，往他脚边吐了一口痰。

“把镰刀发给她们。”曜恩轻声说，于是古蒙多尔把自己手中的镰刀扔在地上，转身去另拾起两把镰刀，其中一把递给葵丝婷，葵丝婷于是胡乱行了个屈膝礼。另一把他递给爱妮丝，爱妮丝伸长手臂去接，古蒙多尔却不放手，于是有个短暂的片刻，两人就这么握着同一把镰刀的把手僵持着，最后古蒙多尔猛然松手，爱妮丝向后踉跄了几步，镰刀划过她的脚踝。巴尼在一旁忍着笑。

“女儿们，去拿耙子。”曜恩不理会工人和露卡脸上的笑。他们几个看见爱妮丝惊慌地瞥视自己的腿，就禁不住喜上眉梢。

“有没有受伤？”史黛娜走过爱妮丝身边时悄悄发问。爱妮丝紧咬着下颌摇头。玛嘉烈看着史黛娜，蹙起了眉。

*　　　　*　　　　*

我任由身体落入一种节奏，前后摆荡，让重力把镰刀往下拖，穿过草叶，让我的身子规律晃动，直到我感觉不是我在移动，而是阳光在驾驭我。我是风的傀儡、镰刀的傀儡，是缓慢挥击律动的傀儡，这律动促使我的身子向前摇荡，我不由自主，欲罢不能。

这种自己掌握不了自己的感觉很好，前前后后轻轻摇晃，晃到我忘了什么叫静止。犹如与纳旦相遇的头几个月，我颤颤的心跳会蹿递全身，我因为受到爱恋而欢喜，欢喜得几乎要死去。他身上的气味，硫黄味、压碎的草药味，混合着马汗味与工作室的烟味，使我因为快悦而昏眩，因为充满可能性而昏眩。

夏日与阳光使我微醺，我想掬几把天空，放入口中吞下。锋利的镰刀随着手指穿过草茎，刷刷的割草声伴随着人的咻咻喘气声。

我猛然察觉那个名叫古蒙多尔的仆人在偷瞄我，偏着头斜睨着我。

或许他以为我浑然不察。

男人开始那样看我的那一年，我 14 岁。我在谷润纳斯塔德找到差事，3 月，我把行李装在白色的麻布袋里赴任，因为辫子绑得紧而脑袋发疼。那是我第一份正式受聘的工作。有个年轻男人也同时获聘，是个高个子，皮肤不好，喜欢偷看女仆，偷看我、英琪碧儿和荷佳。因此，我们总是躲着他。夜里我会听见他自慰，在毛毯下急促地窸窣挪移，然后是一阵呻吟，偶尔是一阵呜咽。

我任我的躯体摇晃、手臂垂落，我感觉到腹部的肌肉收缩扭曲。镰刀升起，沉落，升起，沉落，刀锋捕捉到阳光，反射到我的眼里，那是上帝明晃晃地向我眨眼示意。镰刀漾过青青草地，捉住阳光，抛回给我。它说，我看着你。仆人呼气，挥舞起他的镰刀，低垂着眼凝望我裸露的胳膊。我把草和阳光抛向空中。我看着你，镰刀说。

* * *

托蒂牧师一如承诺，隔天一大早，太阳都还没从地平线上的歇息处升起，就来到了康索农场。布雷达波斯塔德收成的第一天把他累得浑身酸痛，因此策马踏上瓦特斯山谷的小径时，冷冷的空气拂上脸颊，马儿吐气如雾，他感觉欢快起来。这一带所有的农场都在前一天展开了割晒干草的工作。割空了一半的田野以及堆成一堆堆以防遭露水浸润的干草堆景象，给人一种井然有序且欣欣向荣之感。丰饶的北方，他们是这么说的。处处都有小小的鸟儿在残梗间跳跃，一缕缕炊烟从山谷里的一栋栋草屋与农舍倾斜的屋顶升起。

托蒂知道伯恩・布伦达尔一家人与仆人住在河对岸华米尔那座大农场里，从康索看得见那座农场，数座烟囱炊烟滚滚。紧邻农场的草皮屋有平坦的木墙，纵使在清晨昏黄的微光下，玻璃窗依旧招摇地闪闪熠熠。好像眼睛，托蒂这么想。他的思绪在漫游。听说伊路加斯塔德命案的审判大半是在华米尔农场的客房举行的，这客房正面对着蜿蜒的河流与生着金黄沼泽禾草的沿岸。

不知当时她脑袋里在想什么。托蒂隔岸窥视着农场，暗自思忖。坐在那房间里，听他们告诉她她该死。她是否望向窗外，凝视河面的浮冰？当时天色可能太黑暗，什么也看不见，也可能他们用窗帘遮挡了窗外的天光。

地区政务专员曜恩正和另一名男性在屋外磨镰刀。可能是哪个农场工人吧，托蒂想。曜恩举起磨刀石向他打招呼，戴上帽子走过来。

“托瓦多牧师，上帝保佑你。”

“也保佑你。”托蒂愉快欢欣。

“你来看她吗？”

托蒂点头：“你觉得爱妮丝怎么样？”

曜恩耸耸肩：“反正就是照样过生活。”

“她是好帮手吗？”

“她是好帮手，只是……”曜恩顿住了。

托蒂和蔼地笑笑：“曜恩，就这一阵子而已。”他安慰性地在曜恩背上拍了拍，转身往屋里走去。

“雍恩·托达森自告奋勇要当刽子手。”曜恩忽然冒出一句。

托蒂回过身来：“你说什么？”

“雍恩·托达森，几周前他骑马到华米尔走了一趟。他有兴趣当刽子手，处决弗德瑞克、思嘉和爱妮丝。他说他愿意以一磅烟草的代价来挥一挥那柄斧头。”曜恩摇了摇头，“一磅烟草。”

“布伦达尔怎么说？”

曜恩皱着一张苦瓜脸：“你想他会怎么说呢？托达森是个名不见经传的人。布伦达尔已经有内定人选了，只是有些人不赞成。”

托蒂瞥了一眼农场工人，他这会儿正懒洋洋地倚在打铁室的墙上聆听他俩的谈话：“他锁定的人选是谁？”

曜恩嫌恶地只是摇头，反而是一旁的农场工人插话了：“纳旦的哥哥古孟笃·凯陶森。”农场工人大声说。

“你喜欢的话，我们可以坐到屋里头。”托蒂说。他俩走在康索农场旁滔滔奔流的小溪畔，托蒂险些被河岸的岩石绊倒。

“我喜欢欣赏河水。”爱妮丝说。

“很好。”托蒂抹去一块大岩石上的水花，作势要爱妮丝坐下，他自己则在爱妮丝身边落座。

从康索小溪往对岸望去，视野开阔且景色宜人，但托蒂却满脑子是曜恩先前提起的刽子手话题。他偷偷往爱妮丝衬在灰色岩石背景中的苍白脖子瞄了一眼，想象这脖子被划开后的样貌。

“昨天的收成进行得如何？”他努力想摆脱紊乱思绪。

“天气很温暖。”

“很好。”托蒂说。

爱妮丝伸手到披肩里，掏出一卷毛线及几根细细的织针：“你昨天本来要问我家人的事？”

托蒂清了清喉咙，看着爱妮丝打毛线的手指窸窣晃动：“对，你出生于弗拉加。”

爱妮丝把头往弗拉加农场的方向歪了歪，那是位于康索边境左侧的一间低矮歪斜的房舍，与康索邻近，那儿仆人的彼此叫唤声可以随风传到康索："就是那里。"

"你母亲没有结婚。"

"教籍记录这样写吗？"爱妮丝笑得僵硬，"当牧师的人都会特别留意把重要的事情记录下来。"

"那你父亲呢，爱妮丝？"

"如果你指的是马格努，他也没结婚。"

托蒂迟疑了一阵："那你童年时和谁一起住？"

爱妮丝凝望山谷："这里大部分的农场我都住过。"

"你们家到处搬家吗？"

"我没有所谓的家。我母亲在我 6 岁那年离开了我。"

"她是怎么死的？"托蒂问得轻柔。爱妮丝大笑，他吃了一惊。

"我的人生听起来这么像悲剧故事吗？你弄错了，她把我交给别人去养。我猜她还活着，但我不知道。有人告诉我她跑了，就这么一走了之，无影无踪。那是好多年前的事了。"

"什么意思？"

"我对我妈一无所知。如果我看见她，我不会知道她是我妈。"

"因为她离开你的时候你才 6 岁？"

爱妮丝停下编织动作，直勾勾地注视着托蒂的脸："牧师，你要明白，我对我母亲所知的一切都是别人告诉我的，内容大半是她做过的事，而他们并不赞同那些事。"

"你可以告诉我他们告诉过你些什么事吗？"

爱妮丝摇头："要清楚一个人做过什么事，了解一个人是什么样的人，是非常困难的事。"

托蒂不肯放弃："但是爱妮丝，行动比言语更有力。"

"行动会骗人。"爱妮丝立即驳斥，"有时候人从一开始就没半点儿希望，也有时候人会犯错。如果人们因为她犯过的某个错而一口咬定她绝对不是个好母亲……"

托蒂没有吭声，于是爱妮丝继续说："那样很不公平。人们声称透过你所做的事情认识了你，但他们没有坐下来听听你的说法。无论你多努力做个虔诚教徒，在这个山谷里，一旦犯了一个错，就永世不得翻身。无论你多么努力向善，无论你最深层的内心如何喟叹'我不是你说的那样'，旁人对你的看法都决定了你是个什么样的人。"

爱妮丝停下来喘气，她的音量越提越高，托蒂纳闷着是什么激得她霎时话多起来。

"牧师，我妈的状况就是这样。"爱妮丝又继续说，"她到底是个什么样的人？可能并不是其他人所说的那样。但她犯过错，其他人就因此对她有了定见。这一带的人死也不让你忘记你犯过什么错。他们觉得只有逾矩行为才值得记录。"

托蒂沉思了片刻："你母亲犯了什么错？"

"我听说她犯了很多错，牧师。但其中至少有个错误是我。她运气不好。"

"什么意思？"

"她只不过是做了数不清的女人暗地里都在做的事。"爱妮丝语气尖酸，"但有少数人运气不好，暗地里的事被摊到了阳光下，她是其中之一。"

托蒂感觉到热腾腾的红晕悄悄蹿上他的脸，他垂下头注视自己的手，设法清清喉咙。

爱妮丝看着他："我又惹你不快了。"

托蒂摇头："我很高兴你告诉我你的过去。"

"我的过去让你听了不舒服。"

托蒂在岩石上挪挪身子，卷土重来："那你父亲呢？"

爱妮丝笑了。"哪个父亲？"她停下编织的动作来打量他，"你那本教籍记录是怎么说我父亲的？"

"说他名叫马格努·马格努森，你出生时他住在斯托利山谷。"

爱妮丝继续打毛线，托蒂注意到她咬紧了下唇："如果你和这一带的某些人聊聊，可能会得知另一种说法。"

"为什么？"

爱妮丝望向河的对岸，注视着山谷对面的数座农场，默默用手指数着编织的针数。"我想我对你坦不坦白也没差别，"她冷冷地说，"我随便怎么说都可以。"

"我的确希望你对我坦白。"托蒂误解了爱妮丝的意思。他向爱妮丝凑近了些，等着听她娓娓告白。

"你那本昂德菲妥教籍记录应该要把我父亲列为布雷库考农场的农人曜恩·比杨纳森，我听说他才是我的生父。马格努·马格努森只不过是个搞不清楚状况的倒霉仆人。"

托蒂大惑不解："既然你不是马格努的女儿，你母亲为什么要把你命名为马格努之女？"

爱妮丝似笑非笑地转头望他，说："牧师，你对人情世故毫无概念吗？布雷库考的曜恩是个有妇之夫，婚生孩子已经够多了。当然啦，像我这样的私生子应该也是不少。但跟个没老婆的男人生小孩，罪过似乎是比和一个与另一个女人结发共枕的男人生小孩要轻。我想我妈就挑了另一个男人，把父亲的荣耀给了他。”

托蒂思忖了半晌：“你之所以这么认为，是因为别人这么告诉你吗？”

“牧师，如果别人告诉什么我都全盘相信，我一定会比现在更凄惨。哪个小孩是哪家爸爸的种，这种事情在这一带，不用去哥本哈根或南部受教育也看得出来。住在这一带是没有什么秘密可言的。”

“你问过他吗？”

“曜恩·比杨纳森吗？问他做什么？”

“得知真相啊！”托蒂说。他对这场谈话感到有些失望了。

“没有所谓的真相这回事。”爱妮丝站起来。

托蒂也站起来，摩挲着裤子的臀部之处。“但是上帝有真理。”他找到了进行精神教诲的好机会，认真诚挚地说，“约翰福音第 8 章第 32 节：‘你们必……’”

“晓得真理，真理必叫你们得以自由。是的，我知道，我知道。”爱妮丝一边说，一边收拾起编织用具，往农场方向走去，“托瓦多牧师，这话对我不适用。”爱妮丝回过头对托蒂喊，“我对他们说了真话，你看看我得到了什么下场。”

*　　　　*　　　　*

那牧师去看教籍资料或其他任何资料都不会有用的。他能借此了解我的什么事呢？只能得知其他人眼中关于我的重要资料。

当牧师在教籍资料中看见我的名字和出生年月日时，他看到的仅是笔迹，理解的仅是日期吗？还是他看见了那天的雾气，听见了乌鸦在闻到血腥味时的啼鸣？他同我一样想象着那一幕吗？我母亲垂着泪把我拥在她黏湿温暖的肌肤上，回避着弗拉加农场雇主家妇女的目光，知道自己必得另谋出路，同时却又知道谁也不会聘用一个怀抱新生幼儿的女仆。

了解我的家庭不是易事。我有两个父亲，母亲对我而言，如同在暴风雪中离去的陌生人般面目模糊。我对母亲少有清晰的记忆。残存的几项之一是她扔下我的那一天，以及年幼时某个冬日夜晚我观看台灯下的她。那是段无声的记忆，如同其他的记忆般，我无法确信是梦是真。记忆犹如风中飘雪般缥缈不定，如同鬼魅的赞歌般层层叠叠。我唯一会体察到的是，对我而言真实的事，对他人而言未必真实，而向人道出我的往日记忆，我所坚持相信的事实经过则有动摇的危险。那位牧师真是我记忆中的那个人吗？抑或完全不同的人？那事是我做的，还是别人？我的父亲是马格努，还是曜恩？这一切都如水面的薄冰，纤弱虚浮，无可信赖。

我的母亲可会低头凝望襁褓中的女儿，心想：有一天我会扔下你？她是否注视我皱巴巴的脸蛋，但愿我死掉，或是在心中默默敦促我，要紧紧攀住人生，死不放手？或许她向窗外眺望山谷，注视幽幽迷雾与静止山川，想着她能给我什么。一个关于父亲的谎言，一头乌黑的发，一个可以睡觉的干草架，一个吻，一枚石头，好让我懂得鸟儿的话，从此再也不孤单。

第五章 /

1828 年 6 月

诗人罗莎写给爱妮丝·马格努多特的诗

别讶异于我眼中的哀伤

或胸中的刺痛

你已狡猾窃去

赋予我人生意义的人

将你自己的人生

交于魔鬼

1828年6月

爱妮丝·马格努多特给罗莎的回复

这是我对你
糅杂于愤怒与悲伤中的唯一祈求
请别搔抓我淌血的伤口
我满心地不信

我的灵魂溢满哀愁
我寻求主的恩典
别忘了，基督以相同代价
救赎了你和我

“她在农场里跟你同住一个房间是什么感觉？要我我会没办法入睡。”英姬碧瑶·彼耶特多特说。

玛嘉烈眺望远方，康索的工人正在最靠近河岸处割草，她说：“我想她不敢轻举妄动。”

两个女人在康索农舍外成堆的木柴上歇息。英姬碧瑶是个个头娇小、长相平庸的女子，住在附近的农场。她听说玛嘉烈咳嗽得厉害，不能参与收割干草的工作，特地来探望她。玛嘉烈尖酸直率的性格同英姬碧瑶南辕北辙，但她俩感情亲密，当分隔两家农场的河水清浅、可以徒步涉过时，两人常常互访。

“萝丝琳似乎认为你们全都会在睡梦中被勒死。”

玛嘉烈粗鲁地大笑说：“我觉得萝丝琳就是巴不得发生这种事。”

“什么意思？”

“她那张大嘴就又有八卦可以广播了。”

“玛嘉烈……”英姬碧瑶出声相劝。

“噢，英姬，我们都知道她那堆小孩把她的脑子都搞坏了。”

“最小的那个得了哮吼。”

玛嘉烈扬起眉毛说：“要不了多久就会全都感染上了。我们会听到小孩子哭一整夜。”

“而且她肚子很大了。”

玛嘉烈迟疑了一阵才说：“你打算要帮忙接生吗？她生过这么多胎，大概都可以不用接生了。”

英姬碧瑶叹息：“我不知道，我有不祥的预感。”

玛嘉烈打量着好友阴郁的神色，问：“你做了什么梦吗？”

英姬碧瑶张开嘴，似乎要说什么，却摇摇头，改变了主意：“一定不会有什么事的，我们别这么沉重。跟我形容形容那个杀人凶手吧！”

玛嘉烈禁不住大笑：“你看看你！你跟萝丝琳一样坏。”

英姬碧瑶微微展眉：“不过说真的，她到底个性怎么样？你会怕她吗？”

玛嘉烈思忖了半晌，终于说：“她和我想象中的杀人凶手一点儿也不一样。她像常人一样睡觉、工作、吃饭，只不过都不讲话。她的嘴巴就算整个都缝起来，大概也没太大差别。那个年轻人，那个托瓦多牧师，最近几周又开始来看她。我知道她有跟牧师说话，但牧师不告诉我他们之间聊什么。说不定什么也没说。”

玛嘉烈往田野的方向瞧了瞧，又说道：“我常好奇她在想什么。”

英姬碧瑶随着玛嘉烈的视线望去，两人的视线一同停驻在爱妮丝身上。爱妮丝正在干草堆中弓着背，用镰刀劈砍干草，挥刀时，刀锋闪闪映着光。

“谁晓得？”英姬碧瑶咕哝，“光是揣想她那颗黑脑袋里有什么动静，我就打哆嗦。”

“牧师说她的母亲是英薇朵·拉夫多特。”

英姬碧瑶沉默半晌：“英薇朵·拉夫多特。我认识过一个英薇朵，是个不太检点的女人。”

“坏竹出不了好笋的。”玛嘉烈附和，“想到爱妮丝也是别人的女儿，感觉就很怪。我无法想象我的女儿会想到杀人这种卑鄙龌龊的事，更别提动手了。”

英姬碧瑶点头：“那你那两个女孩如何？”

玛嘉烈站起来，掸掸裙上的尘土：“就那样啊。”她再度咳嗽起来。

英姬碧瑶抚着她的背，有些担忧地说：“保重！”

“我没事。”玛嘉烈哑着嗓子说，“史黛娜说她认识她。”

英姬碧瑶露出好奇的神情。

“她说很久以前我们在前往谷润纳斯塔德的路上遇见过她。”

“史黛娜又在编故事了吗？”

玛嘉烈颤缩了一下说：“只有老天爷知道！我不记得了。老实说，我有点儿担心她，她经常对爱妮丝笑。”

英姬碧瑶大笑：“噢，玛嘉烈！有人会因为笑一笑就惹上麻烦吗？”

“我认为是常有的事！”玛嘉烈恼怒地回嘴，“你看看萝丝琳就知道了！何况，不是只有微笑。我看到过史黛娜问爱妮丝问题，而且每次要派任务给爱妮丝，史黛娜都抢着去找她。诸如此类的。你看，就连耙个草，她也黏着她。”她指指史黛娜。史黛娜这会儿正在距爱妮丝不远之处翻耙干草。“我不知道。我会想起那个可怜的女孩思嘉，我担心史黛娜会步上她的后尘。”

“思嘉？你是说伊路加斯塔德的另一个女仆？”

“万一爱妮丝像影响思嘉一样影响史黛娜，把她带坏，往她脑袋里灌输邪恶思想……我们该怎么办？”

“你刚刚不是才说爱妮丝都不说话的？”

“对，她不跟我说话，但我忍不住怀疑，她和不同的人……噢，我随便说说的，别在意。”

“那露卡呢？”英姬碧瑶若有所思地问。

玛嘉烈咯咯笑起来说：“噢，露卡讨厌让她待在我们家。我们都讨厌，但露卡拒绝睡在她隔壁床。她像老鹰一样盯她盯得紧紧的，史黛娜往爱妮丝的方向看一眼，露卡还会骂她。”

英姬碧瑶打量着两个女孩中较矮的那一个，她正乖顺认真地把干草耙成整整齐齐的行列。一旁史黛娜整理的干草则歪七扭八，宛如孩童的笔迹。

“曜恩怎么说？”

玛嘉烈哼了一声说：“曜恩什么时候表达过意见了？我只要一提起，他就满口对布伦达尔要尽责之类的话。但我知道他也提高警觉了，他要我别让两个女儿和她待在同一处。”

“这在农场里很难办到。”

“一点儿也没错，就像葵丝婷没办法把牛奶和奶油分开一样。”

“我的天。”

“葵丝婷的手艺一塌糊涂。”玛嘉烈淡淡地说。

“那你多个女性帮手也是不错的。”英姬碧瑶说得很实际。于是两个女人沉入一种愉快友好的静默。

* * *

昨晚我梦见断头台。我梦见我独自一人，在积雪中向黑暗的树桩匍匐爬行，手与膝盖都冻得发麻，却不得不向前。

我来到树桩前，桩的表面宽阔平坦，散发着木头味，不是漂流木的盐味，而是树汁渗液的气味，像血，但比血香甜浓郁。

梦中的我费力爬上树桩，搁好自己的头。雪开始落下，我心想：这就是斧头落下前的宁静。接着我好奇这树桩怎么会在这里，原本的树又怎么会在这里。这里是不长树的[1]。这里太静了，梦中的我心想，太静且太多石头了。

于是我大声对木桩发话：“我会为你浇水，当作你仍活着。”说着

1　冰岛树木非常稀少。

最后两个字时，我醒了。

这梦令我恐惧。自从干草收成以来，我已不自觉恢复了旧日生活，忘了要愤怒。这梦提醒了我未来将发生的事，提醒了我日子过得多快。如今，清醒地躺在睡了一屋子陌生人的房间里，凝视着天花板上枝条与泥炭交织的图案，我感觉一颗心在胸膛里翻腾搅荡，胃肠扭绞纠结。

我颤抖着爬下床，搜寻地上的尿壶。尿壶塞在某个农场工人的床下，几乎满了，但我来不及去倾倒。我的裤袜松弛，轻易就滑到了脚踝边。我蹲下身，一泡温热的尿撒入桶中，水花溅在我的大腿上，汗珠从额上迸出。

但愿没有人会醒来看到我，我急着想快快把尿壶推到看不见之处，着急到尚未小解完就拉起了裤袜。推开尿桶时，一缕温热的液体沿着我的大腿内侧向下淌。

为什么我会如此哆嗦？我的膝盖如骨髓冻般虚软，躺下时感觉如释重负。我的心喋喋聒噪。纳旦一向相信梦都是有意义的。很奇怪，这样一个对上帝教诲嗤之以鼻的人，竟情愿相信自己梦寐之中暗潮蠢动的晦暗。他用乡里传奇与天气的神秘语言构筑他的教堂，在海的习性、俯冲的灰背隼、自家母羊交磨的牙齿间看见上帝闪动的眼光。看见我在门前阶梯上打毛线，他指控我拖长了冬天。“别以为大自然不注意我们在做什么。”他警告我，“大自然和你我一样清醒。”他对我笑笑，平滑宽阔的手掌抚过我的额头，“也和我们一样偷偷摸摸。”

我以为我可以在这里当个仆人。我在康索待了一个月，已经忘了我即将面临的命运。日复一日的忙碌工作抚慰了我，让我的躯体有了歇息的理由，因此我可以睡得深沉，沉入充满征兆的梦境，直到这个梦击碎一切。

诚然，我不是他们当中的一分子。除了牧师和史黛娜，谁也不同我说话；纵使开口，也仅使用最简短的言辞。但这和过去有多大的不同呢？我曾经是地位最卑贱的仆人，负责倾倒尿壶，几小时后我也将被派任相同的工作。与斯托拉伯格相比，这家人待我不错。

但要不了多久，冬天就将踏海而来，如疯狗巨浪，突如其来，风驰电掣，它摧毁温暖，遮蔽日光，把大地一路冰封到骨髓。一切都会在转瞬间结束。而那牧师，他如此年轻，我仍不知该对他说什么。

我曾以为他会如助我过河一般地助我一臂之力，但与他交谈只使我想起我这一生多么坎坷多舛又乏人爱顾。

我还以为他从一开始便会懂。我但愿他懂得我，但我太傻了，竟以为我们操着相同的语言。我倒不如在口里含颗石子，寻觅一种我俩都懂的话。

牧师还要数个钟头才会从布雷达波斯塔德前来，现在起床还太早。我把手臂交叠在毛毯上，要求自己松弛心弦，思索我要告诉他什么。

托蒂想听我谈我的家人，但我告诉他的并不是他想听的。他想必对这山谷里盘根错节的血缘谱系并不熟悉，这棵家族树枝条交缠，芒刺处处。

我还没有向他提起犹亚或荷佳。他若听说我有手足，一定会很感兴趣。我可以想象他的问题：“那他们现在在哪儿呢，爱妮丝？他们为什么没有来看你？”

我会说，唉，牧师，我们的血缘关系并不深，他们各自有不同的父亲，何况荷佳已经入土为安了。至于犹亚吗？你没办法强迫他做什么事，就算是探访被定罪的姐姐也一样。

噢，犹亚，我无法把那个目光呆滞的男人与我曾获准疼爱的可爱小男孩模糊的面容合二为一。

我们是同一个母亲怀里的两个拖油瓶。待过哪些牧场呢？一个又一个属于其他男人以及他们眼中布满血丝的妻子的起卧间。有些是出于善良。有些则是急需人手，否则谁会雇请一名带了三张嘴的女佣呢？其中两张嘴在夜里会因为饥饿而啼哭，他们不知道啼哭也没有用。

第一家是贝纳克尔达，据说我待到 3 岁，只有我和妈妈。我什么也不记得，一切都只是阴影一片。

第二家是里拉基利亚。我不记得那农场，但记得那个人，我弟弟的父亲，他们喊他黑人伊鲁基。我坐在地板上，手在尘土中搓磨，我身旁的男人忽然眼睛上翻，倒卧在地上，扭动如离水的鱼，口里吐出白沫，所有妇女看了无一不尖叫。之后他从床上传来哼哼唧唧的呻吟，他那皮肤酸臭的妻子把我的脸按在她瘦骨嶙峋的颈上，不停地说："为他祈祷！为他祈祷！"我母亲哪儿去了呢？想必是蹲在某个尿壶上，搜寻迟迟不来的鲜血。

我记得那尖叫。恢复了健康的伊鲁基熊一般粗壮的脸对着他无法停止哭泣的妻子咆哮，他俩之间站着我那身穿长裙的妈妈，她正朝着地板呕吐。

伊鲁基某次捕鱼时死于那种颤抖病。据说当时他在喝酒，忽然发病，渔船翻覆，他落水，缠在渔网中溺毙。也有人说他在妖精池里捕鱼，因此遭到天谴。但说这话的都是些和他酒后起过冲突的人。

牧师对这一切会做何感想呢？

犹亚·伊鲁基森生于第三座农场，布雷库考。5 岁的我获准手握浸泡过牛奶的破布，塞进他粉嫩的小小牙床间。那座农场的主人夫妇想留下这孩子，和他们自己的两个孩子一同养大，妈妈向他们说明，要连我一起收养才是最好的做法。于是接下来的那一年，我们是个七口之家，我帮忙喂养这个男宝宝。他的头发颜色浅淡，和我的满头黑发恰恰相反，他的身体散发着融雪与鲜奶油的气味。

那对夫妇想必是改变了主意。有天早晨，妈妈把我摇醒，肿着双眼望着我。我问她为何要哭，她一语不发，爬上床和我及犹亚并肩躺卧，我在她躯体温暖的曲线中入睡，直到这家的乌鸦把我吵醒。我的东西已经裹成包袱躺在地上。

当天早晨，我们徒步出门，在风雪阵阵的恶劣天气里返回山谷，我以为我将因饥饿而昏厥。我们在康索农场的庭院驻足，我还没来得及喝完这家女主人给我的乳浆，妈妈就在我的耳畔低语，在我的手套里塞进一颗石头，然后背着犹亚离开。

我试图跟上去，我尖叫号哭，不愿被单独扔下。奔跑中我绊了一跤，爬起来时母亲和弟弟已消失无踪，眼前仅剩两只乌鸦。白皑皑的雪地里乌鸦的黑羽显得邪恶诡谲。

有很长一段时间，我以为那两只鸟就是我的母亲和弟弟。但纵使我将石头含在舌下，它们也从不回答我的问题。多年后，我听说妈妈又给我生了个异父的妹妹荷佳，孩子的父亲是克凌格拉牧场的农人，而犹亚成了贫童，成了教区托管的孤儿[1]。但当时我已相信自己不再爱他们了，我以为我找到了较美满的家庭——我的养父母彼昂和英嘉的家庭，也就是当时承租康索农场的佃农家庭。

* * *

"你昨晚睡得好吗，爱妮丝？"史黛娜在圆叶当归田旁找到爱妮丝，

1 冰岛乡间没有孤儿院，无父无母的孤儿由教区交给区内的人家轮流照顾。

她正把尿壶往灰坑里倾倒。

“你跑出来会弄湿。”爱妮丝看也不看她就这么说。她刚才用一块石头刮去尿壶里的黏腻物，这会儿正在草地上擦抹那块石头。“快下雨了。”

“我不怕，我要在这里陪你。”史黛娜把披肩裹上头顶，“你看，像老鼠一样干。”

爱妮丝看她一眼，微微笑了笑。

“爱妮丝，你看。”史黛娜指着山谷口一团从北方汹涌而来的低矮乌云。

爱妮丝把手举向天空说：“天气越变越糟了，这样对干草很不好。”

“我知道，爸爸很不高兴。早上露卡把他的早餐烧焦了，爸爸凶了她一顿。爸爸从来不骂露卡的。”

爱妮丝转身面向史黛娜说：“他知道你和我在一起吗？”

“应该知道吧。”

“你回屋里去吧。”爱妮丝说。

“回去做什么？让露卡骂我把火生得太旺？我才不要。反正我也比较喜欢待在户外。”

“即使下雨？”

“即使下雨。”史黛娜打了个哈欠，向田地张望。田地里圆锥形的干草堆捆成了一垛垛，以防湿气。“忙了半天都是白忙一场。”

“怎么会白忙一场？天气一放晴，我们就会继续晒，然后就会完成了。”爱妮丝抬头往农舍望了一眼，“我看你回你母亲身边去比较好。”

“噢，她不会介意的。”

“她会，她不喜欢你单独和我在一起。”爱妮丝小心翼翼地说。

“你已经在这里好几周了。”

“所以才更介意。”爱妮丝开始缓步朝河边走去，史黛娜转过身，和她一起走。

“牧师今天会来吗？”

爱妮丝没有回应。

“他都跟你聊些什么？”

“不关你的事。”爱妮丝没好气地说。

“什么？”

“我说，那是我的事，和你或你家人都无关。”

史黛娜吃了一惊，停下脚步，爱妮丝仍自顾自往下坡走去，尿壶被她僵硬地捧在身旁。

“我惹你生气了吗？”史黛娜问。

爱妮丝停下脚步，转身面向史黛娜说：“像你这样的年轻女孩怎么可能会惹我生气？”

史黛娜恼怒起来：“因为我的家人把你当囚犯一样监禁，而且我父亲不准任何人跟你说话。”

“他这么说吗？”爱妮丝问。

“他觉得让你安安静静地做你的劳务比较好。”

“他说得没错。”

史黛娜追上爱妮丝，轻轻抓住她的胳膊说：“你知道吗？露卡怕你。她听了萝丝琳的胡说八道。可是我不信那些流言，我记得的是以前的你。我记得你有多好心，给我们那样的食物。”史黛娜凑过身来，轻声说：“我相信人不是你杀的。”爱妮丝被她这么一抓，身子紧绷起来。“也许我能帮你。”史黛娜急匆匆地建议。

“怎么帮？”爱妮丝问，“你要协助我逃亡吗？”

史黛娜放开她的臂膀，含糊咕哝：“我的意思是上书请愿。”

“请愿？”

史黛娜再接再厉：“不然就上诉。就像他们帮思嘉弄的那个。”

爱妮丝的眼神闪烁：“什么？”

“上诉。布伦达尔帮另一个人提出上诉。”史黛娜嗫嚅。

“什么另一个人？”

“思嘉啊……你知道的，就是伊路加斯塔德的另一个女佣，弗德瑞克的女朋友。”

爱妮丝的脸唰地一下惨白了。她缓缓把尿壶搁在湿漉漉的草地上，向史黛娜跨近一步。“布伦达尔帮思瑰朵·葛蒙多特申请上诉？”她语气凝重地问。

史黛娜点头，她有点儿害怕了，低头瞥一眼爱妮丝仍握在手里的石头。“我听到爸爸告诉妈妈。”她说明，“地区政务专员们在华米尔和布伦达尔讨论这问题，就是你来的那天讨论的。”

爱妮丝摇头。

“我还以为你知道。”史黛娜轻声细语。

爱妮丝的视线从史黛娜身上飘离，脚步开始不稳。“布伦达尔？”她压低嗓子喃喃咕哝。史黛娜发现她把石头握得极紧，指节都发白了。

“我真不该告诉你。”

爱妮丝蹒跚倒退，然后继续摇摇晃晃朝河边走去。

“也许我们可以说服他，也帮你向国王提出上诉！”史黛娜在她背后喊，“可以告诉他们那天在伊路加斯塔德到底发生了什么事！”

爱妮丝在河畔瘫倒，裙子在身子四周凹凹凸凸地隆起。史黛娜以为她昏厥了，奔上前去，却发现爱妮丝眼神空洞地凝望河水，身体哆嗦战栗。此时乌云裂了口，两个女人立时被一阵突如其来的冰冷刺骨的滂沱大雨吞噬。

“爱妮丝！”史黛娜一边喊，一边把披肩往头上裹得更紧，“快起来！我们要躲开这阵雨。”她的话淹没在哗哗雨声中。

爱妮丝没有回应。她看着雨点坠落在滔滔奔腾的河水里，水面破碎，山的倒影扭曲变形。石头仍握在她手里。

“爱妮丝！”史黛娜喊，“对不起！我以为你知道！”她的披肩已经湿透，她感觉得到自己的衣服因为吸水而沉重。她在河畔踌躇了一阵，转过身开始上坡朝农舍奔跑。地面潮湿，她滑倒在泥浆中。穿越田野的半路上，她转身，看见爱妮丝仍待在原先的地方。她再喊了她一次，然后继续跌跌撞撞地沿着泥泞路径跑回农场。

“我的天，史黛娜！你是跑去哪里了？”史黛娜才刚刚砰一声关上门，玛嘉烈便匆匆奔出走廊来责骂女儿，“你看起来简直像个水鬼！”

“是爱妮丝。”史黛娜一边喘，一边任由湿透的披肩坠落地面。

“她弄伤你了？噢，亲爱的上帝，请保佑我们！我就知道会这样！”玛嘉烈用手环抱冷得直哆嗦的女儿，拉着她贴近自己的身体。

“不是那样的，妈妈！”史黛娜推开母亲大嚷，“她在河边，她需要帮助。”

“发生什么事了？”露卡走出厨房，“噢，史黛娜，你把我的披肩弄得脏兮兮的。”

“谁管你！”史黛娜大吼，然后又转向母亲说，“我告诉她思瑰朵·葛蒙多特上诉的事，她就变得怪怪的，脸色发白，现在她坐在那里不肯起来！”

玛嘉烈转向露卡：“她是在说什么？”

“爱妮丝！”史黛娜尖声喊，她用袖子抹去脸上的雨水，开始沿走廊奔跑，“我要告诉爸爸。”

曜恩正在起卧间修补鞋子。“史黛娜吗？”他扬起头来问。

“爸爸！拜托，你一定要去找爱妮丝。我告诉她布伦达尔帮伊路加斯塔德的另一个女仆上诉，她就疯了。”

曜恩推开膝上的鞋子，一骨碌站起。“在哪里？”他低声问。

“河边。”史黛娜忍着泪。曜恩从床底拖出靴子，粗手粗脚地绑鞋带。

“对不起，爸爸，我以为她知道！我想帮她。”

曜恩站起来，扳住女儿的肩头，愤怒使得他两颊通红：“我叫你离她远一点儿！”他狠狠瞪视女儿，然后一把推开她，走出房间，呼喊古蒙多尔。古蒙多尔躺在床上，不情不愿地起身。史黛娜坐下来，开始哭泣。

不一会儿，露卡走进起卧间，葵丝婷跟在一旁。

“爸爸怎么说？”她先轻声问，接着看到了史黛娜坐在什么地方，又嚷，“快起来！你把我的床弄湿了！”

“不要吵我！”史黛娜尖叫，葵丝婷吓得惊呼一声冲出房间，“不要吵我！”

露卡扑哧一笑，摇摇头说：“你真是耍脾气，史黛娜！你刚刚在外面是在做什么？交朋友吗？”

“去死吧，露卡！”

露卡惊骇地张大了嘴，愤愤地瞪着姐姐，像是要哭泣，却又眯起了眼，咬着牙轻声说：“你小心点儿。再这样下去，你会变得跟她一样坏。”她转身离去，半途又停下来，语带轻蔑地说：“我会为你祈祷。”然后旋身走出房间。史黛娜双手捧头放声大哭。

*　　　　*　　　　*

我坐在我的床上，玛嘉烈、曜恩及他俩的女儿在灰色门帘背后的起居室谈论我。虽然玛嘉烈压低嗓子用气音说话，仍有几个字蹿过两房之间的空隙溜了进来。我的双手颤抖，心怦怦跳动，仿佛刚刚才为了躲过死劫而没命奔逃。这和在法庭受审时感觉一样，仿佛我是个局外人。

我可以当个领受救济的贫民，可以做他们的仆人，但那些字眼出现后，不再可能了。思嘉！伊路加斯塔德！这些字眼把我锁入令我透不过气的记忆中。这些字眼是神奇的，是诅咒，把我幻化成狰狞怪物。如今，我成了伊路加斯塔德的爱妮丝，烈火中的爱妮丝，血淋淋死尸间的爱妮丝——死尸没有着火，仍紧紧攀附着我为他缝制的衣裳。他们会释放思嘉，但不会释放我。因为我是爱妮丝，聪明而凶残嗜血的爱妮丝。而我如此惧怕，我以为我可以自欺，可以装作若无其事，但我明白了，我假装不了，逃脱不了，永远逃脱不了，永远。

*　　　　*　　　　*

那封信很小，以连成一串的弯曲字迹写在一张极小的纸片上，为了节省空间，许多行字都重叠在一起。托蒂原本正在起卧间吃午餐，这会儿也把信拿到起卧间阅读。

“又是布伦达尔吗？”父亲吃着饭，头也不抬地问。

“不是。”托蒂快速扫过信上的文字，“请尽快来，是爱妮丝·马格努多特的事。我不想通知布伦达尔。你的主内弟兄曜恩·杨森。”

“是康索来的信。”

“他们不知道外头在下雨吗？何况今天是星期天。”年长的牧师咕哝。

托蒂在桌旁坐下，端详父亲。他的胡子上凝结着干涸的粥。“我非去不可。”托蒂说。

永恩牧师重重呼一口气。“今天是星期天。”他又说了一次。

“是的，今天是主日。”托蒂说。“是为主工作的日子。”他又补充。

永恩牧师从嘴里拔出一根软骨，检视了一番，又继续咀嚼。

“父亲？”

“希望布伦达尔知道你怎样做牛做马完成他的意旨。”

“是上主的意旨。”托蒂温和地说，“谢谢你，父亲。我今晚会回来。如果天气不好，就明天再回来。”

来到通往瓦特斯山谷的隘口时，托蒂浑身湿透。他看见送信给他的人骑着马走在前方，于是他用马刺夹踢自己的马追上去。

“喂，你好！”托蒂眯着眼，隔着厚重的滂沱大雨高喊。

男人在马鞍上回头，托蒂认出他是康索的其中一名仆人，身上披着鱼皮衣，以防淋湿。“你来啦？”他也喊，“那我们在这种凄风苦雨里骑马就有伴了。”

“这天气对干草很不利。”托蒂搭讪着说。

“你用不着跟我说两次一样的话。”那人哼着鼻子说，“我是古蒙多尔。”他扬起手，“你则是那个想要拯救我们那位杀人凶手的牧师。”

“呃，我……”

“恐怖的工作。”那人打断他，“我看到她就不寒而栗。”

“什么意思？”

农场工人笑了："她是个狂人。"

托蒂踢刺他的马，好跟上古蒙多尔的脚步："发生什么事了？那封信……"

"哦，她发狂了，拳打脚踢，又抓又刨，尖叫个没完，不让我和曜恩靠近，湿得像……像疯女人一样躺在泥巴地里。你看看这个！"他指指自己太阳穴上的瘀青，"这就是她的杰作。我想把她抱起来，她则想把我的脑袋打烂！鬼吼着布伦达尔如何如何。据说她在斯托拉伯格也是来这套，所以才会被移送到这里来。"

"真的吗？"托蒂向来以为爱妮丝沉默内敛。

"我还以为她会当场杀了我。"

"她是为了什么事情发狂？"

男人抽抽鼻子，又用戴着手套的手指抹抹鼻子："鬼才晓得！两个女孩当中的一个说了什么，提到他们抓的另一个女仆，叫思嘉的。"

托蒂转开头，注视路径前方一汪汪的水潭，感觉想要呕吐。

"长得不坏。"古蒙多尔一边说，一边以闪闪带光的眼神转头看托蒂。

"你说什么？"

"爱妮丝，头发很漂亮，脸蛋也不坏。"古蒙多尔说，"就是对我来说太高了点儿，大约矮一个头就刚好了，是吧？"他对托蒂眨眨眼大笑。

托蒂把骑马帽压紧一些。有一霎雨势稍歇，但他们转进山谷时，雨又大了起来，灰蒙蒙的水幕遮盖了眼前起起伏伏的层峦，哗哗急雨打在岩石嶙峋的山壁上。

托蒂走进起卧间时，爱妮丝在床上。女仆葵丝婷替他搬了张凳子，较小的那个女孩则忙着帮他脱去湿漉漉的外衣。露卡倾身替他解靴子时，他往爱妮丝所在的阴暗角落望了一眼，爱妮丝动也不动。

露卡猛力脱下托蒂的靴子，险些把托蒂从凳子上震下去。“请便了。”露卡含糊说了一声，把靴子远远举在前方，走出房间。

托蒂穿着湿漉漉的袜子走向爱妮丝。爱妮丝无精打采地倚着床旁的木柱，托蒂走近时，才发现她上着手铐。

“爱妮丝？”

爱妮丝睁开眼，空洞地看着他。

托蒂在她的床沿坐下。幽暗的灯光下，爱妮丝的皮肤看来灰败惨白，嘴唇龟裂渗血。

“怎么了？”托蒂柔柔地问，“他们为什么又给你上手铐了？”

爱妮丝低头看自己的手腕，仿佛现在才惊觉自己手上上着铐。她用力吞咽一大口口水。“思嘉提出上诉了。布伦达尔向国王诉请减轻他给她判的刑度。”她的嗓子沙哑，“他们同情她。”

托蒂向后靠坐，点点头说：“我知道。”

爱妮丝很震惊：“你知道？”

“他们也同情你。”托蒂想安慰她。

“你错了。”她咬着牙用气音说，“他们不同情我，他们讨厌我。他们全都讨厌我，尤其是布伦达尔。那弗德瑞克呢？他们也要为他上诉吗？”

“应该是没有吧。”

爱妮丝的眼眸在黑暗中闪着光，托蒂以为她在哭泣，但她欠身凑近他时，他看到她的眼眸是干的。

“告诉你一件事，牧师。我这一辈子，大家都说我太聪明，他们说，我应该减少一半的智力。你知道吗，牧师，就是因为这样，所以他们不会同情我。他们觉得我太聪明，懂得太多，不可能会意外卷入这种事。

可是思嘉又笨又年轻漂亮，所以他们不想看她死。”她向后靠，倚着床柱，眼睛眯起来。

“我很确定绝对不是这样。”托蒂试图安抚她。

“如果我年轻而且脑袋空空，你想大家会这样指控我吗？不会，他们会把罪怪到弗德瑞克头上，说他以蛮力制伏我们，强迫我们杀害纳旦，他好趁机夺取他的钱。弗德瑞克觊觎纳旦的财产是公开的秘密。可是他们看我是个有头脑的女人，他们深信有头脑的女人不值得信赖，会思考的女人不可能无辜。牧师，你喜欢也好，不喜欢也罢，反正真相就是这样。”

“我以为你说世上没有真相这回事。”托蒂激她。

爱妮丝扬起头来盯着托蒂，眼眸比任何时候都更惨白。她面露苦色，说：“说到真相，我有个问题要问你。牧师，你说上帝说的话是真理？”

“永恒的真理。”

“上帝说：‘不可杀人。’”

“是的。”托蒂小心翼翼地回答。

“那么布伦达尔那些人违背了上帝的意旨，他们是伪君子，口口声声说要执行上帝的律法，实际上只是要遂行人类的意志！”

“爱妮丝……”

“牧师，我试图敬爱上帝，真的。但我没办法爱这些人，我……我恨他们。”最后的四个字她咬着牙，说得极慢，手紧握着连接她两手手腕上铁圈的链子。

起卧间入口有敲门声，玛嘉烈领着两个女儿及葵丝婷进门。

“不好意思，牧师，我们会专心工作且彼此交谈，请就当我们不在场。”

托蒂肃穆地点点头：“收成怎么样了？”

玛嘉烈恼怒起来："8 月这种多雨的天气……"说着她又重新回头织起毛线。

托蒂望着爱妮丝，爱妮丝凄惨一笑。

"他们比从前更怕我了。"爱妮丝轻声说。

托蒂思索了一下，转头向四个女人的方向问道："玛嘉烈，手铐可以拿掉吗？"

玛嘉烈看看爱妮丝的手腕，放下织针走出房间，不一会儿带着一把钥匙回来，解开了手铐。

"我把手铐放这儿，牧师。"玛嘉烈语气僵硬，一边说，一边把手铐放在床上方的架子上，"以防你需要。"

托蒂等玛嘉烈回到了房间的另一端，才注视着爱妮丝，低声说，"你不可以再这样了。"

"我失去理智了。"她说。

"你说他们讨厌你，不要给他们更多讨厌你的理由。"

爱妮丝点点头："我很高兴你来了。"半晌后她才又开口："昨晚我做了个梦。"

"希望是好梦。"

爱妮丝摇头。

"梦见什么？"

"梦见死。"

托蒂吞了一口口水："你害怕吗？要不要我为你祈祷？"

"你喜欢怎么做就怎么做吧，牧师。"

"那我们来祷告。"他瞥了一眼那四个女人，然后才握起爱妮丝冰冷湿黏的手。

“上主啊，我们今晚以悲伤的心情向你祷告，请赐给我们力量来承担我们所必须承受的重担，请赐给我们勇气来面对我们的命运。”托蒂顿了顿，看了看爱妮丝。他知道屋里的其他人也都在听他祷告。

“上主啊，”他继续说，“感谢你赐给我们康索农场的这家人，他们为我和爱妮丝敞开了家门与心扉。”他听见玛嘉烈清喉咙，“我为他们一家人祈祷，愿他们心怀悲悯与宽恕。奉圣父、圣子、圣灵之名，愿主时时与我们同在。”

托蒂捏捏爱妮丝的手。爱妮丝注视托蒂，表情深邃难辨。

“你认为我来到这里是命运的缘故吗？”

托蒂思索了一会儿说：“命运是自己创造的。”

“所以和上帝一点儿关系都没有？”

“这不是我们所能知道的。”托蒂说。他轻轻把爱妮丝的手放回毛毯上。她皮肤冰冷的触感令他不安。

“我很孤单。”爱妮丝的语气几乎不带半点儿情绪。

“上帝与你同在，我也在这里，你的父母也还在世间。”

爱妮丝摇头说：“他们倒不如死了的好。”

托蒂迅速瞥了一眼打着毛线的女人们。露卡一把抢过史黛娜膝头上织到一半的袜子，扯开些许毛线好修正某个疏漏。

“你有没有亲人？我可以去请他们来。”托蒂轻声细语地问爱妮丝，“孩提时的亲人？”

“我有一个同母异父的弟弟，但只有亲爱的主耶稣知道他现在在给谁家的起卧间制造纷扰。我还有个同母异父的妹妹荷佳，但她已经死了。我还有个侄女，也已经死了。所有的人都死光了。”

“那朋友呢？你在斯托拉伯格时，有没有朋友去探望你？”

爱妮丝苦笑说："唯一去斯托拉伯格探望我的人是瓦特散地农场的罗莎·古盟多特。我想她不会说她是我的朋友。"

"诗人罗莎。"

"就是她，别无分号。"

"据说她都用韵文说话。"

爱妮丝深吸一口气说："她带了首诗去斯托拉伯格找我。"

"是个礼物吗？"

爱妮丝挺坐起来，俯身凑近他。"不是的，牧师。"她的语气平淡，"是谴责。"

"谴责你什么？"

"谴责我把她的生命变得没意义了。"爱妮丝语带不屑，"还谴责了很多别的。她那首诗写得不好。"

"她心情一定很糟。"

"纳旦死的时候，罗莎怪罪我。"

"她爱纳旦。"

爱妮丝住了嘴，凝视托蒂。"她是有夫之妇。"她的嗓子因愤怒而微微颤抖，"她凭什么爱他？"

托蒂注意到其他几个女人都停下了手中的活计。爱妮丝的最后一句话响亮地横越了房间，这会儿大伙儿都注视着她。托蒂站起身去拿葵丝婷身旁那张空凳子。

"很抱歉打扰了你们。"托蒂对女人们说。

"你确定不要用手铐吗？"露卡显得紧张。

"我想不要比较好。"他回到爱妮丝身旁，"我们可能应该谈点儿别的。"他焦急地盼望爱妮丝在康索农场这家人面前保持冷静。

“她们听见了吗？”爱妮丝悄声问。

“我们来谈谈你的过去吧。”托蒂提议，“跟我聊聊你那些同母异父的弟弟妹妹。”

“我不太认识他们。我弟弟出生时我 5 岁，我听说有荷佳存在的那年我 9 岁。我 21 岁时她过世，我总共没见过她几次。”

“你和你弟弟不亲？”

“他 1 岁时我们就分开了。”

“就是你母亲离开你的时候？”

“对。”

“你还记得你母亲早年的样子吗？”

“她给我一颗石头。”

托蒂疑惑地望她。

“可以含在舌下。”爱妮丝解释，“这是个迷信。”她皱起眉，“布伦达尔的手下把石头拿走了。”

托蒂知道葵丝婷站起来，点燃了几根蜡烛。阴郁的天气使室内昏暗，且白昼匆匆流逝。眼前他仅能看见爱妮丝裸露的苍白手臂横在毛毯上，脸庞掩蔽在阴影中。

“你想她们会愿意让我打毛线吗？”爱妮丝往妇女的方向歪了歪头，悄声问，“我想要一边做事一边和你谈，我没办法忍受这样呆坐。”

“玛嘉烈？”托蒂喊，“你有活计可以给爱妮丝做吗？”

玛嘉烈停下手边工作，伸手抢了史黛娜织到一半的东西。“这个拿去，”她说，“上头全是洞，要拆开来重新打过。”史黛娜面露羞赧，玛嘉烈装作没看见。

“我有点儿替她难过。”爱妮丝一边说，一边缓缓扯开皱成波浪状的毛线。

“你说史黛娜？”

“她说她想帮我争取上诉。”

托蒂语塞，看着爱妮丝灵巧熟练地将松散的毛线卷成一个球，没搭腔。

“你想有可能吗，托蒂牧师？有可能向国王提出上诉吗？”

“我不知道，爱妮丝。”

“你能不能问问布伦达尔？他会听你说话的。史黛娜可能也会和曜恩专员谈。”

托蒂清清喉咙，想起布伦达尔高傲的语气：“我答应你我会尽力。现在我们来聊聊吧。”

“又要聊我的童年吗？”

“你愿意的话。”

“嗯。”爱妮丝在床上扭着身子调高姿势，好能顺畅地打毛线，“你要我告诉你什么呢？”

“告诉我你记得什么。”

“你不会有兴趣的。”

“为什么你会这样认为？”

“因为你是传教士。”爱妮丝语气坚定。

“我有兴趣听你谈你过去的生活。”托蒂轻柔回答。

爱妮丝转头去看女人们是否在偷听：“我跟你说过我在这山谷里大部分农场都待过。”

“没错。”托蒂点头。

“开始是个养女，后来就变成接受救济的孤儿。”

“那真是太可怜了！”

爱妮丝把嘴抿成一条坚毅的线：“这很寻常。”

“你是谁的养女？”

“居住在我们现在坐着的地方的一户人家。我的养父母名叫彼昂和英嘉，他们当时承租了康索农场，直到英嘉过世为止。”

“然后你就变成教区托管的孤儿了？”

“对，”爱妮丝说，“世界就是这样，好人都不长命。”

“我很遗憾。”

“没什么好遗憾的，牧师，当然啦，除非她是你杀的。”爱妮丝瞥了托蒂一眼，托蒂发现她的脸上短暂地闪现一抹微笑，“英嘉死去的时候我 8 岁。她的身体对于生小孩这件事从没习惯过。我的小弟弟出生之前，已经有 5 个宝宝还没呼吸到第一口空气就死了，第 7 个宝宝则把她带去了天堂。”

爱妮丝哼哼鼻子，开始小心翼翼地把毛线穿回漏针的地方。托蒂聆听着骨制的针相互碰撞的微微铿锵声，悄悄往爱妮丝快速抚弄毛线的手瞥了一眼。她的手指长而纤细，挪动速度快到令托蒂惊诧。他心中有股不理性的渴望，想伸手去碰触，但他压抑住了。

“8 岁大。”托蒂复述她的话，“她过世的状况你还清楚记得吗？”

爱妮丝停下了编织动作，再度张望女人们一眼。女人们早已鸦雀无声，静静竖耳聆听。“我记得吗？”她提高了音量，“我恨不得忘记。”她从毛线间抽出食指举到额头，“在这里，我可以像翻书一样随时翻到那一天。那个情景在我脑海中印得深深的，我几乎可以尝到墨水的滋味。”

爱妮丝直勾勾盯着托蒂，食指仍抵在额头上。她眼里的光芒和渗血的嘴唇使托蒂感到战栗，他不禁怀疑思嘉上诉的消息是否真的使她略微丧失了心智。

“怎么回事？”他问。

/第六章

今年，也就是1828年，3月29日，我们这些派驻于瓦斯尼斯史塔帕的职员，根据地区首长布伦达尔的口述，抄下囚犯爱妮丝·马格努多特与思瑰朵·葛蒙多特的财物价值清单。该二人均为伊路加斯塔德的仆人。以下财物经查确为上述二人所有，价值如下：

爱妮丝·马格努多特	**丹麦王国银行元**	**斯基林**[1]
1. 平纹编织的蓝色女性羊毛披肩	—	48
2. 陈旧的蓝色裙子外加平纹编织的蓝色羊毛开襟马甲背心，有红色领口和8颗银纽扣	1	64
3. 平纹编织的蓝色羊毛衬衫，有绿色领子，周边镶着6个锡质装饰	—	20
4. 一顶蓝色旧帽子及一顶黑色帽子的烧毁残骸	—	10
5. 两条黑色长裙	—	20
6. 一条褪色的蓝色旧衬裙	—	80
7. 一条以冰岛式花样编织的条纹围裙	—	10
8. 一块平纹编织的白色羊毛布料	—	16
9. 一本福音书，第33到38节	—	16
10. 四块有镶边的绿色毁损布料	—	10

1　冰岛当时的货币单位。一丹麦王国银行元等于九十六个斯基林。

11. 一只小的无耳杯和一只有耳杯	—	16
12. 半盎司的湛蓝染料及大约两页的纸	—	20
13. 两支织针和一把旧剪刀	—	6
14. 七枚铜纽扣和两枚银纽扣，另有约 20 枚其他纽扣及若干铜质钩扣	—	24
15. 一只白色麻布袋，内有无用之零碎物件	—	20
16. 两双袜子，一双蓝一双白，以及一只泛黄的鞋内垫	—	12
17. 一组针线包、一枚顶针及一副白手套	—	8
18. 一只小箱、一只小小的晚餐用木碗、数只小盒	—	20

思瑰朵·葛蒙多特	**丹麦王国银行元**	**斯基林**
1. 两条破损的黄色披肩	—	80
2. 一条平纹编织的蓝色羊毛裙，品质不佳	—	40
3. 一条附有损坏马甲上衣的蓝裙子	—	24
4. 一块陈旧的条纹薄布匹	—	24
5. 一顶顶部为绿色丝绸的蓝色旧帽子，已损毁	—	8
6. 一件缀有饰物的绿色丝绸小睡衣	—	10
7. 一只绵羊，目前安置于伊路加斯塔德，另有干草若干	2	—

以上财产经查确为前述囚犯之全部财产，见证人在此盖章做证。

见证人：J. 西葛森 G. 戈猛森

我是这么告诉牧师的。

死亡以它惯常的方式来袭，然而又与其他的一切完全不一样。

事情的开始是极光。那年冬天气候酷寒，夜里我的气息冻结沉降，于是每天清晨醒来时，我的毛毯都凝着一层薄冰。当时我住在康索农场，已经住了两三年。养母生的弟弟卡尔坦3岁，而我也只比他大5岁。

一天晚上，我们姐弟俩在起卧间里和英嘉玩耍。那时我还称英嘉为妈妈，她大约也真的就像我的妈妈。她看我有学习的能力，于是尽其所能地教导我。她的丈夫是彼昂，我想喊他爸爸，但他不喜欢我这么喊。他也不喜欢我读书写字，只要发现我在学习这些东西，向来都毫不犹豫地用鞭子来制止我。女孩子学这种东西没教养，他说。英嘉很狡猾，会等彼昂入睡后再把我摇醒，我们便一起念诗篇。她讲述英雄传奇给我听。冬夜的围炉时光，她会背诵这些故事，等彼昂睡了，她再要我背给她听。彼昂从不知他的妻子为了我违背他的命令，我猜他也从不明白他的妻子何以这样热爱英雄传奇。他容忍她的英雄传奇，一如成年人容忍孩童无边无际的奇想。天晓得他们怎么会动念要领养我，或许他们是妈妈的亲戚？但更可能的是，他们需要多一双手帮忙料理家务。

那天晚上，彼昂到户外喂牛。回来时，他的心情极佳。“你们这些人，外面天空都着火了，你们还守在台灯旁。”他笑得开怀，又说，“快来看那个光！”

于是我放下纺到一半的纱，牵起卡尔坦的手，领着他出门。英嘉妈妈怀着孕，并没有跟来，只挥手送我们出门，回过头继续刺绣。她正替我缝制一条新被单，但最后并没有完成，我至今不知那条被单后来怎么样了。我想彼昂可能把它烧了，他后来烧了她很多东西。

但这天晚上，我和卡尔坦踏入户外冷冽的空气中，踩碎脚下的雪，随即明白彼昂为什么唤我们出门。整片天空涌满奇异光彩，是我前所未见的景象，巨幅的光在我们头顶翻腾，宛若随风飘扬的帘幕。彼昂说得没错，夜空仿佛正缓缓燃烧，黑暗的苍穹与点点散落的繁星间，有一抹淡紫澎湃鼓胀，接着光彩如浪涛退去，但随即一条条汹涌绿光赫然涌现，犹如自极高之处轰然坠入天际。

“爱妮丝，你看。”我的养父一边说，一边扳着我的肩膀把我转向极光，要我看看绚丽夺目的极光如何把山脊掩映成鲜明的浮雕。虽然天色已晚，我仍看得见弯曲起伏的熟悉棱线。

“看看你摸不摸得到。”彼昂说。于是我把披肩扔在雪地里，把手臂举向天空。

“你知道这表示什么吗？”彼昂说，“这表示暴风雪快要来了。极光是坏天气的前兆。”

隔天中午，风开始在小屋四周奔驰鼓噪，卷起前夜落下的雪堆，把碎雪泼上我们撑在窗孔抵御寒风的皮革。那是不祥的声音，风往我们的家园扔掷冰雪的声音。

那天早晨，英嘉身体不舒服，躺在床上没有起身，因此餐点是我做的。彼昂从储藏室走进厨房时，我正忙着把锅子放上火炉。

“英嘉呢？”他问我。

“在起卧间里。”我告诉他。我看着彼昂脱下帽子，把冰雪甩入火炉，水滴在烧热的石头上啪啪作响。

“这火烟太大了。”彼昂皱皱眉头，随即走开，留我继续忙碌。

我在粥里熬了些苔藓，端进起卧间。房里黑暗，我给彼昂递上饭食后赶紧冲进储藏室去取油来点灯。储藏室邻近农舍大门，我上前时听见风的咆哮一阵紧似一阵，我知道暴风就要来了。

我不知我为何要打开门朝外看，我猜想可能是因为好奇，总之在某种奇怪冲动的驱使下，我拉开门闩，窥看户外的天气。

眼前的景象晦暗不祥，乌黑的云朵沉沉压在山峦上，在这片黑暗烟雾之下，灰蒙蒙的雪回旋汹涌，笼罩了极目所见的四面八方。风势强劲，一股冰冷犀利的空气猛然扑向大门，我应声倒地，走廊上的蜡烛霎时熄灭，彼昂在屋里吼叫，问我是哪根筋不对了，竟让强风吹进他家。

我使劲抵住门，想把门关上，但风太强，我的手在酷寒空气里冻得僵硬。风像某种食人妖怪，强行硬闯，非要进门不可。但转瞬间风却又戛然而止，门砰的一声紧闭，像是妖怪终于进了屋并掩上了门。

我捧着油回到起卧间，填满油灯。彼昂气英嘉已经这么虚弱了，我竟然还让风灌进屋里。

那天下午，风猛烈撞击我们的农舍，肆虐了三天。其中的第二天，英嘉开始分娩。

宝宝来得太早了。

深夜时分，就在风、雪与冰的呼啸咆哮中，英嘉开始剧烈疼痛。我相信她很害怕宝宝也会和暴风一样提前到来。

彼昂发现英嘉开始阵痛，便派工人优恩前往他哥哥的牧场去请嫂嫂和女仆过来。他要优恩告诉妇女们发生了什么事，以便万一无法前来，至少能提供建言。

优恩抗议风雪太大，这项任务难以达成，但彼昂坚决要求，优恩只好穿上厚重衣物出门，但没多久就浑身覆满冰雪地回来，告诉我的养父他仅能看到眼前两步路的距离，最多只能走到谷仓，这样的天气走更远的路只有死路一条。但彼昂要求他再尝试一次。优恩再度回来时，大约全身的一半都冻僵了。他说他在狂风中站都站不住，连 6 英尺距离都没走到就折返了。我的养父拎起他的衣领，推他出门。我猜想就在他打开门的当下，他看清了外头的天气有多恶劣，几分钟后优恩再度回来，冻得哆嗦也气得哆嗦，彼昂没有再说什么，只叫他脱了衣服上床休息。

我相信彼昂当时想必也很害怕。

英嘉始终躺在床上，这时开始痛苦呻吟，脸色白得像牛奶，颤抖得浑身是汗。彼昂把她从起卧间抱到阁楼的房间，好让她有点儿隐私。这间农舍从前有阁楼的。但彼昂把英嘉抱起来时，她的睡衣及床单都湿透了。我惊呼起来，以为她尿床了。

“不要把她抱走，彼昂！”我呼喊，但彼昂不理会我，径直抱着我的养母爬上阶梯，要我去烧开水，并拿点儿厚重的粗羊毛呢给他。我乖乖照办，把我自己新织的布匹交给他。我问他我能否见见妈妈，他要我去照顾卡尔坦，于是我又回到起卧间。

卡尔坦想必意识到了有什么事情不大对劲，我回到起卧间时，他正抽抽搭搭地哭泣。我坐上我们的床，他从床的另一头爬来。我自己正恐惧着，也需要安慰，我把他拉到我的膝头上，两人一同静静坐着，一边聆听狂风暴雪，一边等待彼昂指示我们该怎么做。

我们等了非常久，卡尔坦靠在我的颈上睡着了，于是我让他平躺在我们的床上，开始用钢刷梳理羊毛，把纠结成团的毛线拆成细细的一股，挑出小小的毛球，但我的手指哆嗦，英嘉在阁楼痛苦呼号，声声入耳。我告诉自己，这样的呼号是正常的，我很快就会有个新的弟弟或妹妹可以爱了。

几小时后，彼昂从阁楼下来，走进起卧间，手里捧了个小包裹，是个宝宝。彼昂铁青着脸把小东西交到我手上，要我抱好，随即又走出房间，回到阁楼去看顾他的妻子。

我抱着宝宝，心情兴奋。宝宝小而轻，不怎么动弹，但猫一般细声地呜咽，皱起眼和嘴，脸蛋红通通的，看起来非常丑。我打开布巾，得知宝宝是个女孩。

卡尔坦这时醒了，屋里变得凉飕飕，冷意从墙缝透进来，忽然一股强风把我们搁在桌上的多数蜡烛都吹熄了，仅剩一支蜡烛仍在燃烧。摇曳的烛光里，我们的影子在墙上狂舞，卡尔坦开始放声大哭，闭起眼睛，头埋在我的肩上。

天气这样冷，我把裹着毛毯的宝宝塞进我的披肩，又用枕头把她紧紧贴近我的胸膛。我们没有鹅绒枕，只有海藻枕，这种枕头并不暖和，但宝宝不再哭泣了，我想她可能不再感觉寒冷了，应该没问题了。我用手指抹去宝宝头上的浓稠液体，我和卡尔坦一人给了她一个吻。

我们就这么窝在床上许久，时间一钟点一钟点地过去，就我看来，日子可能也一天天过去了。气候依旧严寒阴郁，暴风依旧肆虐不休，我要卡尔坦去把父母床上的毛毯拿来包裹在我们身上，我们依偎在一起取暖。阁楼上英嘉的呻吟声不会停歇，像做着骇人噩梦的人发出的声响，低沉而可怖，没有文字，只有声音。风始终呼啸不休，有时我分不清究竟是风还是英嘉的哭号使得蜡烛明灭不定。

我用一只手臂环抱卡尔坦，另一只手臂把宝宝搂紧在我的胸前。我要他们两个聆听我的心跳，好忘记窗外的暴风雪。

我想我们睡着了。我说“我想”，是因为我不记得从睡梦中醒来，只记得彼昂忽然就站在起卧间。最后一支蜡烛也熄了，暗淡无光的房间里，我看见他动也不动地站着，头垂得很低。

“英嘉死了。”他说。他的话在房间里重重沉落。“我的太太死了。”

“彼昂，”我说，“宝宝在这里，你抱抱宝宝。”我把宝宝从毛毯下抱出来，交给他。

他不肯接。“宝宝也死了。”他说。

我低头看我怀中的宝宝，宝宝动也不动，身体也不再温暖。毛毯是暖的，因为我把毛毯贴紧我的身体。我开始哭。卡尔坦看到宝宝的脸色发青，干涸的血仍凝在脸颊上，动也不动，卡尔坦也开始抽泣。彼昂看着我们。我很难过，我把宝宝放在床上，双手掩面扑倒在地板上，放声哀号，哭喊着：“我也想死！”

“也许你真的会死。”彼昂说。这就是他对我唯一的安慰。“也许你真的会死。”

我躺在地板上哭号了许久。我仍记得地板是湿的——就是现在我们脚边的这个地板——沾满了我的眼泪和鼻涕。我生彼昂的气，四下黑暗，他坐在床上，手抱着头，没有哭泣，没有尖叫，也没有喝令我爬起来、别再闹脾气。他如窗外的大地般凝结冰冻。于是我在地上翻滚号啕，哭到双眼红肿，双手因拍打地板而疼痛。我像窗外的狂风一样尖叫咆哮，直到想起了阁楼上的英嘉。我爬起来跑出房间，被裙子绊倒，摔了一跤，匍匐在地。我爬着上阁楼的阶梯，冲进房间。

这座阁楼在横梁上有扇小小的天窗，我们通常填塞布匹以抵挡雨雪，但布掉了下来。虽然窗外风雪仍骤，微微的蓝光却透了进来。屋里冷到了极点，透口气就是一缕云雾飘飞。大量的雪随风而入，在地上融成一大洼水潭。我先看到水潭，看到水潭反射着天窗透进来的光——地板因此明澈如镜，而后我才看见英嘉。

室内的蓝光映照下，英嘉的血恍若是紫色的。她躺在一张窄小的干草床垫上，身下铺着我先前交给彼昂的厚呢。但那块白色厚呢已经不再洁白，而是处处血渍。英嘉睁着眼，瞳眸湿亮亮映着光，我错以为她仍活着。我俯身喊："妈妈！"伸手去碰她的肩头，但一触到她，我就知道她没了生命。她的躯体僵硬且冰冷。

她的血遍地流淌，染血的睡衣几乎显得黧黑，腿上、床上都是血，就连裸露的肩膀也染着血。我发现摊在她身侧的两只掌心向上的手也同样满覆鲜血。她做香肠时，任血凝结成块，用亚麻布沥干，那种时节她也血染双手。她的脸色惨白，在这样黑暗的房间里显得过白。发丝从帽子里滑落出来，僵硬地栖在额头上。

我忘不了那气味。整个房间弥漫着血的气味，以及满地雪水冷冽清净的气味，那气味使我闻来欲呕。

英嘉的睡衣聚拢在腰际，干涸的血使裙裾僵硬，但我硬把裙摆往下扯，盖住她的腿，使她看上去体面。然后我亲吻她松弛的嘴。最后我脱去她的帽子，把脸埋进她的发间，那是她浑身上下唯一闻起来仍像我养母而不带血腥气味的地方。我在她身畔躺下，整张脸埋在她的长发中，攫取她的气息。我不知道我这样躺了多久，最后优恩推开阁楼入口的帘幔，把我抱起来，抱回楼下的床上。

我再醒来时，暴风雪已经停了。

我是这么告诉牧师的。我尽可能把事情经过描述得娓娓动听，一面打毛线，一面任文字从我的口中流泻，不时偷看牧师的脸，看他有没有动容。

我感觉得到其他人也在听，我感觉得到史黛娜、玛嘉烈、葵丝婷和露卡在阴暗的角落朝我们的方向竖起耳朵，像吃新鲜的奶油面包一般，贪婪地吞食这个故事。玛嘉烈和露卡可能觉得我活该，说不定为我感到难过；史黛娜则可能觉得我和她一样，凄惨、不受重视，而且犯了错。

但正由于其他人都在听，我因此不能向牧师提出我的疑问。我不能说，牧师，你想我落入这种境地，是不是因为童年时宣称自己想死？因为当我说那话时，我是真心的。我把那句话说得像句祈祷——我但愿我会死。我是不是就这么创造了自己的命运？

我想问牧师，他是否认为宝宝是我害死的？我是否抱她抱得太紧？但这问题我找不出合适的问法，何况我也不想往这些女人的脑袋里灌输更多想法了，有些事情她们还是别听比较好。

我所爱的人似乎一个个都离开了我，埋入了地底，我始终都孑然一身。

话说回来，没剩下什么人可以爱也是好事，我不再需要给谁送终了。

* * *

“后来呢？”托蒂问。他发现爱妮丝叙述这段往事时，他几乎全程屏住气息。

“很奇怪。”爱妮丝用小指头把毛线缠在针头，“我回想童年往事时，大半都不大清晰，像是透过熏黑的玻璃看东西。但英嘉的死以及那之后的一切……感觉就像是昨天刚刚发生。”

房间的另一端有张椅子刮擦地面，玛嘉烈捂着嘴低声咳嗽。

“我记得英嘉死后，彼昂派优恩去请他的亲戚来。”爱妮丝继续说，“我记得我躺在床上，看着我的养父坐在英嘉平日纺纱时坐的凳子上。他的块头太大，而那张凳子太小。卡尔坦和我一同在床上，他睡着了，枕在我的肩头，热而沉重。风停了，四下变得非常静。

“我们终于听到院落里马具的铿锵声，彼昂缓缓站起来，走向我的床，用一只手抱起我弟弟，好让我坐起。他要我用毛毯把死去婴儿的脸裹起来，放到储藏室去。

“死去的宝宝似乎比活着时要轻。我把宝宝抱得离我身子远远的，没有穿鞋，直接踩着裤袜走过走廊。

“储藏室非常冷，我看得见自己吐气如雾，感觉额头因为酷寒而发疼。我用包裹宝宝的布匹一角遮住她的脸，在一大袋干燥鳕鱼头上搁下宝宝。重回走廊时，一股刺骨寒风袭上我的侧脸，我扭头去看，发现门开了，彼昂的哥哥、嫂嫂及仆人从阴暗的户外出现，脸颊沾着霜雪，亮闪闪且湿漉漉。

“我记得拉格纳伯父和优恩小心翼翼地合力把英嘉从阁楼扛下来，彼昂则在屋外照管绵羊。我负责留意别让英嘉的脑袋撞上梯子的横档。他们把她扛进起卧间，放在拆了床单的床上。柔莎伯母在厨房里烧水。我问她在做什么，她告诉我，她要替我可怜的养母清洗身子。她不让我看，她让卡尔坦在她脚边玩耍，却命令我到阁楼上去协助她的仆人姑碧娥。

“攀爬梯子时，我看见姑碧娥在刷洗地上的血迹，气味令我作呕，我哭起来。姑碧娥把我抱在怀里，对我说：‘爱妮丝，她到上帝身边去了，她很安全。’

“我坐在地上，裹着姑碧娥的披巾，看着她跪在地上刷洗地板，手臂上肥油颤动。她一次又一次从抹布绞出粉红色的水，不住摇头，偶尔抹抹眼睛。

“我告诉姑碧娥当我哭喊着我也要死时彼昂说的话，他说，也许下一个就是我。姑碧娥嘘了一声，要我住口，她告诉我，彼昂失去了理智，他说那话是无心的。

“我告诉她，彼昂把宝宝交给我照顾，我把宝宝抱得紧紧的，结果她死在我怀里，我却浑然不察。

“姑碧娥把我当个宝宝似的搂着我摇晃，她告诉我，那宝宝原本就不该活在这人世的，宝宝死去不是我的错。她告诉我，我很勇敢，上帝会珍惜我。”

“你知道姑碧娥现在在哪里吗？”托蒂插嘴。

爱妮丝从毛线中抬起眼，说得坚决：“死了。”她拉扯毛线球，抽出更多毛线。

“拉格纳、卡尔坦和彼昂从谷仓回来时，柔莎唤我和姑碧娥下楼，大伙儿在起卧间围着英嘉平躺的床坐下。英嘉看起来很干净，但动也不动，静止得很诡异，就像风停了，草不再摇晃了，你会觉得世界好像弃你而去了。

“拉格纳伯父掏出一只装着白兰地的小酒瓶，默默交给大家传着喝。那是我头一次尝到酒的滋味，并不喜欢，但优恩骑着我养父的马去请牧师了，大伙儿除了喝着酒等待以外，没别的事可做。时间一钟点一钟点慢吞吞走过，白兰地使我晕眩欲呕，久坐使我的腿骨僵硬。

“优恩直到夜幕低垂才带着牧师回来，我开门让他俩进来，牧师忘记先掸掉靴子上的雪。

“姑碧娥、柔莎伯母和我帮男人准备餐点，他们把食物平放在膝头上吃，躺在床上的英嘉就在他们面前。柔莎伯母燃起一支蜡烛，放在英嘉头部附近。我不断检查蜡烛有没有倾倒，我担心英嘉的头发会着火。

“男人们吃完饭后，女人们就把我和卡尔坦带到厨房，让牧师和男人们谈话。我想偷听他们谈什么，但柔莎伯母抓住我的手臂，把卡尔坦抱上膝头，开始说故事来引开我们的注意。当拉格纳伯父和优恩从敞开的门外扛着英嘉的遗体走过时，柔莎伯母才停下了。英嘉的脸上覆了一块布。我想看他们要把英嘉扛到哪里去，站起身要跟着走，但柔莎伯母拽紧我的手臂，把我拽向她。姑碧娥赶紧告诉我，牧师说春天以前无法埋葬，因为教堂墓地冻得石头般坚硬，他们只能把我养母的遗体暂时存放在储藏室里，等待大地春融、泥土能掘出墓穴后再下葬。我们一同走到门边，看着他们收藏起英嘉的遗体。

“牧师跟着彼昂走在走廊上，我听见他说：‘至少这样一来，你就有充分的时间打造棺材了。’随后他建议彼昂把英嘉的遗体安置在谷仓。

“‘谷仓太暖了。’我的养父说。

“拉格纳伯父和优恩把英嘉安放在储藏室里，宝宝的身边。起初他们把她放在一袋盐上面，但拉格纳伯父说，在埋葬英嘉之前，我们可能就会需要用到盐，因此他们把盐和鱼干交换了位置。我听见鳕鱼干燥而脆弱的骨骼在英嘉遗体的重压之下，在麻袋里碎裂。”

“他们何时把她下葬的？”托蒂问。坐在起卧间里，四周尽是压低了音量的织针碰撞声及毛线摩擦的沙沙声，托蒂忽然感觉到一种窒闷的恐惧。

“很久之后。”爱妮丝说，“英嘉和宝宝在储藏室里一直待到冬天结束。每次我要去取灯油，或是帮优恩把大木桶滚出储藏室，都看见她俩的遗体躺在角落里装着鱼干的麻袋上。

“卡尔坦不了解他妈妈发生了什么事，我猜他完全忘掉了曾经有个宝宝，但经常哭着要找妈妈，坐在起卧间的地板上，像狗一样地哀嚎。他的爸爸完全不理他，但拉格纳伯父来访时，卡尔坦挨了一耳光，于是他立即停止了哭泣。

“拉格纳伯父似乎一天到晚都在康索，不是在起卧间和彼昂说话，就是带白兰地来给他喝。那场风雪之后，彼昂比从前更沉默了。我准备饭食给他吃时，他不再向我道谢，而是拿起汤匙直接开始吃。

“有一天，他们告诉我彼昂不要我了。那时一定是早春，我正在闹情绪，不肯吃晚餐。我的养父什么话也没说，甚至没有说重话斥责我不该浪费食物。农场里的牲畜纷纷冻死，他这阵子全部的时间都投注在动物身上。对于他爱动物和卡尔坦胜于我，我感到很挫折。

“冬天的威力弱了，天色已微亮，于是我离开餐桌，决定到户外去。谁也没有拦阻我，我怒气冲冲地穿过走廊，抓起立在门内的铲子，开始挖一条从农舍通往外界的小径。雪片飘落在我热烘烘的脸颊上，那感觉令我舒畅。清出一条出入的通道后，我扔开铲子，开始徒手挖掘，用手臂抱起巨大的一团雪，往尽可能远的方向扔。我拼命挖，挖出一个相当大的洞。停下来喘气时，我仰头望，看见远方有个黑点，是拉格纳伯父再度来访。他和我打招呼，问我浑身是雪在这里做什么，我告诉他我要帮妈妈挖个坟墓。拉格纳伯父皱起眉头，告诉我我不该再喊她妈妈，还问我羞不羞，竟然想把英嘉葬在离大门这么近的地方任人踩踏，而不是葬在神圣的教堂墓地。

“他问我：‘让她待在温暖的储藏室，等到能够在教堂圣地安息时再移动，不是比较好吗？’

“我摇头，说：‘储藏室冷得跟巫婆的乳头一样。’

“拉格纳伯父说：‘不要说低俗的话，爱妮丝。言辞粗鄙就会显露出你的思想粗鄙。’

“当天晚上，拉格纳伯父告诉我，彼昂决定不再继续承租康索农场了，他要到雷克雅未克的渔港去工作。寒冬害死了我的养母和她的宝宝，也害死了他一半的牲畜。如今他既没有妻子，也没有钱可以支付农场工人的薪水，没办法继续收留我了。卡尔坦搬去和他的伯父伯母同住，天气暖起来时，我就被扔给教区照顾了。”

“你就是这样变成孤儿的吗？”托蒂问。

爱妮丝点点头，停下编织，伸展手指。她把袜子搁在膝头，在黑暗中仰脸看他：“我就是这样变成无家可归的孤儿的，任凭有同情心和没同情心的人摆布。”

*　　　　　　*　　　　　　*

我醒得早，起卧间里仍深沉幽暗。我似乎听见有人俯身在我耳畔悄声唤我：“爱妮丝，爱妮丝。”这低语使我蓦然惊醒，但我身旁并没有人，一股冰凉的恐惧蹿进我的心头。

我几乎可以发誓真的有人在呼唤我。

我静躺不动，聆听其他人的气息声，好分辨是否有其他人也醒着。托蒂牧师睡在离我最近的一张床上。因为夜太深了，他决定留宿在康索。但我知道吵醒我的人不是他。牧师不会像情人那样，在囚犯的耳畔低语。

时间一分钟一分钟过去，这房里为何这样黑暗？我把手举在面前，却伸手不见五指。黑暗吞噬我的神志，我的心如同握在掌中的鸟一般鼓翅扑腾。之前即使我强迫自己合眼，黑暗依旧流连不去，此刻亦相同，但却有微光剧烈颤动。此刻我的眼睛是睁是合呢？或许唤醒我的是个鬼，否则我如何解释眼前暗淡中出现的光影？那光犹如墙面蹿出的火焰，纳旦的脸庞出现在我眼前，张嘴尖叫，牙齿间闪着淋漓鲜血，燃烧的躯体不断剥落焦黑的皮肤碎层，飘零散坠在我的毛毯上，一切都弥漫着鲸鱼油的气味。弗德瑞克的刀深深插入纳旦的腹部，像是有人用绳索自我的五脏六腑猛力一抽，一股尖叫从我的胸臆猝然涌出。

光影不见了。我在做梦吗？此刻与方才之间，仿佛一点儿时间也没有流逝。

“托蒂牧师？”我低语。

他在睡梦中翻了个身。

“牧师？我可以点盏灯吗？”

这牧师不容易醒，像个酗酒者般赖着不起。我不由自主用力推了他一把。他醒来，看见穿着睡衣的我，我猜想他感觉很窘迫。

“怎么了？”

“我又做了个梦。”

“什么？”

“我可以点盏灯吗？”

“对真正的基督徒来说，耶稣的光就已经足够了。”他的声音显得困倦慵懒。

“拜托你，牧师。”

他没听见，又开始打鼾了。

我没有得到安慰，悻悻然回到自己的床上。我闻到烟味。

我的妈妈死了。英嘉死了。

当冰与雪紧咬着大地，不允许人们掘地、掘墓穴之时，她衣衫褴褛，躺在储藏室里。

天气冷到连下葬都需要等待。

我寂寞到与捕食小羊的乌鸦为友。

我闭上眼睛，依稀恍惚中，我提着光影摇曳的灯，蹑手蹑脚穿过走廊，害怕得哆嗦。我听见风在窗外的黑夜里呼啸，仿佛听见养母用指甲刨抓储藏室门。她被包裹在那房间里，等春季来临，就要被钉进箱子，埋入土中。我停下脚步仔细聆听，在萧萧风声中，我想我听见了刮擦声，然后是我的名字。“爱妮丝，爱妮丝。”有人呼唤着我，是英嘉在喊我，要我放她出来，“我没死，我回来了，我活过来了，我要出去，我不要像被屠宰的畜肉一般，在储藏室陈腐的空气里风干，和爬满丹麦象鼻虫的盐、乳清和面粉一同储藏。”

我站定不动，战栗哆嗦。然后，妈妈，妈妈！我向储藏室跨近一步，推开门。门没有锁，我推开门，举着光线微弱的灯照进去，看见她的躯体被摊放在地，头枕着一袋干燥鱼头。我开始哭泣，得知她真的死了比错以为她死而复活更难受。我的养母死了，我的生母不知去向。孤女深沉而纯粹的悲切使我的腿瘫软无力，我坐在地上，舌头失去了功能，因此风代替我哭泣，哀号呐喊，我坐在夯土地板上，冻得浑身僵硬。令人作呕的鱼头气味使萧索淡然的冬天增添了盐与干燥骨骸的腥臭。

第七章 /

杀人凶手弗德瑞克·西格森，1810 年 5 月 6 日生于特约恩教区的卡塔谷农场，1832 年由本教区的前任牧师撒孟德·奥德生施行坚信礼。记录中形容他“才智颇佳”，对于《教义问答手册》也娴熟且理解。然而他的行为与其所受的教育及表现的知识水准并不相符。他常公然违抗父母，其父母因而于 1825 年秋天向我抱怨。正是透过与其父母的交谈，我才得知此人性格极度执拗。

我无法就他的养成教育提供肯定确切的证词，因为我到此教区担任牧师仅有 4 年的时间。然而我的看法是，他的成长过程太自由放任了。

约翰·托玛森牧师的证词

致维斯特霍普布雷达波斯塔德教堂永恩森牧师

托瓦多·永恩森（助理）牧师敬启:

我特地致函请教您对罪犯爱妮丝·马格努多特的教化工作进展如何。我日前与特约恩教区的约翰·托玛森牧师会面，托玛森牧师认真负责，就其所辅导的罪犯弗德瑞克·西格森心灵成长与行为改善事宜向我进行了汇报。我认为我也有必要与您会面。待您仿效托玛森牧师，向我说明您与罪犯间已进行及持续进行的交流后，我对于宗教教化改善罪犯品性的整体效果便能有所掌握。

敬请您下周赴华米尔一趟，报告您与罪犯的交流状况，以及目前为止您为她提供的建言忠告。

地区首长伯尔尼·布伦达尔上

1828 年 9 月 5 日

“托瓦多助理牧师，感谢光临。”伯尔尼·布伦达尔一边说，一边跨出华米尔的农场大门。他穿着正式官服，大红外套敞开，露出洁净的奶油色衬衫。托蒂与他仅有过数面之缘，多数是少年时随父亲远行时遇见，这会儿看到他绚丽的官服与壮硕威风的体态，敬畏地停下了脚步。

“布伦达尔地区首长，您好。”托蒂跨下马，把缰绳递给一名仆人。他发现华米尔人丁众多，都在屋前宽阔的大院里各忙各的。有个男人正在他左侧的岩石上给当天早晨从河里捕来的鳕鱼掏除内脏，两个妇人摊开衣物，在稀薄的阳光下晾晒。他发现还有个仆人是个年轻女子，头戴附有帽子和流苏的传统民族头饰，领着四五个孩童出门。

“你好。”孩子们欢快地朝托蒂的方向点头。

“你们家气氛真愉快！”托蒂笑着朝布伦达尔走去。

“的确是的。牧师，欢迎来访。我相信路程应该不太辛苦吧。请进，当心脚步。”

一名年长的女仆领着托蒂穿过迷宫似的层层走廊，来到一间小小的客房，布伦达尔紧跟在后。女仆领托蒂坐上一张铺了软垫的椅子，熟练地脱去托蒂的帽子及外套，布伦达尔站在门口看着她的动作。

“你来过这里吗？”布伦达尔一边等，一边问。托蒂发现自己一直目瞪口呆地注视着周边环境。

“只有孩提时来过。”托蒂红了脸，“这宅邸真不错，你有很多镂刻装饰。”

布伦达尔哼哼鼻子，摘下缀着羽毛的帽子，心不在焉地抚了抚羽毛。“是的。”他的口气平淡，“我们很幸运，能够在这里享受通常只有大陆[1]的居民才享受得到的奢华。但我希望本世纪之内能有更多冰岛人认识

1 指丹麦，冰岛当时由丹麦统治。

到玻璃窗、木窗框、铁炉等东西的好处。我认为干燥的住宅空气比较流通，对身体也比较好。”

“我相信您说得对。”托蒂一边说，一边看着女仆忙不迭地解开他的鞋带，并且毫无笑容地瞟了他一眼。

“好了，卡莉塔，可以让他自便了。”布伦达尔说，“托瓦多牧师，请跟我到办公室来。”

“谢谢你，卡莉塔。”

女仆拎着他的鞋子站起来，注视着他，像是有话要说。

“卡莉塔，出去！”

布伦达尔等女仆走出了房间，才挥手唤托蒂跟随：“牧师，麻烦这边请。我的房间在这屋子比较偏僻的角落，这样就不会太受仆人的吼叫声干扰。”

托蒂跟着布伦达尔走上一条长长的走廊，走廊上有更多的仆人和小孩奔跑进其他的房间。这个房子大得令托蒂惊异，他从未见过这样的豪宅。

“牧师，这边请进。”布伦达尔推开一扇门，走进一个光线充足的房间。淡蓝色的墙上排列着两排密实的书架，架上满是皮革精装的书脊。房间的正中央是张大书桌，山形墙顶端一扇装了窗帘的小窗射入一抹阳光，映得桌面熠熠生辉。

“好美！”托蒂惊叹。

“坐吧，牧师。”布伦达尔拉出一把装了衬垫的椅子，托蒂听命乖乖坐下。

“好，”布伦达尔大大的手抚过平滑的桌面，“要不要开始？”

“当然，地区首长。”托蒂紧张地说。这办公室的富丽堂皇令托蒂感到不安，他从不知道北方人的生活如此豪奢。

“我的手下说，罪犯安然抵达康索，路上毫无波折。”

“我的理解也是这样。”托蒂说，“并且我要很开心地向您报告，爱妮丝已经适应了新的监禁处所。”

“我了解了。你直接称呼她的名字吗？”

“报告地区首长，她喜欢这样。”

布伦达尔向后靠在椅背上：“继续说。”

“罪犯目前为止参与了这户人家干草收割的所有历程。”托蒂说，“地区政务专员曜恩·杨森告诉我，罪犯安守本分，以谦卑的态度参与劳动。”

“他们没有给她上铐吗？”

“通常没有。”

“了解。那家事呢？”

“她非常勤奋。这位罪犯对于在天气恶劣时编织毛线似乎甘之如饴。”

“提醒他们给她工具要当心。”

“报告地区首长，他们都很注意。”

“很好。”布伦达尔把椅子往后推，打开书桌的一只抽屉，小心翼翼地取出一张淡绿色的纸和一把折叠刀，接着转过身，从其中一个书架角落拿起一只插满长长白色天鹅羽毛的玻璃罐。“我暮夏时常派妇女去收集羽毛。”布伦达尔一时岔了题，“最好是趁它们换毛时去捡，没有必要从鸟身上拔毛。”他把装着许多羽毛的罐子递给托蒂。

“不行，我不能拿。”托蒂摇头。

“我坚持。”布伦达尔声音洪亮，“真正的男人和其他人的不同，就是彰显在书写工具上。”

“谢谢！”托蒂小心谨慎地取了一根羽毛。

“天鹅提供了很多东西，”布伦达尔说，“它们脚上的皮肤可以做成很棒的皮包。”

托蒂无意识地用羽毛轻柔的边缘拂着自己的手。

“天鹅蛋煮一煮也不难吃。”布伦达尔利落地扫开桌上的羽毛层，扭开一小瓶墨水，“现在麻烦你简略报告一下你对这个罪犯所做的宗教教诲。”

“没问题。”托蒂感觉得到自己的掌心在冒汗，“收割期间，我断断续续访视罪犯。您也了解，那是布雷达波斯塔德也在收成的缘故。”

“你用什么方式来准备与罪犯的沟通呢？”

“我……若我说我一开始没有因为对她的不朽灵魂负有责任而感到压力沉重，那是骗人的。”

“我也担心会这样。”布伦达尔语气尖刻。他在面前的纸上写了些字。

“我原先认为对她而言，通往赎罪的唯一途径是祷告与训诫。”托蒂说，“我花了许多日子思索哪些《圣经》章节、诗篇或其他文字能引领她臣服于上帝面前。”

“最后你挑了什么？”

“新约的一些段落。”

“哪些段落？”

“嗯……”布伦达尔连珠炮似的问题令托蒂惶恐，“《约翰福音》《哥林多前书》。”他嗫嚅。

布伦达尔斜睨了托蒂一眼，又继续振笔疾书。

“我试图向她说明祷告的重要，她却要求我离开。”

布伦达尔微微一笑：“我不意外。审判时我就觉得她格外缺乏信仰。”

“哦，不是的，她对基督教的各种文献非常娴熟。”

“那当然，就和撒旦一样。”布伦达尔接腔，“约翰牧师让弗德瑞克·西格森阅读《耶稣受难赞美诗》[1]，还有《启示录》，比较能煽动人心。”

“或许吧。但是……”托蒂在椅子上坐直了身子，“但我逐渐了解到罪犯需要借由宗教斥责以外的方式来认识并面对死亡。”

布伦达尔皱起眉头：“那么牧师，你是用了什么样的方式来让罪犯认识上帝？”

托蒂清清喉咙，轻轻把羽毛放在面前的桌上：“我担心您觉得这方法不太正统。”

“告诉我是什么方法，我们再来认定你的担心合不合理。”

托蒂顿了顿后说：“报告地区首长，我逐渐相信能够揭开她灵魂帘幕的，不是传教士以严厉语气宣讲地狱之火之可怖，而是用朋友般温和探询的口吻来对她说话。”

布伦达尔盯着他：“朋友般的温和口吻？我希望我是误会了，你是在说笑吧？”

托蒂红了脸：“您并没有误会，长官。我尽了一切努力强迫罪犯听从训诫，效果都适得其反，所以我反其道而行，我……我鼓励她谈她的往事。我没有对她宣讲，而是让她对我说话。我给她这一生寂寞的独白提供了最后的听众。”

“你有没有和她一同祷告？”

“我为她祷告。”

“她自己有没有为自己祷告？”

“我相信她自己私下不祷告是不可能的，她就要死了。”

1　冰岛牧师兼诗人皮耶图森所撰写的一系列以耶稣受难为主题的赞美诗。

“是的，牧师，她确实就要死了。”布伦达尔缓缓放下羽毛笔，抿起嘴唇，“她就要死了，而且是罪有应得。”

门外有人敲门。“啊，”布伦达尔抬起头，“莎恩，进来吧。”

一个神情紧张的年轻女仆端着托盘走进来。

“请放桌上。”布伦达尔说。女仆在他面前摆放了咖啡、起司、奶油、熏肉及扁平面包。“饿的话就吃吧！”布伦达尔随即在自己的盘子里堆叠了数片羊肉。

“谢谢，我不饿。”托蒂说。他看着地区首长把一大口面包和起司塞进口里，慢慢咀嚼、吞咽，并掏出一条手帕来揩净手指。

“托瓦多助理牧师，你误以为友谊能带领这个杀人凶手认识真理并全心忏悔，我可以原谅你，因为你年轻且缺乏历练。我也要负部分的责任。”地区首长缓缓俯过身，手肘撑在桌上。

“我就老实跟你说吧。去年3月，爱妮丝·马格努多特把弗德瑞克·西格森藏在伊路加斯塔德的牛舍里。纳旦·凯陶森当晚从盖塔斯卡农场回来，还带着那农场的一名工人裴杜·约森……”

“报告地区首长，请原谅，我知道大家心目中的事情经过……”

“你知道得还不够多。”布伦达尔打断他，“纳旦到盖塔斯卡去照料该区的地区政务专员沃姆·贝克。沃姆病得很重。就我了解，纳旦返回伊路加斯塔德查阅书籍，并拿取更多药材，裴杜陪伴他回去。当时时间很晚了，牧师，他俩决定当晚在纳旦家过夜，隔天早晨再返回沃姆家。

“当天晚上，弗德瑞克从卡塔谷悄悄来到伊路加斯塔德，爱妮丝把他藏在牛舍。他俩一整个冬天都在密谋杀害纳旦，窃取钱财，这天他们下手了。爱妮丝等两个男人入睡后，召来弗德瑞克。这是一场冷血攻击，针对的是手无寸铁的男人。”

布伦达尔停顿下来，估量他的话对托蒂造成了多大的震撼。

“牧师，弗德瑞克坦承谋财害命。他承认他拿了一个榔头和一把刚刚磨利的刀走进起卧间，先对裴杜下手，用榔头一敲，打碎他的头骨。他要不就是误以为那人是纳旦，要不就是想杀目击证人灭口，我不知道。接着他当然也有意要杀害纳旦。弗德瑞克在自白中陈述，他举起榔头，对着纳旦的头骨敲下去，却失了准头。他说他听见骨骼碎裂的声音，牧师，验尸发现纳旦手臂的骨头果然碎裂了。

“弗德瑞克告诉我，这时纳旦醒了，可能是痛得精神恍惚了，他误以为自己仍在盖塔斯卡，以为眼前的人是他的朋友沃姆。

“弗德瑞克说：‘纳旦看到我和爱妮丝在房里，就央求我们停手，但我们没有停手，一直打到他断气为止。’注意他的话，牧师，他说‘我和爱妮丝’。弗德瑞克说纳旦是他用那把刀捅死的。”

“那么杀人的人并不是爱妮丝。”

“但是她在杀人现场，这是无可否认的事实，牧师。”

“但是她并没有使用凶器。”

布伦达尔靠回椅背上，两只手的指尖互相碰触，笑了笑：“牧师，弗德瑞克承认杀人时是毫无悔意的。他觉得他是替天行道，是主持正义，对纳旦犯的过错加以惩治。他声称两个人都是他杀的，但我认为事实并非如此。”

“你认为纳旦是爱妮丝杀的？”

“她有动机，牧师，她的动机比弗德瑞克更强烈。”布伦达尔用手指拨弄盘里残存的面包层，“我相信裴杜是弗德瑞克杀的，那人被钝器一击致命。榔头很重，挥舞起来并不容易。

“弗德瑞克说，纳旦醒来，发现了他们正在从事什么勾当，我相信弗德瑞克当场丧了胆，牧师。我们多么容易忘记弗德瑞克这时才 17 岁，还是个孩子。他当然是个不良少年，大家都知道他和纳旦水火不容，但是牧师，你想想看……”布伦达尔往托蒂这边更凑近了一些，“想想看，谋财害命是怎样的一个情况？想象那人恳求你饶他一命？如果他承诺只要你饶他一命，你要什么他都给你，也绝不会去报官，你会怎么做？”

托蒂的喉咙干渴：“我不会想象这样的事。”

“我必须想象，”布伦达尔说，“也的确想象了。我认为，弗德瑞克看到纳旦醒来并苦苦哀求时，他丧失勇气并且踌躇了。他要的是钱，而在那种时候，想当然，对方一定会主动同意奉上大把钞票。”他的嗓音低沉，“我认为是爱妮丝拾起刀子捅了纳旦。”

“但弗德瑞克没这么说。”

“纳旦是被刀捅死的。弗德瑞克是农家小孩，他知道用刀屠宰动物该怎么宰——要割断喉咙。从这里……”布伦达尔越过书桌，一只手指戳在托蒂的喉头上，用指甲划过托蒂的皮肤，“割到这里。纳旦的喉咙没有断，他是被捅在肚子上。这表示杀人的动机比谋财害命更卑鄙。”

“那为什么不怀疑思嘉？”托蒂小声问。

布伦达尔摇头说：“你是说那个一被传唤就哭出来的 16 岁女仆？她连说谎的企图都没有，她太年轻而且太笨，连说谎都不会。她把一切都向我和盘托出了，她告诉我爱妮丝多么恨纳旦、多么因为纳旦疼爱自己而妒火中烧。这女孩不聪明，但这点倒是能看出来。”

“但是地区首长，女人会吃醋，却不见得会杀人。”

“杀人的事不常有，这我承认，牧师。但爱妮丝的年纪是思嘉的两倍。她离开这座她住了一辈子的山谷，长途跋涉到伊路加斯塔德，这距离不算近，这样大费周章是为了什么？绝对不是只为了工作，她在这一带工作机会也不算少。她会去做纳旦·凯陶森的仆人一定有其他的原因。”

“报告地区首长，我不了解您的意思。”托蒂说。

布伦达尔抽抽鼻子：“牧师，恕我言语直白。爱妮丝认为她有资格获得的不只如此，我猜想她期待的是婚姻。纳旦是个处处留情的男人，他的私生子遍布全山谷。”

“那纳旦毁约了吗？”

布伦达尔耸耸肩：“谁说他和她有什么约定了？就我看来，爱妮丝是误以为自己成功引诱了纳旦，但思嘉做证指出，纳旦比较喜欢思嘉。”

“这是审判中说的吗？”

“这是粗鄙的内容，但杀人案的审判就是充斥着粗鄙的内容。”

“您认为爱妮丝因为失宠，所以谋害纳旦？”

“牧师，现场有一个带着榔头的17岁惯窃、一个唯恐丢掉小命的16岁女仆和一个感情受挫由爱生恨的老处女。其中一个人用刀捅了纳旦·凯陶森。”

托蒂感到晕眩，他把目光定在眼前桌沿上的白羽毛。许久之后他说：“我不信。”

布伦达尔叹息：“牧师，你不会在爱妮丝的人生故事里找到她无罪的证据。她是个感情放荡、道德更放荡的女人。就跟其他许多年纪较长的女仆一样，她骗人的手腕高明。我相信她一定编出了一套感人肺腑的人生故事来撩拨你的同情心。她说的话我一个字也不会相信，她就在这个房间里当着我的面公然撒谎。”

“她看起来说的是真话。”托蒂说。

“我可以告诉你不是。你一定要用上帝的教诲来鞭策她，就像用鞭子鞭策不听话的马一样。用其他任何方法都不会收到成效的。”

托蒂咽了咽口水。他想起爱妮丝，想起她在康索阴暗的角落里瘦削苍白的身影，描述着她养母辞世的经过。

“报告地区首长，我会用尽一切力量来救赎她。”

“容我为你导正方向，牧师。我来告诉你约翰·托玛森牧师是怎样辅导弗德瑞克的吧。”

“是特约恩教区的那个牧师？”

“是的。我初次见到弗德瑞克·西格森，是我去逮捕他的那一天。那是去年 3 月，在我听说伊路加斯塔德发生火灾，并且亲眼看见纳旦和裴杜的遗体之后不久。

“我和几个手下骑马前去他们一家人的住处，也就是卡塔谷。我们走农庄的后侧，以便出其不意。我敲响农场大门，弗德瑞克本人应的门，我立刻要手下逮捕他。他们给他上了铐，这年轻人非常愤怒，表现出最低下卑劣的言语和行为。他和我的手下扭打、挣扎，我警告他不可逃跑，他用所有人都能听到的音量大声咆哮，说他后悔没有带着枪应门，否则脑门上挨一颗子弹的人就会是我。

“我让我的手下把弗德瑞克带到华米尔。我先前已经讯问过爱妮丝和思瑰朵了，她们告诉我弗德瑞克涉案，因此我随即讯问他。他很固执，保持缄默，不肯说话，直到我请约翰·托玛森牧师和他谈过后，他才承认在两名女子的帮助下杀了人。通常被控在激动情绪下杀人的人都会深深悔恨，但弗德瑞克毫无悔意。他不断重申他坚信纳旦该死，他是替天行道。约翰牧师告诉我，弗德瑞克的犯罪行为是欠缺适当教养的直接后果。我在逮捕弗德瑞克时，目睹了他母亲的歇斯底里，因此我也同意约翰牧师的看法。否则还有什么原因会促使一个年仅 17 岁的男孩用榔头对一个活生生的人痛下杀手呢?

“牧师，弗德瑞克成长在一个不注重道德也不强调基督教诲的家庭。懒散、贪婪、无礼和不成熟的性格使他养成脆弱的灵魂，并觊觎世俗的荣华。记录下他的自白后，我坚定不移地相信他的个性桀骜不驯。他的外形就让我有这方面的强烈怀疑，他满脸雀斑，而且——牧师，请别介意——他有一头红发，这是阴险奸诈的象征。我把他监禁在兴给拉尔的比尔尼·奥森那儿，对于他能否洗心革面丝毫不抱期望。幸好约翰牧师及奥森对这男孩的看法比我乐观，他们以无比的宗教热忱对这男孩的灵魂进行改造。他们的这种宗教热忱使他们成为我们社区里不可或缺的两个人物。约翰牧师诚挚地告诉我，通过祷告、每日的宗教训诫，以及奥森一家人树立的道德榜样，弗德瑞克已经忏悔，并明白了自己的过错。他公开且诚实地道出自己的错，并承认由于他犯下令人发指的罪行，即将面临极刑是罪有应得。他承认这处罚是彰显公义。你有什么看法呢？”

托蒂咽了口口水：“我非常赞扬约翰牧师和比尔尼·奥森先生的努力成果。”

“我也是。”布伦达尔说，“爱妮丝·马格努多特有没有以类似的方式忏悔她的罪行呢？”

托蒂支吾：“她没提起。”

“那是由于她三缄其口，讳莫如深，而且罪孽深重。”

托蒂沉默了一会儿。华米尔农舍里其他人的嬉笑声从布伦达尔办公室门底的缝隙不断飘进来，托蒂恨不得冲出房间去加入他们。

“托瓦多牧师，我不是残酷的人，但我虔诚敬畏上帝，我认为本区充斥着最卑劣的罪犯，这情况就我看来相当显而易见。先是小偷、流氓，这会儿连杀人犯都有了。在我当上地区首长的这几年间，我看着过去防止我们堕入邪恶境地的道德界限逐渐瓦解，这在政治上和宗教上都是个耻辱。本区的罪犯逍遥法外太久了，我认为让罪犯在众人面前接受惩罚是我责无旁贷的职责。”

托蒂点点头，缓缓拾起天鹅毛，羽毛根部的细绒黏附在他潮湿的指头上。“您的意思是要杀鸡儆猴。”他轻声说。

“我的意思是要在人间彰显上帝的公义。”布伦达尔皱起眉头，“我的意思是要借由负起执行法律的责任，来对任命我为地区首长的官府表达敬意。”

托蒂稍加迟疑后说：“我听说您已经指派古孟笃·凯陶森担任刽子手了。”

布伦达尔叹了口气，靠在椅背上：“我从没认识过比这山谷居民更饶舌的人了。”

“您真的邀请了被害人的哥哥来当刽子手吗？”

“我没有必要向你解释我的决定，牧师。我不是对教区牧师负责，我是对丹麦负责，对国王负责。”

“我并没有说我不赞成。”

“你的意见清清楚楚写在脸上，牧师。”布伦达尔再次拿起笔，“但我们今天的会面不是要讨论我的表现，而是要讨论你的表现。而我必须说，你的表现颇令我失望。”

“您希望我怎么做？”

“回归《圣经》，听上帝的话而不是爱妮丝的话。除了忏悔以外，你没有必要听她说什么话。”

托蒂牧师走出伯尔尼·布伦达尔的书房时，头脑沉重。爱妮丝苍白的脸庞与黑暗中低沉的嗓音，以及红发的弗德瑞克对着沉睡中的男人举起榔头的影像在他脑海挥之不去。她对他说的难道是谎话吗?他想要在胸前画十字，但在走廊上，当着一群拖着牛奶桶或秽物桶忙上忙下的女仆面前，他克制住这种冲动，倚在墙上穿鞋。

走到户外时他舒了一口气。天气阴沉起来，但冰冷的空气以及放在牛舍附近棚架上风干的鱼强烈的腥味，仿佛与他脑中的混乱沆瀣一气。他想起布伦达尔油腻腻的手指戳着他的颈项，想起骨骼的碎裂，想起纳旦哀求饶他一命，他感到恶心眩晕。

“牧师！”有人在喊他。他转过身，看见布伦达尔的女仆卡莉塔匆匆追赶着他：“您忘记外套了，先生。”

托蒂含着笑伸长手臂接过外套。但女人不放手，她把托蒂拉近身来，眼光瞅着地面，小声对他说：“我有话要对您说。”

托蒂颇为惊诧：“什么?”

“嘘！”女人用气音说话，她瞟了一眼岩石上给鱼开肠破肚的男仆们，“跟我来，到牛棚里。”

托蒂点点头，接过外套，颠颠簸簸往宽大的牛棚走去。牛棚里阴暗，虽然经过清理，但粪肥气味浓重。牛棚里没有牛，所有牲畜都被带到草原上放牧去了。

他转过身，看见卡莉塔的身影映在牛棚敞开的门中。

“我不是故意要这么神秘兮兮的，但是……”她向托蒂跨近一步，托蒂发现她神情忧愁。

“我不是故意要这样强拉您的，但我想我不会有别的机会了。”卡莉塔往一张挤奶凳比了比，托蒂坐下来。

“您是负责辅导爱妮丝·马格努多特的牧师?”

“是的。”托蒂好奇起来。

“我在伊路加斯塔德工作过，就是纳旦·凯陶森那里。我是 1827 年离开的，也就是爱妮丝去那儿工作之前。我是那儿的管家，爱妮丝去接我的位子，至少纳旦是这么告诉我的。”

“原来如此。那你是要告诉我什么？”

卡莉塔停顿着，仿佛想不出恰当的措辞，最后终于说：“朋友的背叛比敌人的背叛更糟。”

“我不理解你说什么。”

“那是《基思里·瑟森英雄传奇》[1] 里的句子。”卡莉塔回身走到敞开的门前，去探查有没有人走过来。“纳旦对她毁约。”卡莉塔轻声说。

“毁约？”

“牧师，纳旦答应让爱妮丝接我的位子，但在爱妮丝就任之前，他又决定把职位交给思嘉。”

托蒂被搅得一头雾水。方才布伦达尔送他的羽毛他仍拿在手中，这会儿被他心不在焉地抚弄着。“牧师，思嘉很年轻，才 15 或是 16 岁。纳旦知道要爱妮丝当她的手下是很难堪的事。”

“卡莉塔，对不起，我听不太懂。纳旦为什么会承诺要给爱妮丝某个职位，却又把那个职位交给一个毫无经验且年纪只有她一半大的女孩？”

卡莉塔耸耸肩：“您见过纳旦本人吗，牧师？”

“没有，从没见过，但我发现这山谷里很多人认识他。”他笑吟吟地说，“我听到的评语毁誉参半，有人说他是巫师，也有人说他是了不起的医生。”

卡莉塔并没有回应他的笑。

1　13 世纪的冰岛英雄故事，描写 10 世纪瑟森家族中郎舅反目成仇的恩怨故事。

“你认为他欺骗了爱妮丝？”

卡莉塔的拖鞋磨搓着地上的稻草：“我只是……这一带的人把爱妮丝说得很不堪，我觉得于心不安。”

托蒂迟疑了一会儿，问：“卡莉塔，你为什么要告诉我这个？”

女人欠身凑近他：“我离开伊路加斯塔德是因为我再也受不了纳旦了。他……他把人玩弄于股掌之间。他好像觉得这样很好玩似的。我从不知道他心里到底怎么看我这个人，他会对我说一套，做的却是另外一套。如果我想请假去教堂，那么……”她凑得更近了，嘴唇窸窣打战，斜眼看着托蒂。“我是虔诚的教徒，牧师，我发誓我从没听过别人说那么多藐视上帝的话。”卡莉塔扮了个鬼脸，重新转头向门口望去，“您不会告诉布伦达尔我和您谈过话吧？”

“当然不会。但我不懂，告诉我这些有关纳旦的事有什么好处？我知道大家对他的评价两极，但就算是调皮捣蛋的人，就算不信神，也不该被人半夜用刀捅死吧？”

卡莉塔很惊骇。“调皮捣蛋的人？”她望了他一眼，“爱妮丝说了纳旦什么事吗？”

“没有，她从不谈起他。”

“那布伦达尔怎么说他？”她往农舍的方向摆了摆头。

“不管是从谁那里，我都没听到多少值得相信的话，只有一些迷信的道听途说，说他是根据撒旦的名字命名的。”

卡莉塔勉强笑了笑：“对，他们是这么说的。反正布伦达尔不可能会说纳旦的坏话，纳旦治好了他太太的病。”

“我不知道布伦达尔太太生过病。”

“病得奄奄一息。布伦达尔付了纳旦很多钱。但是见效了，纳旦·凯陶森把布伦达尔太太从鬼门关前救了回来。”

托蒂忽然恼怒起来，他站起身，拍掉裤子上的稻草与尘土：“我该走了。”

“您不会告诉布伦达尔我和您谈过吧？”

“不会。”托蒂勉强笑了笑，“卡莉塔，祝你平安，上帝保佑你。”

“牧师，您一定要向爱妮丝问问纳旦的事。我认为他俩对彼此的认识比对自己的还深。”

托蒂困惑地从门口回过身：“你要不要亲自去和她聊聊？”

卡莉塔放声大笑，嗓音粗哑：“我去看她的话，布伦达尔会把我开肠破肚，吊起来晒干。何况我在爱妮丝到伊路加斯塔德之前就已经离开那里了。我受够了。”

“我了解了。”托蒂注视了她一会儿，然后匆匆把一只手举到帽檐，“上帝保佑你。”他走到院子里去牵马，在马背上坐定后，转头向站在牛棚门口的卡莉塔挥手道别，卡莉塔并没有回应他。

* * *

干草已经收成了，历经了许多个星期咬紧牙关卖力工作之后，人人都恨不得赶紧张开大口吃喝谈笑。我在厨房协助玛嘉烈为陆续前来庆祝丰收的宾客烹煮羊肉。这家的两个女儿不在家，奉父母之命和葵丝婷一起采莓子和苔藓去了。这会儿就只有我和玛嘉烈忙着混合乳清和水、搅拌奶油，给男人们上菜，赶在邻居看见我们的睡衣之前收起晾晒的衣物。忽然意识到女孩们不在家是挺令我惊诧的事，我猜我早已习惯露卡像只愠怒的小牛般翻白眼，史黛娜则如影随形地跟在我前后。出门前她对我说：“我了解你，我们两个很像。”

我和史黛娜一点儿也不像。她的确也不快乐，但她并不像我。我在她这年纪时，在谷润纳斯塔德自食其力，照顾那里的 5 个孩子，5 个都瘦小虚弱得像竹竿一般。我还忙着打扫、烧饭、伺候一家人，忙到几乎要晕厥。我的手肘以下总是沉浸在某种东西之中——卤水、牛奶、烟雾、粪便，或血水。谷润纳斯塔德那家人中最小的成员英德利迪出生时，我在他可怜的母亲身旁握住她的手，替她剪开纠缠的脐带。史黛娜见识过多少风霜？我在她这年纪时孑然一身，夜里时时要提防某个满口猥亵言辞的仆人趁我熟睡时掀开我的裙摆。他也不是都这么偷偷摸摸的，有天早晨他在小溪畔捉住我，把我的手臂反扣在背后，压倒我的身子，于是我的脸哗啦浸入水中。当他手忙脚乱褪去裤子时，我担心我就要被淹死。史黛娜可曾需要在某个男仆的浑身重量下挣扎？可曾需要决定是该任由农场主人逞其淫欲，从而面对女主人的雷霆震怒，并被派任龌龊卑贱的工作；还是该拒绝雇主的求欢，因而被逐出家门，在风雪浓雾中四处吃闭门羹，找不到容身之地？

那个宝宝，那个头发像蓟花、名字叫英德利迪、由我接生到这个世界的孩子，在我为他割去脐带的数年之后下了葬。当时他已经会说话，也懂得喊饿了。史黛娜对于夭折的孩童有多少认识呢？她不像我，她只认识活生生的树，却不会见过地底刨抓岩石与棺木、百转千折又盘曲交错的根。

英德利迪死后，我离开谷润纳斯塔德，农场主人、太太以及他们尚存的一窝孩子饿得骨瘦如柴。他们和我吻别，给我一封推荐信和两枚蛋，好让我上路前往吉斯塔德。我把两枚蛋送给了路上遇见的一对金发女孩。

我简直要哑然失笑，那两个脸蛋浑圆、抛掷土块让狗追的小女孩，如今成了我在康索农场的监管人。

曜恩要女孩们去采莓，露卡得知自己因此要被迫错过丰收盛宴，大闹了一阵脾气。露卡是个爱生气的女孩，略有点儿像思嘉，只不过聪明些。昨晚曜恩以为我入睡了，趁机和两个女儿谈话。“她要去见上帝，而且不是优优雅雅地去。”他说，“我们一家人的生活还是要过下去，我们要保障你们的安全，不让你们太靠近她。”他不要她们同情我，不要她们和我走得太近，因此他要趁天气允许时，把她们送往别处一段时间，暂时把她们从我身旁解救出去。

玛嘉烈说，今天是美好的9月早晨，冬天就快来了，我们要趁天气晴好时多多利用阳光，因此要让宾客在户外吃饭。山上的青草已经褪成了熏肉的颜色，新点起的油灯在夜晚飘起鱼油燃烧的气味。伊路加斯塔德被海浪淘上岸的海藻不久就会凝上一层霜。海豹会聚集在海岬上，看着冬天自山峦沉降。男人会骑着马驱赶羊群，高声吆喝，屠宰不久就会开始。

“康索农场的大家伙儿好呀！”农场门口有人大声招呼，玛嘉烈惊慌地抬起头来。“你待在这儿别乱跑。”说完便匆匆走出去。外头有妇人的声音扬起又落下，一个大腹便便的臃肿女人走进屋子，一堆流着鼻涕的、有着淡金发色的小孩围绕在一旁，另有个瘦削的灰发妇人跟在背后。我正在炉前搅汤，扬起头，看见那臃肿女人直盯着我，一只手捂着嘴，孩童们也同样目瞪口呆地看着我。

“萝丝琳、英姬碧瑶，这位是爱妮丝·马格努多特。”玛嘉烈叹息。

我行了个屈膝礼。我知道我的模样想必很吓人，蒸气使我的头发沾在湿漉漉的前额，围裙上则因为处理肉而血迹斑斑。

“出去！小朋友，立刻出去！”一小群孩童面露失望地出门去了，其中一个打了个大大的喷嚏。

他们的母亲可不失望。这个叫萝丝琳的女人转身面向玛嘉烈，双手扳住她的肩头：“有她在你竟然也请我们来！”

“不然我要把她弄到哪里去？”玛嘉烈瞟了一眼名叫英姬碧瑶的女人，她俩的眼神间闪着一抹心照不宣的淘气。

“送到华米尔去暂放一天啊！不然就锁在储藏室里！”萝丝琳嚷叫。她红光满面，发脾气发得正起劲。

“你别这么激动，萝丝琳，小心动了胎气！”

我往女人隆起的肚子瞧一眼，看来已经足月了。“是女孩。”我不假思索地说。

三个女人都不约而同地看向我。

“她刚刚说什么？”萝丝琳满脸惊恐地轻声说。

玛嘉烈轻轻咳了咳：“爱妮丝，你说什么？”

我忽然不安起来：“你的宝宝是女孩，我从肚子凸出的形状看出来的。”

英姬碧瑶兴味盎然地打量着我。

“巫婆！”萝丝琳大嚷，“叫她别再盯着我看了！”她怒气冲冲地走出房间。

“你怎么猜出来的？”英姬碧瑶柔声问。

“罗莎·古盟多特教我的，她在西部替人接生。”

玛嘉烈缓缓点头说：“诗人罗莎。我不知道你们两个是朋友。”

肉煮好了，我把汤勺搁在一只大木桶的顶端，用两只手从钩上抬起锅子。“我们不是朋友。”我说。

英姬碧瑶从我身侧拿起一小盘奶油，朝玛嘉烈的方向摆摆头。“希望你家女主人愿意偶尔让你出出门。”她笑吟吟地说，“你该感受一下阳光的温暖。”

玛嘉烈和英姬碧瑶走出厨房，但英姬碧瑶的话萦绕不去。你该感受一下阳光的温暖。我禁不住在柴火余烬的窸窣燃烧声间补上一句：“在你死去之前。”

宾客们或骑马或徒步，陆陆续续地到来了。女客都手捧食物，男客则忸怩腼腆地从背心或大衣口袋里掏出小瓶的白兰地。偶尔我端盘出去时会看见他们，但多数时候，玛嘉烈都让我在厨房做事，避开邻人的目光。我在桌上搁下牛奶瓶或小块新鲜奶油时，大伙儿斜眼看我，谈话声戛然静止。

我并不想出去。这里会有我认识的人，说不定还有我工作过的农场的主人，或是曾和我睡同一寝室的仆人。我的辫子编得很紧，紧到额头发疼。我忽然很渴望解开辫子，披头散发地到处行走，躺在阳光下。

*　　　*　　　*

托蒂在乳品室找到爱妮丝，她正在搅拌奶油。

“你不参加宴会吗，爱妮丝？”托蒂轻柔地问。

爱妮丝头也不回。“我在这里用处比较大。”她一边说，一边持续不断地举起搅拌棒，戳进鲜奶油中划动。托蒂觉得这单调的咕嘟搅动声美好悦耳。

“希望你不介意我打搅了你。”

“我不介意。但奶油凝固之前我不能停，希望你不介意。”

托蒂靠在门框上，爱妮丝则持续把搅拌棒举起又向下杵，举起又向下杵。一会儿之后，托蒂开始感受到爱妮丝的呼吸，在小小的房间里显得急促而浊重。搅拌棒起落的节奏与急促的呼吸声不知何故令人感觉亲密，托蒂发现自己红了脸。最后，小小的木桶内部传来砰咚一声，爱妮丝停了手，熟练地从酪浆中沥出奶油。托蒂看着爱妮丝清洗奶油，把奶油捏塑成形，并用搅拌棒拍打，熟练地滗出残存的水分，托蒂眨着眼，想起布伦达尔说的话——有人拿刀捅了纳旦·凯陶森的腹部。

奶油成了形，被爱妮丝用一块布覆盖起来，托蒂提议两人到户外吸取新鲜空气。爱妮丝看起来神情紧张，但从起卧间取了编织工具后，仍跟着托蒂到了户外。两人在农舍旁堆叠的草皮上坐下，远眺成群的大人小孩。农人们畅饮白兰地，逐步酣醉，穿着暗色衣装的妇女们聚拢在一块儿，道起远近四方的长短是非。几名妇女轮流搂抱一个小婴孩，咕咕逗弄着他，婴孩哭起来。

“我到布伦达尔那儿去了一趟。”托蒂沉吟许久，终于发话。

爱妮丝脸色唰地惨白：“他要干吗？”

“他认为我应该多花点儿时间对你宣教和让你祷告，少花点儿时间听你说话。”

“布伦达尔只对一件事比对宗教惩戒更有兴趣，那就是他自己说话的声音。”爱妮丝语带愠怒。

“听说纳旦治好了布伦达尔太太的病，是真的吗？”

爱妮丝警戒地望他一眼，缓缓说：“对，是真的。纳旦几年前去过华米尔一趟，给她敷膏药和放血。”

托蒂点头：“布伦达尔还告诉我弗德瑞克的一些事。看来他在比尔尼·奥森的监管以及约翰牧师的教诲下表现不错。”他注视着爱妮丝，想看她做何反应。爱妮丝眯起眼。

“他们也要帮他上诉吗？”她问。

“布伦达尔没这么说。”托蒂清清喉咙，“爱妮丝，有个名叫卡莉塔的女仆要我问候你。她问我你有没有和我谈起纳旦。”

爱妮丝中断了编织，咬紧牙。

“卡莉塔？”她的声音嘶哑。

“我和布伦达尔会面之后，她要求跟我说话，想告诉我纳旦的事。”

“她说了他什么事？”

托蒂笨手笨脚地掏出鼻烟壶，倒了些鼻烟在手上吸：“她说她受不了在他手底下工作。她说他把人玩弄于股掌之间。”

爱妮丝不吭声。

“我还听过这山谷里的其他人说他是巫师，说他的名字是根据撒旦命名的。”托蒂说。

“那是这一带甚嚣尘上的传言，有不少人相信。”

“你信吗？”

爱妮丝把尚未完成的长袜摊在膝头抚平，沉吟半晌后说：“我不知道。纳旦相信梦的预言。他母亲有预言能力，她的梦境常常成真。他们家族以解梦闻名。纳旦会叫我把我做的梦告诉他，他很重视这些梦。”

爱妮丝不再用手掌摩挲长袜，扬起头来轻声说：“牧师，我告诉你一件事，你可以答应一定要相信我吗？”

托蒂感觉自己一颗心几乎要从胸腔蹦出来：“你要告诉我什么，爱妮丝？”

“你第一次来访时，你问我为什么挑你当我的牧师，我告诉你是因为你曾经对我表达过善意，曾经协助我过河，你记得吗？”爱妮丝戒慎恐惧地望了一眼田野边缘的人群。“我没骗你。”她继续说，“我真的遇见过你。但我没告诉你的是，我在那之前也见过你。”

托蒂扬起眉毛："真抱歉，爱妮丝，我不记得了。"

"你不会记得的，我在梦里见过你。"她注视着托蒂，仿佛担心托蒂会笑她。

"梦里？"爱妮丝深色的眉睫与淡色的瞳眸形成反差，再次令托蒂感到惊奇。她和其他人都不一样，他想。

眼看托蒂并没有要笑她，爱妮丝满意了，重新开始打毛线。"我16岁时，梦见我走在一片熔岩平原，白雪覆盖了平原，我迷失了方向，不知自己身在何方，四周渺无人烟。我很害怕，极目四望，无论哪个方向都只有岩石和雪，地面则裂着巨大的深渊。我的脚流着血，但我不能停下脚步，我不知道我要走向何方，但步伐却尽可能的快。正当我以为我就要因恐惧而死时，一个年轻人出现了，他没有戴帽子，但颈上穿戴教士的衣领，他把手伸向我。我们继续朝着原本的方向走——我们不知还有什么别的方向可以走，虽然我仍恐惧，但握着他的手使我获得一丝安慰。

"忽然在梦中，我感觉到脚下的地壳塌陷，我坠入深渊，我的手从年轻人的手中硬生生被扯开。我仍记得坠入黑暗时我仰头向上看，看见地壳在我的头顶并拢，遮去了光，也遮去了方才出现的那个人的脸。我坠入了地球中心，无声无息地被掩埋，我无法承受，然后我就醒了。"

托蒂感觉口干舌燥。"那人是我吗？"他问。

爱妮丝点头，她的眼中泪光盈盈。"我在冈各斯克见到你时非常恐惧。我认出你就是我梦中的那个人，我那时就知道你在我生命中必然有某种意义，这令我忧心。"爱妮丝用衣袖抹抹鼻子，"我们各自上路时，我得知了你的名字，也得知你要继承父亲的衣钵，成为教士，当时正要前往南方求学。我当下就知道我的梦是真的，我们还会见第三次面。就连纳旦也相信每件事都会重复三次。”

“可是你并没有坠入深渊，天也还没有黑。”托蒂说。

“只是还没而已。”爱妮丝大力咽着口水压抑情绪，小声答复，“何况深渊里最可怕的不是黑暗，而是寂静。”

托蒂深思了一会儿说：“这个世界和身后的世界都有很多东西是我们所不了解的，但不了解并不意味我们就必须害怕。我们对人生的把握太少，爱妮丝，这的确很可怕。如果我说我不害怕我所不知的事物，那是骗人的，但是我们有上帝，爱妮丝，而且不只如此，我们还拥有上帝的爱，上帝会带走我们的恐惧。”

“我没办法像你这么有把握，无论什么事都一样。”

托蒂伸出手，试探性地执起她的手：“相信我，爱妮丝，就像你的梦境一样，我在这里。”他又补上一句，“我握住了你的手。”

托蒂捏紧她纤细的手指、嶙峋的指节，闻到她身上香甜的新鲜酪浆味与微微的酸味。酸味来自皮肤吗？还是奶？他忽然有股冲动，想把她的手指含入口中，但他压抑住了。

爱妮丝浑然不知他的心思，含笑看他，用另一只手拍拍他的膝盖：“我有把握，你一定会成为很好的牧师。”

托蒂摩挲她手背的皮肤。“你知道吗？”他说，“布伦达尔差点儿不准我来看你了。”托蒂觉得自己像是在吐露不该说的秘密。

“那是一定的。”

“我今天见他时，很担心他会不准我再见你。”

“他有没有这么做？”

托蒂摇头：“他要我对你说教。”

爱妮丝轻轻抽回自己的手，托蒂万般不舍地放开，看着她重新开始编织。

“跟我聊聊纳旦吧。”托蒂的口气有小小的恼怒。

爱妮丝往前方的宾客们瞥一眼:“你想他们还需不需要上更多的菜?”

“玛嘉烈会叫你的。”托蒂用裤子抹去掌心的汗，“继续说吧，爱妮丝，反正布伦达尔没在这里。”

“那真是谢天谢地!”爱妮丝深吸一口气，“你要我跟你谈纳旦的什么事?你知道他是我在伊路加斯塔德的老板，你显然也已经从这一带的居民口中得知了他是个什么样的人物。你还想知道什么?”

“你何时认识他的?”

“我是在盖塔斯卡工作的时候认识纳旦・凯陶森的。”

“盖塔斯卡在哪里?”

“在兰基山谷，是我当女仆的第六个农场，老板是沃姆・贝克。沃姆对我很好。我原本在东部的梵勒加斯塔德工作，后来换到布尔菲妥。牧师，我第一次遇见你就是在那时候，我正要去布尔菲妥，你带我渡河。我去布尔菲妥是因为我听说我名义上的父亲马格努・马格努森在那里工作，我想去投靠他。

“我在那里待得不久。马格努很和善，但我告诉他我之所以名叫马格努多特是由于他，他忽然怒气冲天，大骂我母亲玷污了他的好名声，女人带给他的麻烦真是没完没了。那之后我就不喜欢待在那里了。马格努帮我弄了一张床，让我和大伙儿一起住，但我不时会看见他以一种奇异的神情看我，我知道这是因为他在我身上看到了我母亲的相貌。我要走之前，他给了我一些钱，这是我平生第一次拥有钱。

“我决定前往盖塔斯卡，一大清早就徒步出发，沿着白色的布兰答河往下游去，这时我遇见一群从东边山隘走来的人。我和一群同伴在一起，大半是其他的仆人。两群人相遇后，我们互相自我介绍，没想到他们当中的一个竟是我已经长大成人的亲弟弟！我们甚至认不出彼此。犹亚激动不已，紧握我的手喊我姐姐，眼泛泪光，引起其他人的讪笑。我也很高兴能和弟弟团圆，但我发现他身上弥漫着一股白兰地的气味，且衣着邋遢。他告诉我他从事仆役工作，但身上并没有推荐信，并且他有这一带游民常见的那种紧张神情。我依稀感觉他似乎过得不太好，这令我心痛。那天早晨去盖塔斯卡的路上，我们聊了一路，我得知犹亚的童年并不比我愉快。妈妈在康索扔下我之后不久，也离开了他。他告诉我他在山谷里被人当皮球般踢来踢去。他不知道英薇朵在哪里，就算她去了地狱也不干他的事。于是我们同病相怜，两个人都一贫如洗，但他看起来比我更糟一些。他目不识丁，我提议教他识字，他却动了怒，要我别炫耀。

“犹亚的朋友是一群油腔滑调的家伙，没有一个人有张干净的脸。他们说盖塔斯卡是个大农场，要去看看有没有零工可打。犹亚并不像我，我对要谋取什么职位有所规划，犹亚并没有，但我在沃姆面前替他担保，因此沃姆也聘用了他。那是命运待我较仁厚的一段日子，虽然我和犹亚不常碰面，但我的身边有家人，又有个好农场可以栖身。盖塔斯卡不像谷润纳斯塔德或加博农场，甚至也不像吉斯塔德农场。在那些农场里，我有时不得不喂幼儿吃油脂蜡烛，自己则以少许煮过的皮革果腹。盖塔斯卡则粮食丰富，且仆人循规蹈矩。这里牛羊众多，奶油鲜美，牧草丰沛，有大份大份的肉可以填饱肚子，当个好人并不难。我和一个名叫玛丽亚·杨多特的女仆结为好友。我这辈子朋友不多，玛丽亚过去也同样是个接受救济的孤儿，我想我们有某种程度的惺惺相惜。

“犹亚似乎颇喜欢盖塔斯卡，这很令我开心，但我不喜欢他的狐朋狗友。这群人总是无精打采，形容猥琐，裤子总是脏污不堪，发间总有虫卵沾黏，犹亚把头皮都抓伤了。这些人当中的一些在牛舍背后睡懒觉，被沃姆抓包，不到一周就卷铺盖走人；剩下的一些也没待多久。我不知道犹亚是本质较好呢，还是有我在的缘故，他同意让我帮他清洗，梳掉他头发里的虫卵，并且卖力工作。夜里有空闲时间时，我们会闲聊。他告诉我他听人说起过我，他曾打听过我的消息，得知我到谷润纳斯塔德工作去了。他说他去那儿找我，但他到达时我已离开，而农场的人不记得我往哪儿去了。我没让他看见，但得知弟弟曾经四处寻我，我流泪了。他生过一个小孩，是女儿，妈妈是个女仆，但小女婴生下来就死了，那女仆对他也并无好感。我告诉他我们有个可怜的妹妹叫荷佳，已经死去了。他说他参加了荷佳的葬礼，荷佳的父亲约拿同情他被个没良心的婊子抛弃，给了他一点儿钱。犹亚坚称我们的妈妈是坏人，说她把两个孩子扔给教区抚养，等于是要孩子自生自灭，这种行为值得下地狱。他还骂了许多难听的话，他对妈妈的评语就和马格努一样。有天晚上我们吵起来，隔天早晨我醒来时，犹亚就不见了，马格努给我的钱也被他拿走了，我从此再也没见过他。”

田野最底端的那群人爆出一阵响亮笑声。托蒂看见两个男人把牛放了出来，其他男人正徒劳无功地试图把牛赶回牧场。

“我一直在存钱准备结婚。”爱妮丝继续说，“存了钱一方面可以付结婚登记费，一方面也可以协助丈夫买块田地。有了地，我们就可以自给自足，过像样的生活。”

“你有未婚夫吗？”托蒂问。

爱妮丝微微笑了：“哦，盖塔斯卡有个仆人叫达尼埃·辜穆森，他喜欢我，他告诉全天下人我和他订婚了。他在审判中也是这么说的，但我不明白他怎么可能是认真的，我们两个人都一文不名。我随便他怎么想，反正只要对我好就好。

“我在伊路加斯塔德工作时，达尼埃也在那里做工。审判的时候他们也传唤他，起初他是证人，后来布伦达尔认为他一定事前就知情，判他在哥本哈根的劳动营服刑。”

“你事前知情吗？”托蒂问。

爱妮丝从织针中抬起头，冷漠地注视托蒂：“如果有人事前知道会发生什么事，你想我还会坐在这里同你说话吗？如果其他那些人，达尼埃或是弗德瑞克的家人，如果他们事前知道会发生这种事，你想他们会被绑在木桶上，被鞭子抽得死去活来吗？”

有半晌的时间，两人都不言语。

爱妮丝深深吸了一口气，说：“犹亚离开后，我在盖塔斯卡的最大安慰是玛丽亚。我成长过程中在一个又一个的农场间流浪，哪家需要尽点儿教区义务，就收留我，或者哪家需要有个年轻女子帮忙看管牧草、羊群或水壶锅子等东西，我就去哪家。我没交过多少朋友，我总是把一切埋藏心底。我比较喜欢阅读，比较不喜欢和人说话。”爱妮丝扬起头，“你喜欢阅读吗？”她问托蒂。

“非常喜欢。”

爱妮丝笑容灿烂起来，托蒂头一次想起他协助过河的那名女仆，她眼眸明澈，朱唇轻启时看得出口中齿若编贝。爱妮丝霎时看起来不同了，年轻了。他感觉到自己的胸膛起伏。她挺美的，他想。

“我也是。”她压低嗓子，轻声细语，“我最喜欢英雄传奇。俗话说得好，人没有了书就成为盲人。”

托蒂感觉胸臆间有什么东西在蠢蠢欲动，是呐喊，或是狂笑。他凝眸注视爱妮丝，下午的太阳点亮了她的睫梢。他想起布伦达尔的话，爱妮丝因为失宠，所以谋害纳旦。他看见这句话以文字呈现在他脑海里。

“我少年时会受雇替人看守田地，那些农场有时有书。”她用手比画着后方岩石嶙峋的山丘，“我从前常带着书到康索山丘上阅读。我会在山丘上睡着，从农场及杂务中得到一点儿歇息。但偶尔我也会被抓到，因此受罚。”

“你的坚信礼记录上说，你读了很多书。”

爱妮丝挺直背脊：“我喜欢坚信礼，领圣餐、沿走道走向祭坛、跪在牧师前，全教堂的人都注视着你。农场主人和太太知道我在准备坚信礼，就不能不准我读书。如果牧师有空，我可以到教堂去和牧师一起读书。他们给我一件白色洋装，仪式过后还有松饼可以吃。”

“那诗歌呢？”

爱妮丝神色狐疑：“诗歌怎么了？”

“你喜欢吗？你会作诗吗？”

“我不会到处夸耀我的诗。不像罗莎，大家都知道她的诗。”

“那是因为她写的诗很美。”

爱妮丝沉默了：“纳旦喜欢她这一点，她有能力用文字来构筑东西，他喜欢她的这种能力。她发明了自己的一套语言，能描述其他人仅能感受而说不出的事。”

“我听说纳旦也是诗人。”托蒂佯作漠不关心，“罗莎和纳旦会用互写诗歌作为沟通方式，你和纳旦也会吗？”

“不是像罗莎那样，但我们的确会以某种形式的诗歌来沟通。”爱妮丝眺望着田野，“我就是在这样的一个日子里认识纳旦的。”

“丰收的庆祝宴会吗？”

爱妮丝点头："在盖塔斯卡，我和玛丽亚一起上菜。我们端上菜肴和饮料，端得悠闲从容。玛丽亚对许多人的来历背景都了如指掌，我记得她曾经指着一个农家仆人胖大的肚子说了些不太厚道的话，逗我笑得上气不接下气。随后她抓着我的手肘把我拖进牛舍，告诉我她看见纳旦·凯陶森骑着马来了。

"我当然老早就听说过这号人物。他在许多方面都名声响亮，和不同的人聊就会听到他不同的事。全世界都知道他和罗莎有染，全世界都知道罗莎的孩子全是纳旦的，不是欧拉夫的。纳旦走遍北方各地，年轻时四处帮人放血，后来去了哥本哈根，大家都说他回来后变成了巫师。布伦达尔当时在哥本哈根求学，大家都说他们成了好友，所以他后来做了不该做的事还能逍遥法外。大家都相信纳旦是个贼，他年少时曾经因为偷窃而受鞭刑，这是真的。没有人能解释他怎么会有这么多钱，明明他们付给他的钱只有一点点。有人信誓旦旦一口咬定他找人帮他偷牲畜。他有很多敌人，这些人究竟是真的吃过他的亏，或者仅是嫉妒，我们很难分辨。流言总是会传得天花乱坠，而纳旦喜欢别人对他议论纷纷。"

"你当时对纳旦这人看法如何？"

"噢，我当时对他毫无看法。他的弟弟凯陶曾经追求过我，但我没见过纳旦本人。玛丽亚在牛舍里告诉我，纳旦终于和罗莎分手了，而且自己买了一座农场。很多人谈论这事，因为罗莎颇受大家喜爱，虽然她是有夫之妇，但大家还是舍不得见她心碎。玛丽亚告诉我，沃姆和纳旦是极好的朋友，纳旦买下伊路加斯塔德就是沃姆帮的忙。伊路加斯塔德是一座靠海的农场，海岸有很多海豹和雁鸭，还有漂流木，但要从岸边拖进来才能用。玛丽亚说纳旦开始装腔作势，称自己为凌格多而不是凯陶森。我们都想不透他为什么要这么做，这名字一点儿也不像冰岛名字。

玛丽亚猜测，他可能是要假装自己是丹麦人，而我好奇的是政府怎么会允许他改名。玛丽亚告诉我，男人爱做什么就可以做什么，他们是亚当，可以替天底下的一切东西命名。

“我们掸净身上的灰尘，玛丽亚咬咬嘴唇好让嘴唇红润，然后我们走出农舍，作势检查有没有空盘要收。

“这是我平生第一次见到纳旦。我以为他会是个魁梧英俊、脊梁挺直的长发男人，像女孩们迷恋的那种男仆，但纳旦并不英俊。和沃姆谈话的那个男子并不高，脸庞相当瘦削。纳旦从来就不强壮。他的头发是红棕色的，鼻子衬在脸庞上显得过大。我觉得他的小圆眼睛和发色使他看起来像只狐狸。我把这看法告诉玛丽亚，她捧腹大笑，说怪不得有些北方人怀疑他会幻形术。

“这时纳旦注意到我们了。我们很明显是在拿他说笑取乐，但他似乎毫不在意。他对沃姆说了些什么话，就朝我们走来。

“我记得他笑容满面，像是老早就认识了我们，我猜想他喜欢被人注意。他说：‘午安啊，小姐们。’他比我高不了多少，但嗓音低沉，他说：‘我能不能荣幸得知两位的名字呢？’我替自己和玛丽亚回答了问题。

“纳旦笑吟吟地鞠了个躬，这时我注意到他的手。他的手非常白皙，像女人的手，手指细长得像桦树的嫩枝，怪不得他们喊他‘长手指’。他说他很高兴能认识我们两人，还说今天天气可真好。他问我们宴会玩得开不开心，但我打断他，说他并没有告诉我们他的姓名。玛丽亚嘲笑我，但纳旦向来喜欢勇于发言的人，这是他后来告诉我的。他说他名叫纳旦·凌格多，说这话时他的眼睛闪着光。

“玛丽亚问他是不是其实叫凯陶森，纳旦说是，他的确又叫凯陶森，除此之外他还有很多很多名字，只是有些名字我们娇嫩的耳朵不适合听。

牧师，他说起话来轻松自然，他一向都很会说话，知道什么话能讨好人，什么话伤人最深。

“我们没有聊很久，沃姆把纳旦叫了回去。他向我们说再会，但也小声咕哝，说晚一点儿他不这么忙的时刻，希望能再见见我们。”

托蒂牧师用手指在牙龈旁抹了一圈，掏掉口中的烟草屑。他用裤子揩净指尖，情不自禁注意起自己形状不起眼的粉红色小手，小小的妒意如芒刺戳着他的胸口：“你后来是何时再见到纳旦的？”

爱妮丝停顿下来，计算已织的针数，然后收针。“哦，就是同一天。”她说，“我和玛丽亚那天整个下午都很忙，忙着帮沃姆的太太跑腿，还忙着防止小孩被踩。但当天晚上，老板放我们假，让我们用自己的方式庆祝收成。那天的黄昏清朗柔和，所有的仆人都坐在户外欣赏夜幕的垂降。其中一个农场工人正在说隐形精灵[1]的故事，忽然我们听见咳嗽声，转头就看见纳旦站在我们这群人背后的阴影中。他说，很抱歉他这么无声无息地凑上来，但他很喜欢听故事，想知道我们是否愿意让他这个陌生人加入我们的欢庆，让他也听听故事。其中一个农场工人说，纳旦·凯陶森不能算是陌生人，对女人来说尤其如此。多数人听了都笑了，但有一两个男性和数名女性转开了头。

“玛丽亚挪了挪，让出她身旁的空间给纳旦坐。我因为说话态度的关系，人缘不大好，因此坐在外围。但纳旦从玛丽亚身旁走过，到我身旁坐下来。‘好，我们安顿好了。’他望向刚才说故事的农场工人，请他继续说。当天晚上，我们一群人仰望星辰，坐着说了一整晚的故事，直到上床时间才结束。”

“你觉得纳旦为什么坐在你身旁？”

1　冰岛民间相信冰岛四处存在着隐形的小精灵。

爱妮丝耸耸肩：“他后来告诉我，他观察我一整天了，却读不懂我。起初我没弄懂他的意思，我说，那当然啦，因为我是个女人，不是一本书。他大笑，然后说，不是这样，他也读得懂人，只不过有些人的心思是用他不懂的字母写成的。”爱妮丝浅浅一笑，“牧师，他就是这么说的，至于这话到底是什么意思，就请你自己随意解读吧。”

* * *

牧师必定好奇我和纳旦是什么样的关系。我看着他，便知道他在想着我和纳旦，任那思绪在脑海中滚动，品尝它的滋味，一如孩童吸吮骨头里的髓。他还不如吸吮一颗石头。

纳旦，我怎能真切回想遇见他的第一刻？当时我感觉那只覆盖在我手上的手不过就是一只手。我无法想象纳旦对我而言曾经是个陌生人。他当时的相貌、那一刻的天气、阳光在他满是胡楂的脸庞上跳跃舞动的情景仍历历在目，但那个蒙昧原初的时刻却永远不可能重新来过。我记不起不认识纳旦的时光，无法想象不爱他是怎样的光景。我看着他，明白了我一直渴求着一个东西而自己却浑然不觉，但此刻我找着了。那渴求如此深切强烈，足以逼迫我没入茫茫黑夜。这使我感到恐惧。

我没有对牧师说谎。那个满天星斗的说故事的夜晚，他的手暖暖地压在我的手上，一切都如我所说的那样发生。然而我没有告诉托蒂什人纷纷上床安歇后的事。我没有告诉他，玛丽亚用谴责的神气瞪我一眼之后，和其他人一同就寝了。我没有告诉他，大伙儿都离开后，独留我和纳旦两人。纳旦要我和他一同待在微光中聊聊天。他说，只是聊天而已。

“告诉我你是谁，爱妮丝。来，手让我握一握，我才能对你有一点点了解。”

他手指的暖意迅捷地沿着我张开的掌心爬行。

“你的手长了茧，表示你工作卖力。你的手指强壮，所以你不但工作卖力，而且做得出色。我看得出沃姆为什么雇用你。看到了吗？你的掌心是凹的，跟我一样。你摸摸看，有没有感觉空空的？”

柔软的凹陷，皮肤上鬼魅般的皱褶，骨骼的隐约形貌。

“你知道掌心凹陷代表什么吗？代表我们有些事情讳莫如深。不注意的话，这个空洞就会装满霉运。如果我们把空洞以及空洞的黑暗、空洞的不幸展示给外界看，我们就会走霉运。”

“可是手掌的形状又不是我们能改变的。”我哧哧笑起来。

“用别人的手掌盖起来，就能改变，爱妮丝。”

他的手指触着我的手指，那重量像鸟儿栖落枝头。那是干柴与烈火的邂逅。直到火苗蹿升成熊熊赤焰，我才知原来余烬早已围绕我们。

第八章

诗人罗莎写给纳旦·凯陶森的诗，约 1827 年

噢，我曾相信我多么快乐

纵使当我为你而受苦

当人人都嘲弄我

也没有人能明白我多么自在

叛徒，看看你自身的不幸吧

我真心作如是观

噢，这朵山谷里的玫瑰

已经毒害了你

秋惊叹般地降临山谷。玛嘉烈在10月早晨绵长的阴暗中清醒地躺着，肺脏里爬满茸茸苔藓似的痰。她思索着阳光怎么来得这样慢，像是因为长途跋涉而疲乏了，步履蹒跚地跨过窗户。起床已经变得艰难，她在寒夜里醒来，曜恩的脚趾抵在她的腿上取暖。农场工人喂完牛马进来，两颊和鼻子都被冰冷的空气冻得通红。女儿们说每天早晨出门采莓时，地上都结着一层霜；把牲畜赶回来时，雪落了下来。玛嘉烈没有去参与围赶牲畜，他们要翻山越岭，到夏季草原去寻找并驱赶绵羊，她想她的肺脏禁不起这样的长途跋涉，但她把其他所有人都派去了，除了爱妮丝。她不能任她漫山遍野地走，倒不是怕她逃跑。爱妮丝不笨，她对这山谷了如指掌，她知道这里没多少地方可以跑，人人都认得她，她会被抓。

围捕牲畜的这天是个不平静的日子。农场工人天没亮就率先出发，和山谷里的其他男性一同骑马越过维第达尔山。不久，这一带的部分女性也徒步跟了上去。玛嘉烈和爱妮丝留在家里，为外出的人准备返家时的菜肴。这天天刚亮，玛嘉烈就感到心神不宁。看见黎明的天空灰暗不祥，她就知道有事要发生了。云朵低垂得离地太近，空气中飘着铁的味道，这是不吉的征兆。整个上午她都想着那些迷失在山里的人。才不过去年而已，有个女仆在围赶牲畜时，暴风雪突然来袭，他们直到来年春天才找到她的骨骸，距离人们最后一次看见她的地方有数英里之遥。忧虑重重压在心头，玛嘉烈禁不住和爱妮丝说起话来，纯粹只是为了排遣心中的焦灼。两人各自谈起她们所认识的死在山中的人。真是晦暗的一段谈话，玛嘉烈想。但把死亡化作言语给了她某种程度的安慰，仿佛把事情说出口，就可以防止那事的发生。爱妮丝对牧师说话比牧师对爱妮丝说得多或许就是这个原因，她想。

她的预感没错，果然出了事。中午过后不久，上山的人连个影儿都还没回来，农场大门就响起了急促的敲门声，英姬碧瑶风也似的冲进来。“是萝丝琳。”她说。

吉斯塔德农场孩童泛滥，但玛嘉烈发现萝丝琳的这群孩子对母亲的阵痛却显得漠然。兵荒马乱、烟雾迷蒙的厨房里，大大小小无人照管的锅具烧得沸沸腾腾。三个女人进门后，面色惨白、大汗淋漓的萝丝琳跌跌撞撞走回起卧间。“情况不大妙。”她不断重复这句话。看见爱妮丝静静站在门口，萝丝琳大为恐惧，但英姬碧瑶说得对，不然玛嘉烈能把她安置到哪儿去呢?

宝宝胎位不正。这是爱妮丝告诉她们的。爱妮丝一个箭步冲上前去，用手捧着萝丝琳的肚子。萝丝琳尖叫，要其他人把爱妮丝拖开，但玛嘉烈和英姬碧瑶都动也不动。萝丝琳敲打爱妮丝的手，用指甲刨抓爱妮丝的胳膊，但爱妮丝纤细的手指依旧柔柔抚触她圆鼓鼓的腹部。

宝宝头上脚下，爱妮丝这么说。萝丝琳哀号，不再挣扎。爱妮丝也不移动，她要萝丝琳躺在地上。整个令人煎熬的过程爱妮丝都陪在一旁。玛嘉烈记得爱妮丝的手一刻也没有离开萝丝琳的身体，整个生产过程中她都用纤长的手掌轻抚萝丝琳，安慰她，要孩子们去拿布巾、烧开水，支开他们好让他们别碍事。她要其中一个孩子到康索去拿女孩们采莓路上摘回的野生当归。“在食品室一个盛满沙的托盘里。”她说。玛嘉烈好奇爱妮丝怎会对她家如此熟门熟路。“别把根折坏了。抓一把回来。”她请英姬碧瑶用当归根泡一壶茶，说这有助顺利生产。茶捧到萝丝琳唇边，萝丝琳咬着牙不肯张嘴。

“萝丝琳，这不是毒药。”玛嘉烈说，“你就别无理取闹了！”有一刹那，玛嘉烈与爱妮丝会心地相视一笑，笑容短促而紧绷。

宝宝果如爱妮丝所说的头上脚下，腿先出来，血淋淋的脚趾怯怯偷窥，身子其次，最后才是头，脐带缠绕在手臂和颈上。但宝宝活着，萝丝琳只要知道这个就够了。

爱妮丝拒绝接生，她请英姬碧瑶迎接宝宝降世。即使稍后萝丝琳睡着了，被赶回的羊群的咩咩叫声响彻了整座山谷时，她也拒绝碰触宝宝。爱妮丝回避搂抱孩子的态度令玛嘉烈大惑不解，她是怎么说的来着？“这孩子应该要活下去。”好像被爱妮丝抱过了就会死掉似的。

于是这天晚上有了两件值得庆祝的事。史纳彼昂欣喜若狂，其他农人纷纷以兰姆酒和白兰地为他祝贺，因此当他爬进分类围栏[1]去把自家羊拖回家时，走得踉踉跄跄，在泥地里滑了一跤，被一头公羊用角狠狠顶了一记。玛嘉烈听见保罗向逐渐恢复精力的母亲叙述这事，欢欣地说起大伙儿还得先把史纳彼昂扛出去，让他躺在草地上，才好继续牵回各自的羊。

那天他们很晚才吃饭。两个女儿设法补救这天乏人照料的炊厨之事，很晚才弄出菜肴给饿扁了的工人们果腹。史黛娜听完萝丝琳的生产经过后说：“开始下小雪了。”她往爱妮丝处瞥了一眼，“这一定是个好兆头。”

“我没做什么。”爱妮丝说，“是英姬碧瑶接生的。”

“不是。”玛嘉烈纠正，“那个当归根茶，你从哪儿学来的？”

“这是常识。”爱妮丝含糊回应。

“八成是纳旦教的。”露卡没好气地说。

虽然仅有短短的一小时，但在这一小时间，爱妮丝像是他们家的一分子。怎么会这样呢？玛嘉烈纳闷。第二天，玛嘉烈不自觉地对爱妮丝说起话来，问她一向都制作哪种染料，两人像寻常主仆般对话，直到露

1 冰岛由于没有猛兽捕食羊，春夏都将羊放牧于野外，秋天则将羊群赶回农场过冬。由于羊难以辨认，普遍做法为全村居民一同将所有羊赶入共同大围栏，再依羊耳上的烙印一一分辨出各家羊，赶至代表各家农场的小围栏，再各自带回。

卡走进来为止。露卡走进房间来抱怨爱妮丝老是盯着她的衣服物品瞧。露卡当然同玛嘉烈一样，知道倘使爱妮丝手脚不干净，她们应该老早就发现物品遗失了，但就连那只银质胸针也依旧在床底蒙尘，完全没有变换位置。玛嘉烈短暂地怀疑露卡是否嫉妒爱妮丝，但随即抛开这念头。露卡怎么可能会嫉妒一个在天气转暖之前就会身首异处的女人？但她对爱妮丝的嫌恶之强烈，背后的缘由看来并非仅是讨厌而已。

玛嘉烈从丈夫沉沉的体重下悄悄抽出腿，爬下床，轻手轻脚走到窗边，透过干燥鱼皮向外望。窗外下着冰雹。真讨厌，她想。成年的公羊母羊放牧在割了草的自家牧场上，年方一岁的幼羊则仍关在围栏里。今天他们要开始宰羊了。

玛嘉烈回想起爱妮丝初到康索的情景。她内心的某个部分对于家人与罪犯间的这种紧张态势感到兴奋，甚至渴求。这态势使他们一家人团结齐心，让她感觉自己和丈夫及女儿更亲近了。但如今她察觉她们的沉默无语已转变成某种较为自然而宁静的状态，这令玛嘉烈忧心。她太习惯农场里有爱妮丝在了，这可能是多个帮手真的很受用的缘故吧。多一名女性料理家务已经缓解了她的背痛，咳嗽不再那样频繁地阻断她的呼吸。她避免去想处决之日宣告之后会如何。不，还是完全别想这事的好，她之所以在这女人身旁感觉较为自在，是由于有那女人在，事情比较容易完成。手头有工作要做时，就别扭头关注别的事务。

*　　*　　*

屠宰风风火火地展开。气候转坏了，雨中夹杂着冰粒，冷风也像狼似的紧紧尾随，提醒你冬天就要来了。即将化作雪片的浓密云层在天空渐次聚积，我感觉我就如那些云层一样低落。

谁也不想工作到深夜，因此我们全都裹上层层衣物，在10月的微光中等在屋外，等着曜恩和工人捕捉第一头羊。他们准备了足够全家人过冬的牲畜。我也算在需要喂饱的人当中吗？我恨不得自告奋勇接受屠宰。择日不如撞日，何不就在此时此刻就地处决？等待最是难熬。羊嚼食着尚未被气候摧残成棕黄色的草。这些傻乎乎的动物可明白自己的命运？被围捕又被分栏，但它们只需在恐惧中等待一个寒夜，我却已在屠宰栏中流连数月。

古蒙多尔捉住了第一头羊，跪在羊身上好固定它的头。我不喜欢这个人，但他效率着实高，一刀就从喉头划到脊髓，桶也接得快，鲜血几乎一滴也没有洒出来。不出几分钟的光景，血就放光了。我跨步上前去接桶，他却视若无睹地把桶递给露卡。随便他吧，我也对他视若无睹，转而等待曜恩的桶。曜恩刚刚宰杀了一头母羊，这会儿把羊身扛到围栏上，好方便盛接血水。鲜血总是比预期中来得多，喷溅的方向总是和预期中不一样，部分血水洒上泥泞的土地，渗入灰白的羊毛中，但桶很快就满了。

我回到屋内，玛嘉烈用粪便和泥煤闷住炉火，浓烟熏得我泪水直流，玛嘉烈则在迷蒙中呛咳。但她提醒我，等我们享用吊在横梁上的熏肉时，就没理由抱怨了。我放下我的血桶，再次走到户外。

我们一直等到羊都被剥完皮。巴尼宰的母羊仍在流血，他的屠宰技术欠佳。古蒙多尔使刀倒是使得灵活，使我想起弗德瑞克。在弗德瑞克和纳旦仍虚情假意佯作友好的时节，他曾到伊路加斯塔德帮忙屠宰。弗德瑞克对把动物开肠破肚的兴致总是过于高昂，挥刀的速度总是过于迅捷。曜恩的动作较慢，但也较谨慎。他从后腿开始剥皮，徒手就折断了后腿的关节，用不着再挥刀割蹄筋。古蒙多尔把肩部以下的羊皮都尽可能剥下，但前胸的皮他就是无能为力，于是曜恩要巴尼协助他。他俩合力把羊身拖到墙上，剥开剩余的皮，最后终于全部剥除。巴尼把羊皮剥得惨不忍睹，我真恨不得插手示范，但我想了想我跨步上前要求给我把刀会是怎么个情景。

羊腹剖开后，我们取出羊心、羊肺、食道、胃和肠。

在伊路加斯塔德的那年秋天，纳旦划破胆囊，苦涩的胆汁泼洒在羊肉上。弗德瑞克狂笑，对纳旦说："你是个假医生。"这样的往事在这样的时刻蹿入脑海真是奇怪。

我们在桶里装满内脏，男人们继续忙着把肉切块吊挂，我们则提着桶回到厨房。浓烟消散了些，火蹿得老高，玛嘉烈放了一锅水在炉上烧，我们全都开始动手做香肠，就连露卡也帮忙拿布沥血。血水喷溅时，她的脸上挨了几滴，她颤抖了一下。我走出屋外去取做香肠用的胃囊，重回厨房时，整栋农舍已经弥漫着煎煮油脂和腰子的肉味，那是给男人们的早餐。玛嘉烈在另一口锅里放了块油脂，用水淹盖，小火慢炖。葵丝婷、玛嘉烈、史黛娜和我把羊胃缝成囊袋，只留个小洞填装馅料。露卡沥干血水后，我把剩余的油脂和黑麦面粉搅进去。我提议如我们当年在盖塔斯卡那样，搅些地衣进去，玛嘉烈同意了，要露卡去储藏室取地衣。我感觉一股欢欣悄悄涌满了心田。我旧日的生活回来了，双手埋在动物内脏中，忙碌地求取生存。女孩们一面往囊袋内填充血淋淋的馅料，一面叽叽呱呱欢快谈笑。我可以忘却自己是谁。

脂肪很快熬成了油，我们三个人合力把锅子扛下来放凉，等待冷却后揭开顶端的硬油，露出底下的流质。

男人们进屋来吃腰子，他们一身都是屎臭味和湿羊毛味。我猜想男仆看着我们女人在温暖而烟雾弥漫的厨房里把一根根带血香肠扔进烧着滚烫开水的锅里，他们心中艳羡。我给曜恩上菜时，他头一次正眼看我。“谢谢你，爱妮丝。”曜恩轻声说。想必是萝丝琳宝宝的缘故——我相信一定是的，他现在另眼看待我了。

男人们吃饱饭，出门去取割下来的第一批肉。我开始测量硝石的量，与盐混合。这使我想起我在纳旦的工作室里帮他测量硫黄、干燥草叶及研磨种子的量的情景。我今天不断想起伊路加斯塔德，想起我在那儿度过的唯一秋季里宰羊的情景。我喜欢为冬天储备粮食，我们过些时候会吃这些粮食，纳旦漫长的旅程也靠这些粮食过活。那天，我搅拌着粗磨谷粉与羊血时，纳旦倚着门框朗读英雄传奇给我听，叙述起他在哥本哈根的日子，那儿的血肠是辣的，里头掺杂有某种干果。说着说着，弗德瑞克和思嘉提着盛满内脏的桶，从屠宰场嘻嘻哈哈走进来，发上有雪片沾黏。纳旦扔下我，回他的工作室去了。

我把一层又一层腌了盐的肉往木桶里压，盐刺激得我指尖发疼，手指间有个粉红色的痂皮裂了口，俯伏在桶上工作使我腰背酸痛。史黛娜看着我，问我每一层肉要泼洒多少水，谈起她的指尖被盐腌得起了皱。她舔舔自己的手指，那滋味使她皱起鼻子。“我真不懂我们干吗不用乳浆来保存肉就好，盐这么贵！”她说。

“外国人喜欢这种口味。”我说。这桶肉是要拿去交易用的，较肥的肉才用乳清保存起来供家人食用。

“盐是从海里来的吗？”

“史黛娜，你为什么问我这么多问题？”

她住了口，两颊绯红起来。“因为你会回答我。”她咕哝。

接下来是骨头，再来是羊头。我请露卡把油脂锅里的软骨和水倒掉，但露卡装作没听见，眼睛直视前方，最后葵丝婷替我倒了锅子。史黛娜腼腆笑着，又重新凑上来，问我有没有什么事要帮忙。我请她把无法用在其他任何地方的骨头装进清空的锅子里。盐、大麦、水。我和史黛娜合力把锅子拖到烹煮着血香肠的锅旁，让骨髓渗入文火慢熬的汤汁中，让盐与热度除去羊尸的软嫩。终于把溢溅汤汁的锅子在炉钩上挂好时，史黛娜拍手欢呼，随即往火里添加燃料。

“别加太多，史黛娜。”我说，“别把煤盖住了。”

我捧着羊头靠近火的余烬，要烧去羊头上的毛。羊毛没有着火，只是在火苗舔舐下皱缩起来，烧灼气味蹿进我的鼻腔。

天哪，这气味！

伊路加斯塔德的起卧间，鲸鱼油抹在木头上与床上，油灯的火焰从油腻腻的羊毛毯上蹿起了烟，毛发灼烧。

我受不了了，我需要新鲜空气，噢，我的天！

别让他们看出这气味多么让我难以承受。我把羊头交给史黛娜，让她烧。我需要新鲜空气，我告诉她，是烟的缘故。

屋外微雨落在我的脸上，如神的恩典，但焚烧羊毛与头发的气味仍停留在我的鼻腔，辛辣得令我打心底作呕。

我蹲在黑暗里，头埋在两膝间。玛嘉烈找到了我，我等着她斥责我——你搞什么，爱妮丝？快进屋去，叫你干吗你照做就是了。怎么可以把事情交给史黛娜一个人做？她把羊肉烧焦到完全看不出是羊肉了。

但玛嘉烈不发一语，只是在我身边轻巧蹲下，我听见她的膝盖咔啦作响。

“现在天色暗得真早。”她就只要说这个吗？

她说得没错，蓝色的黄昏似乎从我们面前河流的深处悄悄爬了起来。

一切气味到了夜里都变得浓烈，我坐在这儿，闻得到玛嘉烈身上飘散的厨房味——血肠、烟、盐水。她的呼吸浊重，在寂静夜色里，我可以听见她的肺里梗塞着什么，有某种东西钳着她的呼吸。

“我需要新鲜空气。”我说。

玛嘉烈叹了口气，清清喉咙：“吸吸新鲜空气反正也没坏处。”

我们坐着听河水淙淙。微雨停了，雪开始落下。

“我们去看看女孩们在做什么吧。”玛嘉烈终于说，“如果史黛娜没把肉串在横梁上，反而把自己挂了上去，我也不会太惊讶。说不定她已经被烟熏透了。”

工作间传来一记轻轻的啪嗒声，男人们想必正在摊开羊皮晾晒。

“来吧，爱妮丝，不然会感冒的。”

我垂下头，看见玛嘉烈伸出了手。我握住她的手，她的皮肤粗糙如纸。我们进入屋内。

*　　　　　　*　　　　　　*

厨房里的火衰败成一堆喃喃低语的余烬，露卡用肿胀的手指把最后一串湿漉漉的香肠捆绑起来吊高晾晒时，夜幕已经重重低垂在户外家畜喷溅的血水上。史黛娜的围裙沾染着血与内脏的污渍，她倚在门框上看妹妹。

“外头下雪了。”她说。

露卡耸耸肩。

“大家都上床了。”她抽抽鼻子，“这里的味道很好闻，你不觉得吗？”

“我不知道屠宰味什么时候好闻过。”露卡弯腰提起原本盛装羊内脏的桶。

“放着它吧，我们明天再来洗。”史黛娜走向妹妹，从炉火前拉了张凳子来坐，“你有没有看到爱妮丝怎么腌肉的？我从没见过有谁动作像她这么快的。”

露卡把桶靠墙堆叠，然后在史黛娜身边坐下来，伸出手在火热的灰烬上烤：“她可能把整桶肉都下了毒。”

史黛娜扮了个鬼脸。“她才不会做这种事，她一定不会对我们做这种事的。”她把围裙的一角含在口里，然后用这个角揩净手上的污渍，“不晓得那个古怪的转变是怎么回事。”

“什么转变？”

“我跟爱妮丝本来坐在这里，就我们两个现在坐的位置，我们在处理羊头。突然之间她就把羊头扔在我腿上，一边喃喃自语，一边自顾自跑掉了。妈妈跟了出去，我看见她们两个坐在那边讲话，然后两个人一起进来了。”

露卡蹙着眉头站起来。

“好奇怪。”史黛娜继续说，“虽然妈妈嘴上刻薄，但我觉得她现在挺喜欢爱妮丝的。”

“史黛娜！”露卡的声音尖厉起来。

“妈妈从不说出口，但……”

“我的天哪！史黛娜，你非要一天到晚开口闭口都是爱妮丝不可吗？”

史黛娜惊诧地扬头望妹妹：“谈论爱妮丝有什么不对？”

露卡哼哼嗤笑起来。“有什么不对？难道只有我看得出她是什么样的人吗？”她压低嗓门，用气音说，“你说得好像她不过是个寻常人物，好像她是我们家的仆人。”

“噢，露卡，我希望你能……”

“你希望我能怎样？怎样？难不成要我跟你们一样，跟她做朋友？”

史黛娜张大了嘴，惊愕地瞪视自己的妹妹。露卡猛然走到厨房后侧，两手握成拳头抵住额头。

“露卡？”

露卡不转身，只是缓缓提起脏污的木桶。“我去洗这些桶。”她的嗓音略略颤抖，“你该上床了，史黛娜。”

“露卡？”史黛娜站起来，朝露卡走了几步，“怎么了？”

“没什么，你去睡吧，史黛娜，别管我。”

“你要告诉我我怎样惹你生气了，不然我不去睡。”

露卡摇头，面容扭曲，半晌才开口：“我还以为会不一样。布伦达尔来的时候，我还以为她不会太打扰到我们，因为会有戒护官在。我还以为我们会把她关起来！我没想到她会一天到晚在我们旁边，还在我们的起卧间和牧师说话。现在就连妈妈都用熟人的语气跟她说话了！没人在乎全山谷的人现在都用奇异的眼光看我们。”

“没有人用奇异的眼光看我们，根本没人注意我们。”

露卡眯起眼，把桶扔在脚边。“有，史黛娜。我们看不出来，可是他们把我们都贴上标签了。要是他们看到我们跟她讲话，还把她喂得饱饱的，那就更糟了，我们永远都嫁不出去了。”

“那是你自己乱猜的。”史黛娜在火炉旁的凳子轻轻坐下，好一会儿终于又开口，“又不是永远这样。”

“我真等不及她消失。”

“你怎么能说这种话？”

露卡颤抖着吐了一口气。“谁都看到牧师像个痴迷的小粉丝一样绕着爱妮丝打转。自从爱妮丝给萝丝琳的宝宝施了巫术以后，现在就连爸爸都对她点头说早安了。还有你，史黛娜！”露卡面向着姐姐，满脸的不可置信，“你待她的态度比待我更像姐妹！”

“没这回事！”

“有！你到处跟着她，跟上跟下，帮她做事。你希望她喜欢你！”

史黛娜深吸一口气：“我……我只是记得好几年前的事。我无法不想到她从前不是这个样子的。她也曾经是我们这个年纪，也跟我们一样是人生父母养的。”

“不，”露卡咬着牙说，“她不像我们，她和我们不一样。她来到这里，一切都变了，而且不是往好的方向变，但谁也没发现。”她弯腰拎起血淋淋的木桶，昂首阔步走出厨房。

* * *

北方多数的日子都下起了雪，布雷达波斯塔德笼罩着一层厚厚的云雾与寒气，虽然 10 月的太阳带来了难得的少许光亮，雾气与冷意仍流连不去。然而尽管天气恶劣，托蒂却并不情愿陪父亲待在家里。他觉得他和爱妮丝之间原先存在着的某种隐形隔阂已经被打破了，她终于开始和他谈起纳旦了。想到她可能会向他靠得更近一些，对他的信赖可能会强烈到愿意谈起伊路加斯塔德发生的事，他就感觉胸腔里有个什么东西躁动起来。

他把衣箱里所有找得到的衣物一层一层裹上自己颤抖的身子，他想起他俩初见的情景。他依稀记得冈各斯克奔涌的河水，记得融化的春雪轰然流过山坳的滔滔水声，眼前依稀看见湿漉漉的碎石在阳光下熠熠生辉，而就在他面前，一名黑发女子弯腰脱袜，准备要过河。

托蒂在布雷达波斯塔德的起卧间里套上手套，脑袋里寻思着他初见她的那天，她的面庞是什么模样。女人仰头看他时，眼睛被阳光刺得眯了起来，脸上没有笑容。她的头发因为长途跋涉而汗湿，沾黏在额头和颈项，身旁的溪石上躺着一只白布包。

然后是他俩骑着他的马穿越白浪滔滔的河水，她暖暖的身子偎依在他的胸膛，她的颈背散发着汗味与野草味。这思绪如发烧一般热烘烘传递全身。

“你这么急是要做什么？”

托蒂扬起头，发现父亲在房间的另一头端详他。

“康索的人在等我。”

永恩牧师看来若有所思。“你在那儿花的时间很长。”永恩牧师沉吟着说。

“因为有很多事情要做。”

“我听说地区政务专员有两个女儿？”

“对，希格莉和史黛娃。”

父亲眯起眼睛：“是美人吧？”

托蒂一脸困惑。“我相信有人觉得她们很美。”他转身离开房间，“夜深了就别等我。”

“儿子！”永恩牧师向门边跨了几步，把《新约圣经》递给托蒂，“你忘记这个了。”

托蒂红了脸，一把抓过《圣经》，塞进大衣内袋里。

出了布雷达波斯塔德的农舍，刺骨寒风拂上脸颊，冻得托蒂两耳发疼。他给睡眼惺忪的马儿套上马鞍，指挥它往康索前进，感觉自己连呼吸都吃力。雾散了，风雪取而代之，雪片凝结在马儿的鬃毛上，托蒂的四肢因为暴露在凛冽酷寒中太久而酸痛，但纵使在这样的状况下，他的思绪仍一次又一次回顾他在冈各斯克山坳口遇见的那名女子，这段回忆使他温暖得彻骨透心。

“丰收的庆祝会之后，我有一段时间没见到纳旦。然后有一天，我在农场的附属小屋里割横梁上的肉，我站在梯子上，手里拿了把刀，暂停工作来欣赏屋外 11 月的蓝光。忽然之间纳旦就在那里，倚在门上。”

爱妮丝在床上挪移，以便取用到油灯更多的光线。托蒂往坐在房间另一端的康索农场其他成员瞥了一眼，他怀疑他们在偷听，但爱妮丝似乎不以为意。她像是非得滔滔不绝地讲下去，即使想停止也欲罢不能。

“我看到他非常吃惊，险些从梯子上摔下来。我切的肉差点儿就掉在尘土中，幸好纳旦接住了。他说他来找沃姆，说他先去华米尔给布伦达尔的太太看病，看完后，想到家里只有工作和海豹迎接他，就不想回家。反正他就是这么说的。

“我好像问了他喜不喜欢伊路加斯塔德，他告诉我，他需要更多的仆人来帮忙。纳旦说他有个女仆，但脑筋不大灵光，年纪又非常轻。他的管家卡莉塔约满日[1]的时候就要到瓦特斯山谷去了。

“我们聊了一会儿，我记得我问起他的凹手掌，这是他前一次来访时我们聊到的话题。他大笑说，如果布伦达尔希望他太太活过这个冬天，他的凹手掌就会装满钱了。

“我们一同走回正屋，农场上工作的一些仆人看见了我们。玛丽亚正把灰烬拿出来倒，看见纳旦时，她停下脚步盯着我们。我说，那是我

---

1 原意是“搬家日”。传统上，田产或房产的租约都在这一天到期，佃农或租户如不继续承租，就要在这一天搬家。农场工人的工约也都在这一天到期，不想续留原农场工作的工人都在这一天换新的工作。

朋友，但纳旦不理会她。他开始说话，说他从骨子里感觉得到天快要下雪了。然后他指着绵羊杀手裴杜说，这谁呀？”

“另一个被杀的人？”托蒂问。

爱妮丝点点头：“他名叫裴杜·约森，几年前被控屠杀牲畜，那一年被送到盖塔斯卡来过冬。他是个怪人，我不太喜欢他。他常常在没有什么事好笑的时候哈哈大笑，还会对我们这些仆人描述他的噩梦，这让我们很多人都坐立不安。”

“他也有预知能力吗？”

爱妮丝迟疑了一会儿，朝起卧间里的其他人瞟了一眼。再开口时，她是用气音说的话：“很多人都记得裴杜在盖塔斯卡说过的一个梦。他不止一次做这个梦，每次听到我都会起鸡皮疙瘩。他梦见他在一个山谷里醒来，有三只他和友恩·阿纳森一起杀的羊朝他跑来。他说领头的是只他杀掉的母羊，跑到他面前时，那头羊吐了他一身血。他觉得这个梦很好笑，嘲笑了一番，但后来有好几个人都认为这梦有含意。”

“是预言了什么事吗？你有没有把裴杜的这个梦告诉纳旦？”

“有，然后纳旦就告诉我他这辈子做过的一些奇怪的梦，但那些梦现在也不重要了。”

“我知道纳旦的梦。”房间另一头传来上气不接下气的说话声。爱妮丝和托蒂张望了一番，发现露卡在端详他们，脸上的神情奇异。

“露卡！”玛嘉烈出言制止。

“妈妈，是萝丝琳告诉我的。我想你听了会觉得很有意思。”

“我们不想听这样的事。”曜恩缓缓站起来。

“别这样，就让露卡告诉我们纳旦·凯陶森的梦吧。”史黛娜提出异议，“如果露卡对他的梦有所了解，那我们一定也都会有兴趣听的，包括爱妮丝在内。”

曜恩思索了一番：“让托瓦多牧师和他负责辅导的教友说话，你别打扰他们。”

“我打扰他们？”露卡讪笑一声，把手上的编织工具扔在床上，“是她打扰我们！这里是我们家！她在厨房里总是站在我身旁呼气！在我们家起卧间鬼话连篇！”露卡转头面向父母，“妈妈、爸爸，对不起，你们叫我和史黛娜别听这女人说话，可是又让她在离我们不到五英尺的地方高谈阔论？‘噢，我好穷，好可怜！’”

“我们总不可能叫她和托蒂牧师到下着雪的户外去讲话。”史黛娜分析道理给她听。

“那么爸爸，如果我们当中有人可以说故事，何不大家都来说一说？”

玛嘉烈板着脸：“露卡，编织工具捡起来。”

“对呀，露卡，编织工具捡起来。”史黛娜嘲笑着说。

“你们两个够了！”玛嘉烈咆哮，“托蒂牧师，请你谅解我们无法避免……”

“露卡，萝丝琳告诉你纳旦的什么梦？”爱妮丝插嘴。她停下了手中的编织，专注地望着两姐妹。

所有人都住了嘴，一片鸦雀无声。

“这个嘛……”露卡咕哝。她清清喉咙，不太有把握地瞥了爱妮丝一眼，又往父亲的方向望一眼，父亲垂下了眼。“萝丝琳说纳旦告诉过很多人他做过的一个梦，梦里有个恶魔往他的肚子上捅了一刀。他还做过另一个梦，梦见他在一座坟场中。她告诉我在这个梦里，他在一座敞开的坟墓里看到一具尸体还是什么的，有三只蜥蜴在啃食这具尸体。有个人忽然出现在他身边，纳旦问他那是谁的尸体，那人说：‘你不知道那是你自己的尸体吗？’”

“我的天！”葵丝婷低声惊呼。

“后来呢？”巴尼靠在他的床上发问。

露卡耸耸肩：“他大概就醒了吧。可是萝丝琳说他告诉很多人这个梦，大家都一致认为这个梦预示着后来发生的事。她是听欧丝珂说的，欧丝珂是听她弟弟说的，她弟弟则是听纳旦本人说的。”

大伙儿的目光转向爱妮丝，爱妮丝看似陷入沉思，而后则把腿挪到床侧，以便面对众人。

“他告诉我他梦见他看到自己的尸体在敞开的坟墓里，他自己的灵魂则站在坟墓的另一边。后来他的尸体呼喊他的灵魂，对他唱史坦主教[1]版本的赞美诗。”寂静中，她的嗓音嘶哑起来。

谁也没再说话。

托蒂终于清了清喉咙：“爱妮丝，你要不要继续说你的往事？你刚刚说到裴杜。”

“我能不能离灯光近一点儿？”

曜恩看了玛嘉烈一眼，又看了看其他家人，摇摇头。

玛嘉烈微颤了一下。“曜恩，”她轻声低语，“现在还会有什么不良后果？”

托蒂看见曜恩的眼光迅速飘向女儿们。

玛嘉烈叹息：“我们大家还是各自待在自己的位子就好。”她对爱妮丝说，“你那边的光线够你说故事了。”

爱妮丝的脸庞短暂地闪过一抹愤怒，但她重新开口时，语气却温婉柔和。

1 Bishop Stein，18 世纪挪威北方霍伦（Holum）地区的主教，《圣经》的冰岛文译本之其中一版本由其监督出版。

“裴杜在兰基山谷名声很坏，在瓦特斯山谷也一样，你们也都知道。没有人信赖杀了这么多牲畜的人。当时在盖塔斯卡我很意外，纳旦竟然不认得裴杜，我还以为纳旦什么牛鬼蛇神都认识。于是我告诉他裴杜是个监禁中的罪犯，他割断了三十几头绵羊的喉咙，而且只是为了好玩。他可能会被送到哥本哈根。纳旦注视他很久，没有再说什么。”

“也许他想网罗他来偷羊。”露卡尖酸地说。

“有可能。”爱妮丝从黑暗的角落回嘴，然后转向托蒂说，“那天我带着纳旦去找沃姆，然后回到农地里和玛丽亚一起工作。我告诉她，我在储藏室里被纳旦吓了一跳，她问我纳旦要做什么。我告诉她他来盖塔斯卡找沃姆，玛丽亚抓住我的手，叫我要小心。”

“为什么？”葵丝婷问。古蒙多尔在黑暗中狂笑。

爱妮丝装作没听到：“我告诉她我已经成年了，而且自己有头脑可以思考。玛丽亚说，她担心的就是这个。”

“牧师。”曜恩忽然发话，“或许你们两位到离我们家人远一点儿的地方谈话比较好。”

“爸爸，他们在旁边谈话有什么不好？我想知道发生了什么事。”史黛娜说。

“史黛娜，上床去。”

“不好意思，曜恩。”托蒂打断他，“恕我冒昧，我来这里是为了听爱妮丝心中想对我说的话。尊夫人和令爱说得很清楚了，是因为我们距离近，才使你的家人和仆人无法不听到我们的讨论。”

“你们的讨论？”古蒙多尔皱起眉，“你让她说个没完，好像是在说床边故事一样。”

托蒂还没想出要如何回应，玛嘉烈先出声干涉了：“闭上你的嘴巴，古蒙多尔。让爱妮丝跟牧师说话。亲爱的曜恩，听他们说说话又会如何？两个孩子早就知道发生了什么事，就算原本不知道，萝丝琳显然也已经帮她们补上进度了。”

“你没有什么好担忧的。”托蒂说。

“但愿真是如此。”曜恩说完，抿紧了嘴唇，继续洗涤他的袜子好进行缩绒。

托蒂重新转向爱妮丝说：“你的朋友为什么那样说？”

“我以为她是嫉妒，起初是她很想认识纳旦。最重要的是，我们都知道纳旦需要一个新管家。”

“那又如何？”托蒂问。

“那意味着到一个从来不缺钱的老板手下工作；担任一个比较高的职位，而不只是仆人而已；自己掌管一个家、一座农场，爱怎么做就怎么做，不用听命于女主人。”爱妮丝瞥了玛嘉烈一眼。

“继续说吧，爱妮丝。”玛嘉烈咕哝。

“牧师，这种工作机会的消息会不胫而走。盖塔斯卡所有的女生都知道纳旦·凯陶森未婚，而且需要管家，说不定还不只需要管家。玛丽亚和我都一心想更上层楼，牧师。”她往其他人的方向望，“我想得到卡莉塔的职位，比什么都想。我并没有做可耻的事。”

古蒙多尔哼了一声，爱妮丝的眼光闪了一下。

“我和纳旦成为朋友是因为我们喜欢和彼此说话，这是事实。他每隔几周就到盖塔斯卡一次，我们会聊天。”她怒瞪着露卡，“他向我表示友好，我欣然接受，因为我的朋友非常少。玛丽亚很快就不理我了，纳旦越常见我，其他人就越不想和我做朋友。”

她对无精打采窝在角落里的农场工人愤愤地说：“但他们只不过是

仆人而已。纳旦很聪明，他是医生，懂算术，花钱大方。那年秋天，他治好了盖塔斯卡不止一个工人的咳嗽，而他们感激他吗？一点儿也不。他们知道他来多半只是为了看我，所以他们为此而惩罚我。我有什么错？我告诉他们纳旦终于邀请我去伊路加斯塔德工作了，我以为他们会为我高兴，但他们却指责我吹牛，说我明明是个接受救济的贫民，却自以为高尚。那年冬天我经历了一种新的孤寂，我很庆幸有纳旦可以分散我的注意力，也很高兴我能离开盖塔斯卡。我的弟弟不见了，玛丽亚又唾弃我，我对那里已经没有什么留恋了。”

爱妮丝沉默下来，马不停蹄地拼命打毛线。托蒂发现露卡和古蒙多尔偷偷交换了个小小的眼神。有好几刻钟的时间，四下一阵尴尬的静默，唯有棒针互相碰触的咔嗒声以及葵丝婷捂住嘴压抑的咯咯笑声打破沉寂。最后，当窗外的风一阵紧似一阵时，曜恩站起来，提议大伙儿上床睡觉。托蒂忽然感觉疲乏，于是接受了康索一家人提供的客床。爱妮丝诉说纳旦的事时，一阵难受爬上了托蒂的身体，喉头紧绷而疼痛。灯光熄灭时，他思索着让她畅所欲言是否错了。

* * *

有时在和牧师说过话后，我的嘴巴就疼痛起来。我的舌头疲累，像死去的鸟儿般颓软在我的口腔，躺在牙齿所构筑的岩石间，浑身羽毛湿透。

我对他说了什么呢？其他人如何解读我对他说的话呢？那不重要。谁也不会理解认识纳旦是什么感觉。他来造访的头几次，我们就仿佛是在构筑某种神圣的东西。我们会字斟句酌，小心翼翼堆叠文字，不留任何空隙。我们营造高塔，两座灯塔，就是建筑于路的两旁、气候不佳时可以指引方向的那种高耸灯塔。我们在迷雾中，在一成不变、令人窒息的生活中看见彼此。

在盖塔斯卡，我们夜晚在雪地行走，雪在我们脚下啾啾作响。有回我在冰上滑倒，慌乱中抓住他的手臂，他也失去平衡，我们跌作一团，也笑成一团。他推开我，我们于是一同坐在地上仰望混沌迷蒙的满天星斗，他一一告诉我各星座的名称。

“我们死后是不是就到那里去？”我问。

“我不相信死后有天堂。”纳旦说。

我十分吃惊：“你怎么可以不相信死后有天堂？”

“那是骗人的。人因为害怕死亡，所以发明了上帝。”

“你怎么能说这样的话？”

他转过头，发间凝着冰晶。“爱妮丝，别假装你的看法不一样。一切都在这里了，你都知道的。生命在我们的血脉里。这里有雪，有天空，有星辰，有他们告诉我们的一切，但是就这样了。其他的人都瞎了，他们分不清自己是死是活。”

“他们没有这么糟。”

“爱妮丝，你假装听不懂我的意思，可是其实你懂。我们是同一种人。”他用手肘把身子撑起来，月光洒在他的脸上。“我们不该过这样的生活。”他往农庄点了点头，“泥巴堆里打滚的生活，逆来顺受的生活。”他向我靠得更近，柔柔地亲吻我，“你不该待在这座山谷，爱妮丝。你和别人不一样，你不会怕东怕西。”

我大笑：“我至少不怕你。”

纳旦微微一笑：“我有个问题要问你。”

我的心怦怦跳起来：“是吗？什么问题？”

他躺在雪地上问我：“星星和星星之间的空间叫什么？”

“没有名称。”

“给它一个名称。”

我思索了一阵：“灵魂庇护所。”

“那是天堂的另一个说法，爱妮丝。”

“不是，纳旦，不是的。”

他吐露更黑暗的念头，而我在他论点的沉重下窒息，是后来的事。我们的舌头导致山川崩塌，我们困在口中话语与心中想法的落差间，终至寻不到彼此，不再相信自己口中的字眼。那也是后来的事。

那夜我们跑到牛舍，我用我的嘴和胸脯填满了他掌心的凹洞，用我的身子迎向他的身子。他把我的裙摆收拢在手中掀起，我感觉到冰凉的空气招呼着我的皮肤。我担心其他人会撞见我们，会说我是个荡妇。但紧接着是皮肤与皮肤的初次接触，是枪声骤响，笔直飞坠。我的裤袜袜带松松绕在膝头，他柔软的头发则爱抚着我的颈项。

当时的我渴望着他的重量，渴望着他的气息，渴望着他加速时的吸气，以及嘴巴的温暖压力，他的气味，他拱起的油滑的背，和其他人都不一样。我弓起脖颈，直到脸庞被飘荡的水汽濡湿。我感觉得到他，感觉到他热烘烘的体温，以及迅捷的速度。他呻吟，吟声萦绕在空气中，一如火山灰云萦绕在火山口。

事后我想哭泣，因为这一切太真实，感觉太强烈，强烈到我看不清这事的本质。

纳旦笑吟吟地塞好自己的衬衫，头发散乱，发梢有小小的水珠莹莹闪烁。他抚摩我的脸颊，问我痛不痛，有没有流血。我告诉他没有，他笑了。他是松了一口气呢，还是不开心了？

“不用急着走啊。”

“别躺在稻草堆里了，爱妮丝，站起来，上床去。”

“你还会再来吗？”

他再来了，漫长的冬季里，再来了一次一次又一次。有的深夜我们在皑皑白雪中颤抖，有的傍晚我们趁其他人入睡时躲在牛舍。虽然大雪笼罩山谷，乳品室里牛奶冻成了冰，我的灵魂却融化了。风在窗外呼啸，他的嘴唇却燃起烈火熊熊。大地冰封时，我们在储藏室幽会，风干的肉品悬在头顶如繁星点点，稻草的气味使我们如沐夏日芬芳。我仍记得我感觉自己血脉偾张。鼎鼎大名的纳旦·凯陶森，能从病人的肢体中放出疾患汁液、与知名的诗人罗莎来往、曾听过哥本哈根的钟声、无师自通学会拉丁文的纳旦·凯陶森，不同凡响的人，应该出现在英雄传奇里的人，他看上了我。平生第一次，有人注意到了我，我爱他，因为他使我觉得我足够好。

我想起我把手伸进裙裾的皱褶里，按压他所遗留的瘀青，感觉到疼痛在皮肤里扩散。瘀青是他抚触的余韵，证明他的手曾握住我的手，他的臀曾抵住我的臀，那是狂喜的喘息，肢体的攀爬。在周而复始的单调生活里，在孤枕独眠的夜晚，在漫无止境的烦琐杂务中，这些旁人所不能见的瘀青代表着更深的含义——这沉闷而平凡的日子就将结束。

瘀青逐渐消退时，我愤恨不舍。在纳旦再次来访之前，这些瘀青是我仅有的纪念收藏。这许许多多的星期与许许多多的夜晚，我饥渴得腐朽衰败。在牛舍里，当我的后脑被狠狠压在地上时，纳旦击破了我灵魂的蛋壳。我向所有的仆人掩藏我的真实感觉，用尽全部的意志力去压抑我恨不得喊入风中、戳入尘土、烧入草地的心念。

我们协议我要去与他同住，他会带我离开山谷，摆脱这悲惨而乏人爱顾的人生，一切都将焕然一新。他会使我的人生春暖花开。

而自始至终，思嘉都在那里。

第九章 /

以马格努命名的诗人
体内流着他受了庇佑的血
为女人引领道路
好样的布尔菲妥的爱妮丝

作者不详，约1825年

“牧师，你到过伊路加斯塔德吗？”

托蒂摇头：“我没什么必要到比布雷达波斯塔德更北的地方。”

第二天的破晓，湿气与降雪比前一天更重。玛嘉烈说服托蒂先别急着回家，等天气放晴再说。托蒂松了一口气。他这晚做了不平静的梦，醒来时脑袋发疼。

羊已经被赶回牧场，屠宰已经完成，干草也晒干收好了，康索农场的一家人这天都待在屋里，忙着纺纱、打毛线、编绳索。

爱妮丝坐在自己床上，检查史黛娜打的一双连指手套中的漏针。“伊路加斯塔德几乎是在世界的边缘。”她歪歪头，像是要指出那农场的位置，“我不知道怎么去，而且大家都告诉我，那里跟山谷里不一样。待在山谷里，无论往哪个方向看，都会找到你认识的人；而待在那里会非常寂寞。可是我想去纳旦那里工作。”

“你是什么时候过去的？”

“一脱身就去了。就是 5 月底的约满日。”

“是哪一年呢？”

“1827 年。我在盖塔斯卡度过圣诞节和新年，等金斑鸻[1]用歌声把冬天赶走后，我收拾起行囊，徒步上路。山谷里有许许多多的仆人都在迁徙，但没有人要前往瓦斯尼斯半岛，也没有人要前往伊路加斯塔德。我开始在半岛上往北方走时，飘起了雾，我担心我会迷路。但我听见远方有海涛声，我知道我的方向是对的。雾散时，我发现我距离特约恩教堂不远，我在教堂借宿。第二天，牧师指点我伊路加斯塔德的方向。

“从特约恩到伊路加斯塔德农场，我花的时间并不长。那天早晨是我平生第一次看见这样广大辽阔的海。风从北方吹来，从拍打在岸边的

1　一种候鸟，冰岛人视金斑鸻的迁返为冬季结束的征兆，并认为其歌声会将冬天赶走。

浪涛带来水珠，海面上有数百只海鸟盘旋呼啸。在灰色的汹涌海水之上，我甚至看得到西侧的峡湾。峡湾看起来像它们自己的影子。

“这景象壮丽得令人惊叹。特约恩的牧师要我寻找一座小农场，位于岩石密布的海湾旁，我很快就来到了这样一个地方。岸边有艘小小的船，晒鱼架上绑着床单，在风里飘扬摆荡。当时我觉得这是好兆头，觉得这些床单好像在挥舞着欢迎我。

“我往下坡走，还没有走很远，农场里就有个人跨出门，朝上坡走来。人影走近时，我看出是个女孩，年纪不会超过 15 岁。她向我挥手，看来很兴奋。到了彼此能说话的距离，她大声说‘欢迎’，并朝我跑来。牧师，她跑得更近时，看起来比刚才更年轻。她的鼻子短而翘，嘴唇嫣红，金发在风中紊乱纠缠。这女孩生得粉雕玉琢，不像是农家女孩，服装对仆人而言也太过精致，我记得当时我好奇她会不会是纳旦的女儿还是什么的。

“女孩接过我的包袱，并且亲吻我。她问我是不是爱妮丝·马格努多特，然后自我介绍，说她叫思瑰朵，但大家都叫她思嘉。”

“这位就是纳旦曾在盖塔斯卡对你提起过的女仆？”

爱妮丝点点头：“思嘉说她一整个星期都在等我，还问我饿不饿、是不是走了很远、一个人走山路怕不怕碰到强盗或通缉犯。她说话好快，我都来不及回答。我还没反应过来，她已经领着我进门，带我看我的床。她当天早上才刚刚铺好我的床。起卧间非常小，总共只有四个床位，完全没有多余的空间。其中一张床的上方有扇小窗，但我猜思嘉自己已经先抢了那个床位。伊路加斯塔德比我想象中要肮脏且拥挤，但我安慰自己，在小农舍里当女主人比在总督的大房子里当仆人要好。思嘉让我在床边整理整理东西，就径直去帮我们泡咖啡了。我告诉她不用为我破费，乳浆和水就够了。她笑笑要我安心，她说纳旦很喜欢咖啡，他们一天到晚喝咖啡。我感觉这样真奢侈。

“我等思嘉离开后才环顾这里的环境。只有两张床是铺过的，就是她的床和我的床。我好奇纳旦睡哪里，这里会不会有个阁楼而我没注意到？

“思嘉回来时，我问她纳旦在哪里，我以为纳旦会在这里迎接我。思嘉红了脸，看来有些难为情，她说纳旦外出了。

“那天是星期天，我问她纳旦是否上教堂去了。思嘉摇头，说纳旦不上教堂的。她说纳旦是她认识的人里，唯一不肯念晚祷词的。还说如果我有赞美诗的书，一定要藏在枕头下，不然纳旦会用它来点燃炉火。所以他不是去上教堂，而是到山里猎狐狸去了。但是，她说，她会代替纳旦，带我认识认识这个农场。

“我那天跋涉得很累，而且在地平线上看到这样多水令我太过惊讶，所以牧师，我不记得我对那座农场的第一印象是什么。但是困在那个偏远海角有一年上下的光景，我绝对可以告诉你伊路加斯塔德是个什么样的地方。”

“我很有兴趣听你描述那个地方。”托蒂劝诱她。

“那里其实就是山之脚、海之滨，是一条狭长的岩石地，有一两块平坦的土地可以种冬天的草料，其他都是野草丛生的乱石堆。海岸都是鹅卵石，海湾里漂着海草，像溺水浮尸的头发。漂流木会像变魔术一样在一夜之间出现。冰岛雁鸭在距海豹群不远处的岩岬筑巢。天气晴朗时风光非常美丽，但天气不好时，就像雨天掘墓一样凄惨。海雾不时侵扰这个地方，距离这里最近的农场是史塔帕，但也相隔甚远。

“附近有好几座小小的岩石岛屿，在峡湾里离岸较远之处。纳旦的工作室就在其中一座小岛上，要踩过一列窄窄的岩石才能到达。我仍记得当时我觉得把工作室设在这样的地方非常奇怪，离住屋有段距离，而且四周都是水。但纳旦就是希望这样。就连农舍的窗户都是朝向内陆而不是朝向海，因为纳旦要注意山里头有谁走过来。他有一些敌人。

“思嘉说她不知道他工作室的钥匙在哪里，但她知道他就是在那间小屋里打铁、制药，可能还藏了很多钱。她说这话时笑得花枝乱颤，我想起纳旦说她傻头傻脑，说得可真是一点儿也没错。

“思嘉告诉我，纳旦有时会去打海豹，如果我喜欢海豹皮鞋子的话，就可以拥有一双。他们还跟全冰岛所有的地区首长一样，有雁鸭羽绒床垫，那种床垫好软，我会睡得跟死人一样。思嘉说她是在斯托拉伯格长大的，但她母亲不在人世了，她才刚刚开始从事仆役这一行，从来没有过当管家的经验，但纳旦对我的评价非常高，他说我会教她。

“我很意外她说她自己是管家。我说：‘噢，你是这里的女主人吗？你接了卡莉塔的职位？’她点点头，说她的确只做过简单的女仆工作，但卡莉塔辞职时，纳旦请她当管家。她谢谢我来这里当她的手下，并且搂住我的手臂，说我俩一定会处得很好，因为纳旦常不在家，她已经开始觉得寂寞了。

“我想这其中一定有误会。我想纳旦可能请她暂代管家职务，直到我到任为止。又或者这女孩说话不老实，信口雌黄。我当时并不认为纳旦会骗我。

“我们喝了点儿咖啡，我告诉思嘉我在哪里工作过，刻意强调我工作过的农场数量，思嘉似乎很崇拜我，不断重复说她多么高兴我能来伊路加斯塔德协助她，还问我能否教她编织我身上披着的那种有图案的披肩。这一切的一切使我慢慢放松了心情。

“我们的话题很快就再度转回纳旦身上。思嘉说她预期纳旦会在晚饭后回来，但纳旦直到当天深夜才回来。”

“你当时有没有问他职位的问题呢？”托蒂问。

爱妮丝摇头：“他回来时我已经睡了。”

* * *

我可能是在伊路加斯塔德的第一个早晨看清了事情的本质。也可能不是。

我被海鸥凄切的尖鸣声吵醒，时间已经不早了。我走到户外，看见纳旦正下坡朝小溪走去。他的床单仍在海边随微风噼啪飘荡，我当时以为他是那天早晨才回来的。

即使后来思嘉告诉我，他肩上搭着两条狐狸皮，在午夜时分回到家，我也没想到要问他是在哪张床上度过下半夜的。

* * *

“我看见纳旦就好开心，开心到忘了问他为什么思嘉以为她才是伊路加斯塔德的女主人。一直到当天较晚的时刻，我随纳旦跨越石头到他的工作室时，才向他提起这事。

“我并没打算冲撞他，只是语气轻松地随口问他觉得思嘉干管家干得如何。但是纳旦一如往常，一听就知道我话中有话。他停下脚步，扬起眉毛。‘她不是管家。’他说。

“听他这么说，我松了一口气，但我向他说明，我来到的时候，思嘉告诉我她接了卡莉塔的位子。纳旦大笑，摇摇头，提醒我他警告过我这女孩多么年轻且愚笨。然后他打开工作室的门锁，我俩走进去。我从没见过这样的房间，里头有寻常的铁砧和风箱等东西，但沿墙挂了大堆大堆的干燥花及草药，还有许多瓶瓶罐罐，里头盛着液体，有的混浊，有的清澈。有一大桶看起来像油脂的东西，还有针头、手术刀，还有一只玻璃罐，里头是只小小的动物，苍白皱缩，看起来像煮过的牛羊肚。”

“好恶心。”史黛娜从起卧间的另一端发声。埋头编织手套的爱妮丝扬起目光，仿佛忘了这一家人也在房里。

农场大门忽然传来敲门声。

“露卡，”玛嘉烈说，“你去看看是谁好吗？”露卡前去应门，很快就带着一名老人回来。老人忙着掸掉肩头的雪，他是昂德菲妥教区的彼耶特·比亚纳森牧师。

“奉主之名，大家好啊！”那人一边嘟囔，一边用衬衫擦拭眼镜。刚刚在冰雪中跋涉，这会儿他气喘吁吁。“我来把各位载入昂德菲妥教区的教籍记录。”牧师的声音平板单调，“噢，你好呀，托瓦多助理牧师！看来你还在我们山谷里流连。不过那是当然的啦，布伦达尔要你……”

“这位是爱妮丝。”托蒂打断他。

爱妮丝上前一步。“我是爱妮丝·曜恩多特。”她说，“我是个囚犯。”

玛嘉烈吃惊地站起来，望向曜恩。曜恩坐在床上，惊骇得张大了嘴巴。

“什么？”露卡开口，“她不是我们的……”

但托蒂打断她：“爱妮丝·曜恩多特是我辅导的教友，我先前跟您提过的。”他知道这一家人全都目瞪口呆地望着他，不敢相信他竟然容许爱妮丝用这样一个名字。有好一会儿的时间，大伙儿都尴尬得缄默不语。

“了解了，我会记载下来。”彼耶特牧师在摇曳灯火下的一张凳子落座，从大衣底下掏出一本厚重的书，“住在康索农场的这一家人好不好呢？屠宰结束了吗？”

玛嘉烈以奇异的眼光瞪视托蒂，然后缓缓重新坐下：“哦，结束了。只剩下粪肥要泼洒在农地里，然后我们就要制作羊毛制品去交易了。”

老牧师点点头：“真是个勤勉的家庭。曜恩政务专员，能不能请你先跟我谈谈呢？”

牧师一一和家中的每位成员晤谈，评量他们的阅读能力，以及能否背诵《教义问答手册》的内容，并且询问问题来确证与他们同住的人的品行。所有仆人都与牧师晤谈过后，牧师唤爱妮丝去谈。托蒂想偷听他们谈什么，但葵丝婷因为通过了阅读测试，大松一口气，疯狂地与巴尼咯咯谈笑起来，因此托蒂除了他们的笑声外，什么也听不见。牧师和爱妮丝聊得并不久，很快就点头结束了谈话。

“谢谢各位拨冗。我可能不久就会在教堂礼拜时看见你们了。”彼耶特牧师说。

“您不留下来喝杯咖啡吗？”露卡行了个优美的屈膝礼。

“你的好意我心领了，小姑娘。但我还要跑完整座山谷，而天气只会变坏不会转好。”他把帽子戴上头顶，小心翼翼地把书收回厚重的大衣里。

“我送您出去吧。”托蒂抢在露卡之前说。

托蒂在走廊里问牧师替爱妮丝做了何种记载。

“你为什么想知道？”牧师好奇地问。

“她是我辅导的教友。”托蒂说，“我有责任了解她的表现以及阅读能力。她的福祉是我努力的目标。”

“很好。”牧师再度把教籍记录从大衣底下掏出来，翻到最新的一页，“你可以自己看。”

托蒂把书拿到走廊墙上一支托架撑着的蜡烛下，眯着眼就着微弱的烛光阅读记录上的文字：“爱妮丝·曜恩多特，犯罪受刑人，34 岁。”

“她的阅读能力相当好。”牧师等待托蒂阅读时在一旁补充。

“您在她的性格部分写的是什么呢？”黑暗中，托蒂的视线模糊，看不出牧师写的是什么字。

“哦，那边写的是好坏参半，难以定论，牧师。”

“您是如何得到这个结论的？”

“这是地区政务专员及其夫人的看法。”

“那您对爱妮丝的看法如何呢，牧师？”

老人把书重新塞回大衣里，耸耸肩说：“谈吐非常得体，我会认为她受过教育。以她私生子的身份，这挺令人意外的。教养非常好。但我和地区政务专员谈时，他说她的行为……阴晴不定。他说她歇斯底里。”

“爱妮丝被判了死刑。”托蒂说。

“这我知道。”牧师一边回答，一边推开门，“再会了，托瓦多牧师，祝你一切顺利！”

“我也祝您顺利。”托蒂对着在他眼前砰一声关上的门咕哝。

* * *

爱妮丝·曜恩多特。我从不知人可以这样轻易地给自己命名。布雷库考的农人曜恩·比杨纳森的女儿，而不是仆人马格努·马格努森的女儿。让大家知道我实际上是谁的私生子吧！

爱妮丝·曜恩多特。听起来就像我该成为的那个女人。在俯瞰山谷的一间农舍当管家，有丈夫在身旁，还有一大票小家伙在黄昏中帮忙唱山歌唤羊儿回家。这个女人会用鬼故事吓孩子并教导孩子，会爱人，甚至可能是希格莉·曜恩多特和史黛娃·曜恩多特的姐姐，玛嘉烈的女儿，是受到祝福的婚生孩子，生长在一个不会被贫穷拆散的家庭。

爱妮丝·曜恩多特不会笨到去爱一个一辈子替人剖开血管或使他们张开嘴、张开两腿的人，一个拿钱抽人血的人。她会成为祖母，垂死时床边会有成群亲人随侍在侧，他们会保证她在天堂有个位子。她会相信天堂的存在。

现在想来，我几乎难以相信我在伊路加斯塔德竟会快乐，但我确实快乐过。在那儿的第一天，我和纳旦待在他的工作室一整个下午的那天，我很快乐。他给我看那两张狐狸皮。皮革被放在屋里晒，因为那天早晨的海风太潮湿，不能把皮革吊在鱼旁边一起晒。

他抓着我的手抚摩白色的狐狸毛："感觉到了吗？今年夏天在雷克雅未克，这皮可以换到很多钱。"

他告诉我他如何在山里捕捉狐狸。"秘诀是先想办法抓到一只小狐狸。"他说，"然后再想办法让小狐狸哭着找爸妈，不然没有其他办法可以引狐狸出洞。狐狸狡猾又灵巧，可以闻到你的气味。"

"你怎样逗小狐狸哭？"

"我折断它们的前脚，这样它们就不能逃跑。小狐狸的爸妈听见它呜咽，会从狐狸穴飞奔而来，很轻易就能捉住。它们不会对自家宝贝见死不救。"

"那你杀了狐狸爸妈以后，小狐狸怎么办？"

"有些猎人会任它们自生自灭。小狐狸的毛皮太小了，换不到钱。"

"那你呢？"

"我用石头打烂它们的脑袋。"

"这样做才是对的。"

“对，把它们扔在那里太残忍了。”

他给我看他的书，认为我可能会有兴趣。“思嘉对文字没兴趣。”他说，“她的阅读能力糟透了，叫她阅读就跟叫牛说话一样。”

我用手指拂过页面，尝试念出页面上的陌生字眼。

“皮肤病。”他纠正我别扭的发音，“岩荠。”

“再念一遍。”

“冰岛苔、欧白芷、洋蓍草、山蓼。”

这是我不懂的语言，于是我用吻来制止他的笑，并感觉到他的舌轻轻抵住我的舌。这些字眼是什么意思呢？是他工作室里物品的名称吗？那些瓶瓶罐罐和黏土锅里的东西吗？纳旦亲吻我的颈项，我的思绪就迷失在汹涌的情欲中。他把我抱上桌，我们粗手粗脚褪解衣衫，我尚未意会过来，尚未做好准备，他已经在我体内挺进。我感觉得到书页在我的身躯下方，想象文字从纸上飘起，渗入我的皮肤。我的双腿紧紧环绕他，我感觉到冰冷的海风勒紧我的脖颈。

完事后，我光溜溜地站着，臀部抵着他的桌沿。纳旦的书摊在我的眼前，纸页皱折处处。那是我们的爱留下的旋涡。

“你看看这些疾病，纳旦。一本又一本的书，全在讲疾病和惨事。”

“爱妮丝。”他柔柔呼喊我的名字，“丝”字流连在舌尖，像是在品尝这个字。

“纳旦，如果世界上有这样多疾病……如果一个人可能出的问题这样多，那我们怎么会至今还活着？”

思嘉一定知道我俩的事。初到伊路加斯塔德的日子，我们都等思嘉睡了才行动。我会听见纳旦小心翼翼踩踏起卧间的木地板，会感觉到他轻轻拉我的毛毯。我尽全力保持安静。我们的躯体纠缠，像是永远也不能拆解，但射入窗户的第一道晨曦却如刀一般斩断我们的幽会。

他总在思嘉醒来前回到自己的床上。

* * *

爱妮丝似乎陷入了沉思，直到托蒂把一只手轻轻搁上她的肩，她才猛然一惊，发现他已经回到房里。

“抱歉，吓了你一跳。”托蒂说。

“哦，没有。”爱妮丝有点儿喘不上气，“我只是在计算针数。”

“要不要继续聊？”

“我说到哪里了？”

“你正谈你到伊路加斯塔德的第一天。”

“哦，对，纳旦看到我很高兴。他确认我好好安顿下来了，然后就讲述有关这一带居民和农场的事给我听。开头的几星期都没有发生什么特别的事，我每天和思嘉一起工作，从清晨做到黄昏。每天晚上，我们都一起说故事谈笑。整体来说，我在伊路加斯塔德的开头几个月过得很开心。思嘉告诉我，纳旦很少这么常在家，我以为是有我在的缘故。他大部分时间都待在工作室里，他比较喜欢修补工具，不喜欢照顾农场。他情愿请人来看顾草或马，而不愿自己动手。他也不是懒，他示范放血给我看，告诉我人可能罹患的各类疾病。我想他喜欢有人对他的工作有兴趣。思嘉很漂亮，很会洗衣，使起剖刀来手很灵巧，可以把我们捕来的鱼清理得干干净净，但她对纳旦所谓知性的事没有兴趣。纳旦准许我尽量阅读，准许我去发现科学上的知识。牧师，你知道吗？腿上长斑而且牙龈流血的人一定要吃卷心菜。”

托蒂微微一笑说：“不，我不知道。”

“起初我以为他是开玩笑，但我亲眼看到像叶子泡出来的茶、猪油加硫酸制成的软膏、植物根部挤出来的树胶等简单的东西，甚至卷心菜，都能治好人的病。

“我以为能搬到伊路加斯塔德是我福星高照。纳旦用海豹皮帮我做了新鞋、送了我一条披肩，而且那里的雁鸭蛋你想吃多少就有多少。纳旦偶尔也还是会离家，回来总会带礼物给我和思嘉。所以我第一次看见思嘉时，才会以为她是纳旦的女儿，他总是让她穿得漂漂亮亮。我来了之后，我也有礼物。他送我细致的镂空织品和丝绸，还有一条号称远从法国而来的手帕。虽然地处偏远，空间又狭小拥挤，住在这里却似乎非常豪奢享受。我们不常有访客，可是我有纳旦在身旁，而思嘉又不会太令人讨厌。”爱妮丝放低了声调，“你见过她吗，牧师？她的上诉有没有成功呢？”

托蒂缓缓摇头：“我还不知道。”

爱妮丝若有所思。

“说不定她变了，说不定她现在比谁都虔诚了。在伊路加斯塔德时，她高兴时就会调皮莽撞，她永远都在猜测别人如何如何。纳旦会问她，她觉得谁会跟谁结婚，他们的小孩会长什么样子，诸如此类的。对纳旦来说，这是无伤大雅的消遣，他觉得她的天真愚昧很有趣。我甚至不太介意思嘉一直自称是管家，而且指挥我做一些她自己该做的事，例如倾倒便桶、清除牛舍里的粪便、晒干纳旦捕回来的鱼。毕竟如纳旦所说，她不过是个孩子，她的思考也是孩子气的思考。

“我到伊路加斯塔德没有多久，弗德瑞克·西格森就来访了。我过去从未见过他，但思嘉跟我提起过他，她说他和纳旦是某种程度的熟人。谈起弗德瑞克时，思嘉的脸总是红得像剥了皮的小羊。但弗德瑞克令我不安，他有某个方面不大平衡，纳旦也是。他俩都阴晴不定，变脸跟翻书一样快，整个屋子的气氛会瞬间从暖洋洋降到冰点。而且这还会传染人。跟他们在一起，即使受了一点点小小委屈，你也会火冒三丈。我想弗德瑞克是那种血气方刚的男孩子，死命要证明自己是男子汉，很容易动怒。我猜想他觉得全世界都跟他作对，所以一肚子火。我不喜欢他这一点，一天到晚找理由发脾气，好勇斗狠，喜欢让自己的指节永远瘀青。

“纳旦就不一样，他不觉得有必要向谁证明什么，但他迷信，太在意各式各样的兆头。他身上那些我所崇拜的特质——看待世界的态度、对知识的渴求、与喜欢的人相处时的随和，都有黑暗的一面。他其实是趁阳光灿烂时尽情享受，这样陷入泥淖时才比较能有精力可以承受。”

托蒂面露苦相，伸手抹抹脖颈。

爱妮丝停顿下来问：“有什么东西害得你不大开心吗，牧师？”

牧师清清喉咙说：“这里的空气有点儿闷，如此而已。继续说吧，我待会儿再去拿点儿水来喝。”

“你的脸色很苍白。”

“只不过是在这种天气里来来回回，有点儿冷罢了。”

“也许你今晚别回布雷达波斯塔德比较好。”

托蒂摇摇头，笑笑说：“这不严重，我以前还更不舒服过呢。抱歉打断你了，请继续说。”

爱妮丝忧虑地望他一眼，点点头。

“那我就继续说了。第一次见到弗德瑞克·西格森时，我正在溪边提水。我听到一声叫喊，看到一个红头发的年轻人，胯下的马正在山径里轻快小跑，此外还有一个女人。纳旦也听见声音，从他的工作室窗户朝外窥视，然后一刻也不耽搁地走出来，锁上门。伊路加斯塔德的访客很少，纳旦似乎也乐得清闲。

“纳旦向我介绍那男孩，说他是弗德瑞克，弗德瑞克则告诉我，他是卡塔谷农场主人的儿子，卡塔谷就在过去一点儿的山上。他说他这整个冬天都出远门去了，然后他介绍身旁的人是女仆索伦。这个女仆生着一口烂牙，我发现思嘉初见到索伦时非常焦虑。老实告诉你，牧师，我头一次见到这对男女就不喜欢他们。我觉得弗德瑞克满口大话，自吹自擂。他天南地北地乱扯，说他会把他爸爸变成有钱人，他在维斯特霍普跟三个人打架，把他们打得落花流水之类的，都是一些这个年纪的男孩子会扯的无聊谎言。我不知道纳旦干吗费神听弗德瑞克吹嘘。虽然纳旦自己也不时夸耀自己运气绝佳，但别人的大话他通常懒得听。我猜想，或许他自认是弗德瑞克的某种良师益友吧，他就告诉我他自认是思嘉的良师益友。

“那天纳旦邀请弗德瑞克和索伦进屋。我对我的新邻居不怎么感兴趣，但我得到的印象是弗德瑞克的家境颇为贫困。他像个饿鬼似的，吃鱼吃得狼吞虎咽。我觉得纳旦会交这个朋友真是怪。

“弗德瑞克离开后，索伦像只小狗尾随在后，然后纳旦忽然不见了。再看到他时，我问他刚刚上哪儿去了，他嘻嘻一笑，说他检查财物去了。我问他为什么要检查财物，他告诉我，弗德瑞克手脚不干净，来造访他都只是为了找出他存放钱财的地点。

“我问纳旦，既然如此，为什么还要邀请弗德瑞克踏进他的家门？纳旦大笑，说反正他的钱从来不是藏在屋里的，何况他喜欢跟他这样捉迷藏。他俩的友情不是真友情，而是一种出于无聊的暗中较劲。弗德瑞克觉得纳旦很有钱，想要分一杯羹，纳旦知道弗德瑞克永远也找不到他的钱，却为了娱乐消遣而刻意煽风点火。当时我告诉纳旦，我觉得刺激这样的一个男人很危险，纳旦则大笑说，弗德瑞克不过是个莽撞的少年，连男人都还不是。但我很忧虑，我争辩，弗德瑞克的体型有他的两倍大，万一他俩一言不合，弗德瑞克可以轻易压制他。纳旦不喜欢我这么说，我们平生第一次吵架。”

“纳旦怎么说？”

“哦，他就抓住我的臂膀，把我拖到屋外，叫我不准在思嘉面前这样说他。我告诉他我说的是实话，我并没有故意要羞辱他。思嘉心目中的他很棒，我也是。这让他稍稍平静下来，但他这翻脸像翻书一样的情绪令我恐惧。后来我发现他就和大海一样瞬息万变，你要是看到他表情有了变化，脸色阴沉下来，可就要小心了。他今天或许和你称兄道弟，明天你可能不过是打翻了一桶水，他就会在黑夜里把你逐出家门。俗话说得好，每座山都有一座谷。”

“如果你早知道的话，可能就不会答应去当他的仆人了吧？”托蒂问。

爱妮丝顿住了，然后摇摇头，淡淡地说：“我当时很想离开瓦特斯山谷。”

“跟我讲讲思嘉是什么样子吧。”托蒂温柔地提议。

“那天晚上，弗德瑞克来过之后，思嘉开始谈起结婚的事。我问她觉不觉得弗德瑞克·西格森是个前程似锦的万人迷。我当然是开玩笑的。弗德瑞克满脸雀斑，发色姜黄，浑身像香肠一样斑斑驳驳，而且他家可以说是贫无立锥之地。但我这么问思嘉时，她的脸庞像鲜血一样红得发亮。她问我觉不觉得弗德瑞克和索伦已经订婚了。那时我才知道思嘉对这个人有期待。

“我继续逗思嘉，我问她：‘你知不知道结婚有多少苦差事要做？’

思嘉说：‘也不会比现在的工作苦。’我大笑，告诉她我指的不是农场的工作，而是像她这样的小女仆要拥有结婚的权利要经历多少麻烦。我告诉她，牧师要批准，地区政务专员要批准，地区首长也要批准，然后，她还要讨好纳旦，因为主人有最后的决定权。

“我告诉她：‘需要说我愿意的男人不止一个。’这个消息对思嘉打击很大，我告诉她她订婚需要得到纳旦同意时，她脸色发白，而且绝口不再谈这个话题，即使我告诉她纳旦和弗德瑞克玩的小小游戏，想要逗她开心，她也不肯再谈了。

“她问我：‘你真的认为弗德瑞克是小偷吗？’我说不，我很肯定他绝对是正直有为的好青年。

“我告诉纳旦思嘉听说她的婚姻必须由纳旦批准时她的反应，纳旦笑得开怀。他说就是该让她知道。我告诉他，我觉得思嘉对弗德瑞克有好感，她还担心纳旦觉得弗德瑞克是小偷。纳旦说，把两头动物关在同一个兽栏里就是会发生这种事。后来我们就没再继续聊这个话题了。

“一切都发生在母羊生产的季节。天气晴朗时，纳旦抓紧机会去北方赚钱，拜访乡人，贩卖他的药。偏巧纳旦不在的时候，伊路加斯塔德的羊生小羊了。我和思嘉到户外喂牛时，发现有只母羊正在生产。我们两个力气都不够大，万一小羊生下来不会动，我们都甩不动[1]。但我们也担心几周后纳旦回来，会发现羊的数量比他预期中要少。虽然纳旦交代过，他不在时别让任何人踏进他的农场，我还是请思嘉跑去邻近农场借个人手来，结果她找来了弗德瑞克。

“我对于放他进门很是踌躇，因为纳旦警告过，但我们实在需要帮手，何况在思嘉出门求助的期间，又有更多母羊开始阵痛了。弗德瑞克

1 刚出生的小羊若被羊水呛住鼻腔，则将无法呼吸，需要抓住羊腿用力甩动小羊，以将羊水甩出。

是个地道的农家子弟，帮我们拉出小羊，并且甩动小羊好让它们呼吸顺畅。我们发现有只母羊的乳头太粗大，没办法哺乳，他就地取材，用农场里找得到的零星物品自制了一个奶嘴，让我们可以哺喂小羊。那之后我对他稍稍改观，但我还是不让他进屋睡觉，而是在牛舍里替他铺了个临时床位。

“母羊生产期间，弗德瑞克在我们农场待了一周。我特别留意别让他碰触屋里的任何东西，因为我发现他似乎一刻不停地在给每样东西估价。他会计算生下来的小羊价值多少、生小羊的母羊价值多少、我们养的牛价值多少、土地价值多少，甚至计算思嘉头上绑的丝质缎带价值多少。我把这习性归咎于他成长的环境太过贫困，但我还是小心提防着他，尤其有一天我逮到他在农舍门口挖洞。我问他在做什么，他笑笑说没做什么，只是他请纳旦帮他保管了一些钱，偏偏就这么不巧，纳旦忘了把钱埋在哪里了，因此他再也没看见过那笔钱。我知道他在说谎，弗德瑞克·西格森一毛钱财产也没拥有过，而且我知道弗德瑞克一直在找纳旦的钱。

“但思嘉对这男孩的一肚子鬼主意似乎视而不见。那年春天，我发现思嘉甜蜜宠爱着弗德瑞克。他在户外工作时，思嘉会替他跑腿，递送各式各样的东西。弗德瑞克叙述自己与人干架好勇斗狠的事迹时，思嘉笑得花枝乱颤。夜里思嘉会带牛奶到牛舍，向他道晚安，而且道得慢条斯理拖拖拉拉。我说过的，思嘉是个标致可人的小姑娘，我想要不了多久，弗德瑞克就会忘了那个黄板牙索伦。弗德瑞克热爱骑马，为了表现给思嘉看，他把他的小马打得一命呜呼。就连那匹好马因为被他鞭打得血迹斑斑而把他摔下马时，思嘉也替他端来了晚餐，并坐在他身旁陪着他大快朵颐，拿沾水海绵替他擦拭肿胀的太阳穴，还在自以为我没看见时，俯身用吻来舒缓他的伤势。

“纳旦回来时，看见多数的母羊都已经生产了，称赞我们表现称职。思嘉告诉他，没有弗德瑞克帮忙的话，我们根本一筹莫展。纳旦问我们怎么竟会在他不在家、不能好好看住弗德瑞克的情况下，让这个手脚不干净的男孩进到农场来。思嘉开始哭，她不太能承受吵架这种事。纳旦持续指责思嘉做事有欠考虑，我则插手干预，声称找弗德瑞克帮忙是我的点子。

“我告诉纳旦，我了解农场不是他唯一的事业，但如果没有男人帮忙，有些事情我和思嘉实在做不来。我告诉他，我们两个都没有足够的力气可以甩小羊，其他有非常多事情我们做起来也很吃力。我告诉他，虽然他对弗德瑞克有成见，但弗德瑞克救了他很多家畜的命，我们也小心提防着他，没让他进屋里睡。我没告诉他弗德瑞克在前院为了找钱而乱挖泥土的事。

“最后纳旦消了气，伊路加斯塔德的生活又复归平静。纳旦说，他会骑马去盖塔斯卡一趟，把达尼埃・辜穆森请过来。他说，他希望他不在时能有个男人陪我们，但他不希望是弗德瑞克。”

/第十章

瓦特散地农场的罗莎·古盟多特受传唤出庭。她拒绝对此案提供任何线索，但指称爱妮丝在冬季里的某个日子前来找她，说了她主人纳旦的许多好话。寄养在伊路加斯塔德的宝宝是罗莎的女儿，现在与罗莎同住。罗莎表示宝宝已3岁大，她认为宝宝在命案中并未受到伤害，并指出宝宝一再说纳旦“在山上”，这是由于命案发生后，他们告诉宝宝纳旦在山上。罗莎说她和爱妮丝以及思瑰朵都不熟，因此无法陈述她俩有无不寻常之处。她说纳旦与她及丈夫同住两年后，于1825年夏天离开瓦特散地。她说她知道纳旦当时拥有大笔钱财，她从他那儿拿了50枚硬币来保管。

纳旦离开后的第一个春天，卡塔谷的弗德瑞克来到瓦特散地，把罗莎约到牛舍私下谈话。罗莎说，弗德瑞克开始吐露他多么爱慕罗莎，希望她能容许他过一夜并上她的床。罗莎说她拒绝了弗德瑞克，并且拂袖而去。弗德瑞克再度要求，但罗莎请丈夫切勿容许弗德瑞克进屋过夜。罗莎说，后来她的丈夫欧拉夫来找她，告诉她弗德瑞克要求看看储藏室，想要找寻罗莎替纳旦保管的钱。他说纳旦告诉他，如果他有办法在罗莎家过夜，就可以把那笔钱拿走。弗德瑞克付给她丈夫两枚还是四枚硬币，告诉欧拉夫他母亲做了个梦，梦见钱藏在储藏室的一只大桶之下。罗莎告诉丈夫，纳旦寄放的钱并不在储藏室里，弗德瑞克可以在储藏室里尽情找，爱找多久就找多久。然后她丈夫就出去了，虽然罗莎和女仆已就寝，弗德瑞克还是进了储藏室，把桶里的东西全都翻出来，却一无所获。罗莎说，弗德瑞克说他母亲应该做个好一点儿的梦。他说他翻到一个重得无法移动的东西，等他母亲对于该在何处寻找有更好的资讯后，他会再回来。但他并没有再回来。

从此以后，大家就认为弗德瑞克因为找不到纳旦的钱而怀恨纳旦。罗莎说，弗德瑞克来过之后的那年春天，她就把她保管的钱交还给纳旦了，但那之后，她有很长的时间没再听说纳旦的消息。她还说，纳旦住在她那儿时，就经常把钱埋在农场里或农场外的地下。罗莎拒绝再提供更进一步的资讯或证据，也拒绝确认此处所记载的资讯无误。

不知名公务员，1828 年 4 月 13 日托蒂在布雷达波斯塔德无光的起卧间里醒来，呼吸吃力。他撑着坐起来，感觉一股滚烫的血液直冲脑门，臂膀瘫软且哆嗦。他想咳嗽，但舌头粘在口腔顶。

对面的床位上，他的父亲安稳沉睡，鼾声骤停，痛苦的数秒，他的呼吸中止，随后呼气声重新隆隆响起。他怎么还在睡呢？托蒂想。现在一定已经是早晨了，我要喝口水。

托蒂忍着头昏，努力把腿挪到地板上，赤裸的脚轻轻踩上木板。我一定是做噩梦了，他一边想，一边感觉心脏在胸膛里怦怦鼓动。我要去弄点儿水来喝。

食品室的空气拂在他湿黏的皮肤上，感觉沁凉。也许我该在这里睡觉才对，托蒂一边想，一边颓软在地上。起卧间太热了，有人在我们床底生了一把火。

父亲粗糙的手从腋下把他撑起时，他再度惊醒。

“你像神经病一样梦游，是想要着凉吗？”

“妈？”

一阵静默。“不是，儿子，是我。”

永恩牧师向后踉跄几步，终于成功把儿子撑在他的身侧，然后下令：“走吧。”他俯身拾起蜡烛问：“你还在睡吗？”

托蒂摇头：“没有，我没在睡。我不大舒服，想喝水，然后大概不小心在那儿睡着了。”

他抓住父亲伸来的手臂，两人一同跌跌撞撞地走回起卧间。“自己走回床上坐下。”父亲说。父亲倒退几步，注视托蒂颤巍巍的步伐，他的眼睛异常晶亮，烛光下，头发被汗水潮润得湿滑光洁。

“你把自己累坏了，儿子。在这种恶劣天气往返康索把你的脑筋都弄糊涂了。”

托蒂仰起脸看他：“父亲？”

托蒂倒下时，永恩牧师扶住了他。

* * *

白昼越来越短了。时间多到足够用来做一切的事，太多了，康索一家人只好到教堂去打发周日早晨百无聊赖的惨淡时光。白雪覆盖山峦，牛舍里的水昨夜冻成了冰，曜恩派巴尼拿榔头去敲碎，于是这会儿农场里就三个人——巴尼、曜恩和我——等着其他人从教堂回来。

牧师不知哪儿去了，我有许多天没看到他了。我以为我生日那天他会来，他看过教籍记录，应该知道是哪一天，但那天来临又远去，我什么话也不敢对这家人说。11 月也一天一天悄悄溜过去了，他还是没有来，也没有写封信或捎个信息来帮助我撑过去。史黛娜问我觉不觉得是天气恶劣使他来不了。一星期前有场暴风雪，差点儿封住了我们的对外通道。或许他的牧师工作太繁重了，可能在自己的教区四处奔波，忙着做教籍记录，记下无数的名字，好让后世历史别忘记这些人。也或许他厌倦我的故事了，我可能说了什么话使他认定我有罪，应该受到遗弃并接受惩罚。我的信仰太不虔诚，干扰到他对于基督教理的专注思考了。我害他对慈爱上帝的信仰产生了质疑。说不定布伦达尔又把他找去，要他别再听我说话。无论是什么原因，就这么无预警地消失，也没有承诺他会再来，就这么扔下我，似乎有点儿残酷。没有他来访，即使天光如被鞭笞的狗般飞也似的逃离，日子仍显得漫长。我能做的事越来越少，等待他使我如坐针毡，每每听到皮靴敲地甩落雪片，或是走廊上有人咳嗽，我都以为是他来了。但从来不是他，只是仆人夜里喂食牛羊回来，或是玛嘉烈对着手帕吐痰。

这样的等待使我恨不得病倒。何不就现在呢？何不就抡把斧头，在农场把事情搞定？巴尼可以动手，古蒙多尔也可以，随便哪个男人都可以。天晓得，他们可能从来就恨不得直接把我的脸压在雪地里，摘掉我的脑袋，不用举行什么仪式，也不需要牧师或法官。如果要杀我，何不现在就下手，早早了事？

一定是布伦达尔在搞鬼，他想要在我伸头挨刀之前先用等待来折磨我。他要我崩溃，他夺走我在人世间唯一的安慰，因为他生性残酷。他把托蒂带走，任由我坐视光阴流逝。给我这样多的时间来向一切告别，这真是个残酷的礼物。他们为什么不告诉我我何时要死？有可能是明天，而牧师没有在我身旁帮助我。他为什么不来？

这样无可逆转的结局令我难受。农场的寻常生活与我的死刑判决并存，犹如当胸一拳。或许当初他们别把我移出斯托拉伯格还比较好，我可能会饿死，可能会满身泥泞，可能会被寒冷与绝望填满肚腹，我的身躯可能会得知死期将近而自动决定停止运作。那样会比在大雪纷飞的日子里百无聊赖地一边缠毛线、一边等待谁来把我杀掉要好。

或许下周日，我可以请求和玛嘉烈一同上教堂。上帝唯一的功用不就在于让我们从集体受困的泥淖中分散心思吗？我们都遭遇了船难，全都搁浅在贫困的泥潭沼泽中。我前一次去教堂是什么时候呢？不是在伊路加斯塔德的时候，那么就是在盖塔斯卡了，和其他的仆人一起。我们骑马前去，在教堂墙后换上没有沾染马毛的最好衣装。换装时，清晨的微风啃咬我们裸露的腿。我怀念过多躯体挤在同一地方的那种郁热温暖，以及吸鼻声、咳嗽声，还有婴儿的呜咽。我但愿能有个教士的声音冲刷过我身，让我聆听那样的乐音。一如我年纪小时，被聘到穷乡僻壤的偏远农庄去替婴孩擦拭屁股上的粪便，然后用灰与油清洗脏衣物。逃避到教堂使我感觉自己活在人群里，感觉纯净。

如果纳旦准许我去上特约恩的教堂，或许事情就会不一样。我或许会在教堂交到朋友，或许会遇见家人，后来情况闹僵的时候，我可以向他们求助。又或者，也许我会结识可以聘雇我的其他农场主人。但他不让我去，于是在那冰天雪地之中，我没有朋友可以投靠，没有光明处可以飞去。

如果我和罗莎相识于另一种情境，或许我们可以成为朋友。纳旦总说我和罗莎如乌鸦与天鹅般天差地远，但他错了。我们都爱他，这至少就是一个共通点。何况无论我口头上对牧师如何否认，罗莎的诗都燃起了我灵魂的火花，把我从里到外照得通亮。纳旦从未停止过爱她。他怎能停止？她的诗点亮了人心中的灯火。

我们从未互相理解过，但这不是我一个人的错，她也有错。打从罗莎初见我，她就摆明了和我誓不两立。有个夏日夜晚，她鬼魅一般出现在伊路加斯塔德的起卧间。没有人听见她的脚步，没人听见门咿呀开合，她就这么无声无息地出现，怀里揣着她的小女儿。她身穿黑衣，幽暗的色彩衬托着她的白皙肌肤，看上去犹如放着光。思嘉总说罗莎看来像个天使，但那晚我觉得她显得疲惫而厌世。

我对罗莎的认识比她对我要多。“她是个很棒的女人。”纳旦有一次这么说，于是一股妒意如钩般划破我肺脏的纤维。“她是个不错的助产士，也是个了不起的诗人。”纳旦是那孩子的父亲！罗莎的那个女儿有纳旦一般锐利的眼神，什么也不放过。但纳旦安慰我：“她让我透不过气。她希望我永远和她及她的丈夫同住，但我需要创造自己的人生。现在我有了自己的人生、自己的农场、自己的独立生活。”

他坚称他已经写信告诉罗莎他已不再爱她，他对我的爱已经超过了他对她的爱。他喜欢我私生子、贫民、仆人的身份。“你什么都要自己争取，”他说，“你艰辛地生活。爱妮丝，你和罗莎一点儿都不一样。”

而那个夏日夜晚，罗莎站在门口，怀里抱着他们的女儿，纳旦的脸庞亮起来。

罗莎什么话也没说，她的眼光落在我身上，眼睛眯了起来。她若是拿把枪指在我脸前，大约也就是这样的神气。

“你一定就是爱妮丝·马格努多特了，山谷里的玫瑰。”

她的手从连指手套里抽出来，握在我手里感觉很僵硬。

“诗人罗莎，久仰了，幸会。”

罗莎往思嘉望过去，然后对纳旦扬起眉毛：“很高兴你自己组了个漂亮的小家庭。”

她语气中的谴责没有逃过我的耳朵。我很清楚我站在纳旦身边代表了什么，纳旦现在是我的了。

“这位想必是莎兰娜。”我说。孩子听见自己的名字时，笑靥浮上脸庞。

罗莎重新把孩子搂回怀里：“是的，她是我和纳旦的孩子。”

“来吧，小姐们。”纳旦似乎觉得这情况十分有趣，“大家一团和气做朋友吧！思嘉，去帮大家倒点儿咖啡。罗莎，脱下外衣吧。”

“不用了，多谢。”罗莎把莎兰娜放在离我很远的角落，“我来只是为了带她来。”

“什么？”纳旦没有告诉我罗莎的女儿要来住我们家。我轻声向纳旦嘀咕，问他为什么不事先告诉我，为什么没先警告我罗莎要来，我甚至不知他俩仍保持联络。

“这是我能为罗莎做的最起码的事。”纳旦说，“莎兰娜去年冬天也待在这里。她也是我的女儿，一年跟我们住一段时间天经地义。”

罗莎语气尖锐地说：“我不知道原来你什么事都要和她商量，纳旦。我不知道她居然管你管得这么紧。很显然她不喜欢我们的孩子待在她的家里。”

纳旦笑了：“她的家里？别说笑了，罗莎，爱妮丝是我的仆人。”

“只是仆人吗？是这样吗？”罗莎扬起眉毛，“我可不想让她照顾我们的女儿。”

“我很乐意照顾莎兰娜。”我说谎。

“你乐于做什么不关我的事，爱妮丝。”

纳旦想必不乐见自己的前任情人和现任情人吵成一团，他说：“好啦，罗莎，大家一起喝杯咖啡吧。”

罗莎笑声尖锐：“哦，对啦，你最喜欢这样了，把你所有的姘头全聚在自家屋檐底下喝咖啡！谢了，我敬谢不敏！”罗莎从纳旦的手中挣脱手臂，转身要走，但走出门之前对我说了句话：“请善待莎兰娜，拜托你。”

我点头，罗莎忽然倾身凑近我，我感觉到她的手轻轻搭在我的臂膀上。“烫伤过的孩子害怕火。”她的声音轻柔而语气谨慎，说完便头也不回地离去。

小女孩要找妈妈，放声大哭起来，思嘉急忙安抚她。纳旦眼光紧盯门口，仿佛罗莎还会再回来。

“你跟罗莎怎么说我们的？”我悄声问纳旦。

“我什么话也没跟罗莎说。”

“山谷里的玫瑰是什么意思？你所有的姘头又是什么意思？”

纳旦耸耸肩：“罗莎喜欢乱给人安绰号。我想她觉得你很漂亮吧。”

“她的话听起来不像赞美。”

纳旦不理我：“我去工作室了。”

“思嘉在帮我们泡咖啡呢！”

“可恶，爱妮丝！你就少管一次闲事吧！”

“你是要去追罗莎吗？”

纳旦没有回答，自顾自出门去了。

* * *

高烧中的一个晚上，托蒂看见爱妮丝出现在起卧间的门口。“他们让她过来了。”他对父亲说。父亲正伏在床边，默默用毛毯裹住哆嗦不止的儿子。

“请进。”托蒂的手臂挣脱毛毯，在室内浊重滞闷的空气里伸向爱妮丝，“过来吧！你看，我俩的人生是纠缠在一起的，这是上帝的旨意。”

而后她在他的床边跪下，轻声说话。他感觉到她墨黑的长发拂过他的耳郭，一股饥渴的战栗蹿遍全身。“这里好热。”他说，于是她俯身吻去他肌肤上的汗，但她的舌头粗糙，双手扣住了他的脖颈，指尖掐入他的皮肤。

“爱妮丝！爱妮丝！”他挣扎着推开她，这番费劲使他咻咻喘气。他的手被强有力的手捉住，硬塞回了毛毯下的身侧。“别挣扎！”她说，“别这样。”

托蒂呻吟。火焰舔舐他的皮肤，浓烟灌进他的嘴。他咳嗽，胸膛在爱妮丝的重压下剧烈起伏。爱妮丝爬上他的身，举起刀。

*　　　*　　　*

“我不信。”史黛娜扫着起卧间的地板，尘埃漫天飘扬。

“史黛娜！你越扫越脏了！”

史黛娜继续狂舞扫帚：“这样说很残酷，而且萝丝琳八成是自己胡诌的。”

“但听过这事的不只是萝丝琳一个。”露卡打了个喷嚏，“你看，你越扫越脏了。”

“好，那你扫！”她把扫帚塞给妹妹，在床上坐了下来。

“你们两个在吵什么？”玛嘉烈走进门，惊愕地低头看地板，“这谁弄的？”

“史黛娜。”露卡语带谴责。

“屋顶要垮掉又不是我的错！你看，到处都是！”史黛娜站起来，“湿气都渗进来了，角落都在滴水。”她哆嗦。

“你在闹情绪。”玛嘉烈冷冷地说，随即转向露卡，“她在不高兴什么？”

露卡白眼一翻说：“我听说了一件爱妮丝的事，史黛娜不信。”

“哦？”玛嘉烈咳了几下，挥手拂开扑面而来的尘埃，“你听说了什么？”

“有些人记得她小时候的事。有人说曾经有个云游的人，预言斧头会落在她头上。”

玛嘉烈皱起鼻子：“你从萝丝琳那里听来的吗？”

露卡扮了副鬼脸：“不只是萝丝琳。他们说她小时候负责看管农地，有一天她发现一个流浪汉在草地上扎营，他的马踩坏了草料。爱妮丝要赶他走，那人就咒骂爱妮丝，大嚷她有一天会被砍头。”

玛嘉烈哼了一声，随即淹没在一阵咳嗽之中。露卡放下扫帚，温柔地把母亲扶到床上。史黛娜站定不动，执拗地冷眼旁观。

“放轻松，放轻松，妈妈，没事的。”露卡轻揉母亲的背脊，看见一团明亮的鲜血从母亲口中飞落时，她压抑住自己的惊呼。

“妈妈！你流血了！”史黛娜飞奔过来，被扫帚绊了一下。

露卡推开姐姐：“让她透透气！”

两人焦急地望着母亲咳得声嘶力竭。

“你们试过地衣冻吗？”爱妮丝站在门口，望着露卡。

“我好得很。”玛嘉烈一手抚着胸口，哑着嗓子说。

“地衣冻可以舒缓肺的不舒服。”

露卡转身面向门口，脸皱成一团：“你少管我们行不行？”

爱妮丝不理她：“你们有没有试过？”

“我们不需要你的药。”露卡没好气地说。

爱妮丝摇头：“你们需要。”

玛嘉烈停止咳嗽，猛然望向她。

“你这话什么意思？”露卡轻声问。

爱妮丝深吸一口气：“把切碎的苔藓放在水里熬，熬很久。汤汁冷却以后，会凝结成一种灰色的冻，味道并不好，但可以止住肺的出血。”

有半晌的时间，玛嘉烈和露卡瞪着爱妮丝，谁也没说话。

史黛娜重新在床上坐下，轻声问：“是纳旦·凯陶森教你的吗？”

“据说有帮助。”爱妮丝说，“我可以帮你熬。”

玛嘉烈慢吞吞地用围裙的一角擦拭嘴巴，然后点头说：“好。”爱妮丝迟疑了一瞬，随即转身，沿走廊快步走开。

露卡转头面向母亲说：“妈妈，我觉得你还是别吃她……”

“够了，露卡！”玛嘉烈打断她，“够了！”

* * *

牧师仍然没来，但冬天来了。一股挟着纷飞狂雪击打茅舍的风赶走了秋天，空气稀薄如纸，每呼一口气，那气就如鬼魅般盘桓于眼前。山岚沉降，笼罩冰封的大地。黑暗来了，停泊在这一方天地，犹如瘀青停泊于大地的肌理。而牧师依然没有来。

他为什么不来？

如果牧师今晚来了，我会不会告诉他我和纳旦有着夫妻之实？那样的话，我就可以告诉他我们之间是起了什么变化，也或许他早就猜到了。

盐来了。幽森的风涌起，乌黑海沙扎痛人的肌肤。向下迤逦的、冷冷的小径通往更冷的海水。盐来了。

我要对托蒂说什么呢？

牧师，夏天结束的时候，纳旦开始离家远行。每次回来，他都变得比前一次更像陌生人。他会趁我单独在乳品室时冷不防地偷袭，夺去我手中的刷子，把我一把抓到跟前，质问当他在外奔波忙碌、靠着救治乡人来讨生活的时节，我是否温暖了达尼埃的被褥。他甚至指控我爱上弗德瑞克！那个整日挥拳、浑身散发脏污羊毛腥臭的粗鄙男孩？纳旦的指控荒诞得令人发噱。他难道看不出我有多么思念他？他与我曾认识的另一个人多么不同！

我想象托蒂红了两腮。我想象他用裤子抹去掌心的汗。我想象他缓缓点头，瞪大眼注视我，起卧间的烛光在他脸上颤动。

我会说，牧师，我告诉纳旦，我压根儿不把达尼埃放在眼里，那个叫弗德瑞克的则迷恋着思嘉。我告诉他，只要他要我，我永远是他的。如果他要我做他的妻子，我绝无二话。

离间我们的是他反复无常的情绪。我会看见纳旦在工作室里测量汤药，捞除熬炖药草根浮出的污浊泡沫。我会自告奋勇地帮忙，如我初来时那样，但他开始嫌我碍事，他说他不要我。意思是不要我帮忙呢？还是不要我在他身边？他指着门要我离开。

“走开，我很忙，别在这儿烦我。”

有时我会走到外屋去，用牛的大腿骨捶打晒干的鳄鱼头。我只是想痛骂或痛殴某种东西。我告诉自己，他对我的爱逐渐冷却了。我不禁怀疑起来，他曾经爱过我吗？

但几小时后，我独自在海边捡拾雁鸭绒时，他会来找我，会把我带到雁鸭巢旁，手会插入我的发，表情如溺水之人般迫不及待，他需要我一如需要空气。我是从他目不转睛地凝睇、从他攀抓我身犹如攀抓水中浮筒般的迫切中感觉出来的。

托蒂牧师，把你的凳子拉近一点儿，我告诉你是怎么一回事。

我讨厌当他的仆人。我在夜晚是他的爱人，听着他呼吸粗重的节奏与我同起同落。隔天我却又是女仆爱妮丝，甚至连管家都不是！而他冷冷的指令越来越像斥责。

“把羊从草原赶回家。去挤牛奶。去挤羊奶。去提水。把炉灰收集起来，撒到田地里。去喂莎兰娜。叫莎兰娜别哭了。叫她别哭了！这锅子还是脏的！叫思嘉教你烧杯要怎么洗。”

你了解我的意思吗，牧师？或者你从未缺乏过爱？你可曾爱过女人？可曾深深爱一个人，同时又深深厌恨他对你的掌控？

我痛恨我自己这一整天总是不断想起纳旦，想得连自己都厌倦了自己思绪的模式。我痛恨当我怀疑他可能并不在意我时，体内涌现的反胃。我痛恨我总是为了替他送上他已不再需要的东西，而一次又一次在走往他工作室的途中被那些岩石绊得踉跄。

还得要达尼埃点醒我，我才看清事情的真相。

有个纳旦不在家的日子，达尼埃等着我。我走出工作室，锁上门，看见达尼埃站在海边，一手持镰刀，一手捧帽子。

“你在那里头做什么？”他问我。

“不关你的事。”

“我们不准进去的。”他说，“你在哪里找到钥匙的？”

“纳旦给我的，他信任我。”

“哦，是的。”他说，“我忘了你们女仆都会获得特别待遇。”

“你这话什么意思？”

达尼埃笑了：“我怎么没有海豹皮做的鞋？我怎么没有新衣？”

纳旦只要心情好的时候就很慷慨，我向达尼埃指出这一点：“你在这儿的时间还不够久。等纳旦回来，你一定也会得到礼物。”

“我不想拿纳旦的礼物。”

“不想吗？你刚刚还在抱怨我们有差别待遇。”

“我想要你的礼物。”达尼埃的语气变了，声调柔和起来，“爱妮丝，你一定知道我对你有好感。”

我大笑：“有好感？你向盖塔斯卡的所有人吹嘘说我和你订婚了！”

“我是抱着这个希望的，爱妮丝，我现在仍然抱着希望。你不会永远是纳旦的宝贝，爱妮丝。”

他的话令我大惊，我忽然感到一阵天旋地转：“你刚说什么？”

“别以为我们不知道。我、思嘉、弗德瑞克，我们都知道，盖塔斯卡的人也都知道。他们知道你半夜会溜到储藏室去。”他嘻嘻笑。

“你要是少花点儿时间嚼舌根，多花点儿时间铺晒干草，我们大家的状况就都会好得多了。去做你该做的事吧，达尼埃。”

他的脸愤怒地纠结起来：“你以为有农场主人愿意和你同床，你就比我们高尚了吗？”

“说话别这么粗俗。”

“别昏头了，爱妮丝，假扮人家的老婆并不表示你就是个主妇了。”

“我是他的管家妇，如此而已。”

达尼埃大笑：“你是他的情妇，毋庸置疑。”

我一股火气冒上来，一把抢过他手中的镰刀，往他胸口挥去：“那你又算什么，达尼埃？一个说自己老板坏话的工人？侮辱自己想娶回家的女人？你真是令我恶心！”

如果牧师来了，我会告诉他这一段吗？或许他已经有他的定见了，所以才不来。

我可以告诉他另一天的事，海上起了死亡之浪的那一天。思嘉要我出门去捡石头来修补火炉，所以我才会听见船桨拍击海水的哗哗声。那天是个宁静的日子，整个世界屏住气息的那种日子，大海回旋盘卷的日子。

达尼埃和纳旦出海捕鱼去，但一早就回来，太早了。我看见达尼埃在划桨，纳旦笔直地坐在船上，动也不动。近前时，我发现纳旦的表情狰狞可怖，两只手紧抓木头船体，像是就要呕吐。

船一近岸，纳旦就一个飞身跳下船，咚咚咚踩过浅滩，靴子在地面拖拉，小石子四处飞溅。

我这时已经和纳旦一同生活够久，知道他这乌云罩顶的阴郁什么也缓解不了，因此我看着他怒气冲冲走上海滩、一身衣物滴滴答答水珠直落时，什么话也没说。他走过我身边，看都不看我一眼，径自大踏步朝农庄走去。

达尼埃把船拉上岸，我走上前去问他发生了什么事。他们吵架了吗？还是弄丢了渔网？

达尼埃对于主人的发怒似乎饶感趣味。他开始拖出船上的渔网，并递了一些给我，让我拿回农场去。

“纳旦觉得我们被死亡之浪打到了。”他说。他的胡子上有盐粒沾黏。他说他没想到纳旦是个如此迷信的家伙。

当时他们正拖着渔网，忽然三道巨浪凭空飞来。达尼埃说船没翻是他们命大。他手忙脚乱地抢救网绳，幸而成功防止了网绳全掉入海中，但抬起头时，却看见纳旦脸色惨白如鬼魅。达尼埃问他怎么回事，纳旦用“你是不是疯了”的神情望他：“刚才那几个浪是死亡之浪，达尼埃。”

达尼埃告诉纳旦，所谓的死亡之浪不过是村夫愚妇的道听途说，像纳旦这样有学问的人不该听信这种无稽之谈。然后达尼埃说，纳旦猛然攫住他的衣袖说，等他葬身海底的时候就不会笑得这么开心了。

达尼埃说他甩开纳旦的手，提议用桶把海浪打进船里的海水舀出去，纳旦却说：“可恶，达尼埃，你以为我就打算坐在这里等着下一个浪来把我淹死吗？我们回航。”

达尼埃推想，为了证明死亡预言为真，纳旦一怒之下把他浸在水里淹死也不是没有可能的事，于是乖乖划桨回航。

达尼埃告诉我这段经过后，虽然他劝我让纳旦静一静，我还是决定去找纳旦谈谈。达尼埃说纳旦现在坚信自己死期将近，我们应该让他自己慢慢恢复理智。但我跟着纳旦进屋，发现他正在对思嘉咆哮。思嘉帮纳旦褪去湿衣裳，湿漉漉的衬衫却黏附在纳旦脸上。

看见思嘉被纳旦骂得满腹委屈，我要她退开，由我来帮纳旦脱衣。但纳旦推开我，把思嘉叫回来。“别忘了你是什么身份，爱妮丝。”他说。

那天稍晚，我带了盏未点的灯，跟着纳旦到他的工作室。这几周来白昼消退得快，海面也不平静，我想他会需要灯。

纳旦开工作室门时，发现门没有上锁，他质问我是否未经他允许就擅自进入，我告诉他，他原本就知道他出海捕鱼时我会进去照看炉火，可能我出来时忘了锁门。但他开始指控我乱动他的东西，想找他的钱，占他便宜。

我占他便宜？我控制不住自己的心直口快，滔滔不绝地告诉他，分明就是他用谎言把我骗到这个鸟不生蛋的偏远农庄来。他告诉我我是他的管家，而分明从头到尾管家就是思嘉。我问他思嘉的薪水是否比我高，问他明知我愿意跟他到天涯海角，为什么却要用诡计来骗我。

纳旦开始检查他的物品。他居然怀疑我会偷他的东西，我感到伤心。我要他的铜钱或药或可能藏在此处的其他什么东西做什么呢？

我赖在工作室里不肯走，他怎么赶我也不走。待他确认什么也没遗失后，他拿出几张需要加工的海豹皮，径直埋头干起活儿来，再也不肯对我说什么。但时近向晚，外面的天空灰白单调，昏暗的光线难以工作。我在炉边生着闷气，看着他忙碌，等着他转身面向我，拥我入怀，向我道歉。

纳旦可能压根儿忘了我在那儿，也或者他压根儿不在乎。好一会儿之后，他把刀搁在地上，拿块破布擦擦手，走出工作室，站在岬角最远的边缘眺望大海。我跟了出去。

我悄悄用双臂环绕他的腰，试图安慰他，向他说抱歉。

纳旦并没有挣脱我的拥抱，但我感觉得到我碰触他时，他的躯体紧绷起来。我把脸埋在他衬衫油腻腻的皱褶中，亲吻他的背。

“别这样。”他咕哝。他的脸依然朝向大海。我把手扣紧在他的腹部，身体紧贴在他身上。

“别这样，爱妮丝。”他抓住我的手，把我推开。下巴咬紧又松开时，肌肉颤动。

风大了起来，刮走纳旦头顶的帽子，它一路飞向海洋。

我问他怎么了，是否有人威胁他。他笑了，眼神冷硬，没有帽子压制的头发乱纷纷地在他脑袋四周飞扬。

他说他到处看到死亡兆头。

接下来是一阵静默，我深吸一口气说：“纳旦，你不会死的。”

“那你告诉我死亡之浪是怎么一回事。”他的声音低沉而紧绷，“告诉我那些预兆和我做的那些梦是怎么一回事。”

“纳旦，你先前还笑那些梦。”我努力保持冷静，“你到处向人述说那些梦。”

“你看到我在笑吗，爱妮丝？”

他向我跨近一步，双手扣住我的肩，脸凑近我的脸，近到我俩的额头碰在一起。

“每天晚上，我都梦见死亡。”他从齿缝间嘶嘶吐气，“我到处看见死亡，到处看见血。”

“你最近在给牲畜剥皮……”

纳旦把我的肩扣得更紧。“我在地上看见一摊又一摊暗黑黏稠的血。”

他舔舐嘴唇，“我尝到血的味道，爱妮丝。每天早晨醒来，我嘴里都有血腥味。”

“你睡觉时咬到舌头……”

他不怀好意地幽幽一笑：“我看见你和达尼埃在船边谈论我。”

“放开我，纳旦。”

他置之不理。

“放开我。”我挣脱他的手，“你该听听自己说的什么话。你像个老太婆，喋喋不休，开口闭口都是梦和预兆。”

天很冷，一朵巨大浑浊的云从海面飘移到我们的头顶，天空残存的每一丁点儿光线都被吸附得无影无踪。但即便在如此的昏晦不明中，我仍看得见纳旦的目光炯炯如炬，灼热的眼神令我心惊。

“爱妮丝，”他说，“我最近常梦见你。”

我不作声，我忽然极度渴望回到小屋里，回到灯光下。我清楚感觉到大海就在我们脚边不到两步的地方。

“我梦见我在床上，看见鲜血沿着墙往下淌，滴在我的头上，血滴灼烧我的皮肤。”他朝我跨近一步，“我被绑在床上，血水一直淹上来，淹没了我。然后忽然之间，血水都不见了，我又可以动了。我坐起来环顾四周，房间里空无一人。”

他压紧我的手，指甲的尖利边缘戳进我的手掌：“然后我看见你。我朝你走去，走近的时候，我发现你被你自己的头发钉在墙上。”

他说这话时，一阵强风刮去了我头顶的帽子，我的头发于是散落下来，没有编结成辫子的长长发丝随即在风里狂舞。纳旦利落地伸手抓住一把头发，把我拖向他。

“纳旦！这样会痛！”

但纳旦分神了。“什么怪味儿？”他低语。

我忽然闻到风中一股浓重幽森的腐败腥臭味：“是海草，要不就是海豹尸体。放开我的头发。”

“嘘！”

我受够了他的脾气：“没有人要暗算你，纳旦。你没重要到那个程度。”

我把头发从他的手中扯开，扭身往房舍方向走去，但纳旦扯住我的衣袖，用力把我旋过身，结结实实甩了我一巴掌。

我惊呼一声，随即举手抚脸，纳旦趁机抓住我的手指，紧紧夹在他的手指间，强迫我蹲伏在他跟前。虽然寒风刺骨，我依旧感觉得到挨打的脸颊有热辣辣的血液往上冲。

“不准再这样跟我说话。”他的嘴贴紧我的耳朵，声音低而狠，“我不该请你来的。”

他把我扣在那儿好一会儿，扭绞我的手指，让我痛得大叫。而后他松开手，把我一把推开。

我跌跌撞撞沿着岬角走回去，在幽微的天光中踏着上坡路往农舍前进，一路被裙摆绊得踉跄，风呼啸得我两耳发疼。我泪如雨下，但在风的怒吼及我自己深深浅浅的喘息声之上，我仍听得见纳旦站在海边的小丘上对我高声呼喊：“别忘了你是什么身份，爱妮丝！”

当晚我点着一盏灯，等候纳旦返回小屋，期望能和他言归于好。但时间如犯了罪的人一般鬼鬼祟祟溜过，午夜来临又远去，思嘉和达尼埃老早更了衣，在各自的床上呼呼大睡，我却仍醒着，凝望火光在灯芯上跳跃。脉搏在我的脑中怦怦鼓动，我明白我在等着某种坏事发生。

好几次我依稀听见门外有脚步声，但我开启大门，外面却仅是无边的黑暗，以及哗哗作响的海浪。户外起了浓浓的雾，我看不清纳旦的工作室有没有点灯。我回到逐渐冷却的床上继续等待。

我想我必定是睡着了。我在幽暗中醒来，灯光已经自己熄灭了，但我知道纳旦仍未上床。接着我听到了他的脚步响在走廊里，我想必是被门闩的咔嗒声惊醒的。我屏住气息，但愿他温暖的手会掀开我的毛毯，他的躯体会轻轻巧巧钻入我的被窝，躺在我的身侧，他柔柔的嗓音会在我的耳畔呢喃，诉说满腔的歉意。

但纳旦并没有上我的床。我眯成细缝的眼睛看见他坐在一张凳子上脱鞋。他褪去裤子，缓缓把衬衫拉至头顶。他的衣物散乱在地面，他重新站起来，有一刹那，我以为我看见他往我的床走来，但他轻轻巧巧朝窗边挪了两步。在微光中，我看见他掀开思嘉的被单。

这时我明白罗莎为什么把我们称为纳旦的姘头了。我听见纳旦轻声细语，听见思嘉在被单里含混不清的呢喃回应，我压抑着别惊呼，别让人发现我醒着，压抑得浑身僵硬。我咬着手掌肉，一股恶心如纱布缠绕我的胃。我的心跳停止，缺漏的那几下脉搏噎住了我的气息。

我听见他在她体内冲撞时的闷哼，我闭起眼，屏住呼吸，因为我知道只要我一吐气，那气就会化作呜咽。我用指甲狠拧手臂上的肉，拧到我感觉触到了某种湿滑的东西，我知道我流血了。

我等到纳旦爬下思嘉的床，走向自己的床，等到思嘉的气息变得平静而均匀，纳旦开始鼾声大作，等到我确定他们都睡了，才坐起身来，凝视眼前的毛毯。出于痛，也出于某种坚硬、挠刺着我且乌黑如焦油的东西，我的喉头紧缩。我没让自己哭出来，愤怒席卷我，我的手与背都僵硬起来。我大可以默默收拾行李，趁天没亮前打包离开，但我能到哪里去？我只认识瓦特斯山谷，我知道那山谷何处坑坑洼洼、岩石遍布，清楚那白头的山、群聚着天鹅的湖、河畔皱纹满面的青青草皮。还有乌鸦，永恒盘桓不去的乌鸦。但伊路加斯塔德不同，我在这里没有朋友，我不认识这里的山川，只有突出如舌的岩石划破海天无懈可击的吻，其余什么也没有，什么人也没有。我无处可去。

/第十一章

4 月 19 日站上法庭的，是弗德瑞克的弟弟，来自卡塔谷的 10 岁男孩比亚尼·西格森。这孩子看起来聪慧伶俐，讯问很久都未能提供任何资讯。最后他供述，去年秋天，弗德瑞克趁父亲不在家，割断了两头供奶母羊及一头小羊的喉咙。比亚尼·西格森记得这几头羊是纳旦的羊。他指称母亲长久以来都告诫他应自称对此事一无所知，并要他上法庭时不得提及此事。但我们软硬兼施地讯问，都无法再自他口中取得更多资讯。

不知名职员，1828 年

玛嘉烈被啜泣声惊醒，她眯着眼在黑暗中望向女儿躺卧的床位，她俩睡得正甜。

是爱妮丝。

玛嘉烈把头压低在丈夫身旁的枕上仔细聆听。没错，那罪犯在哭，一股细微而紧绷的啜泣声使玛嘉烈喉头紧缩。她该上前去吗？说不定这是个诡计。玛嘉烈但愿她在黑暗中能看得更清楚些。哭声停了，但随即又卷土重来。她哭得像个孩子。

玛嘉烈小心翼翼地爬下床，摸索着到门边，转弯踏上走廊，一直走到看见厨房火炉里就快熄灭的煤炭灼灼的火光。她从托架上取下一根蜡烛，用余烬点燃烛芯。在离开温暖的厨房之前，玛嘉烈顿住了。她仍听得见那哀痛的悲泣，她发现自己心中恐惧着，却不明白是为了什么而恐惧。

烛光在起卧间的墙与横梁上跳跃。所有人都沉睡着，脑袋缩在毛毯里，躲避使墙面凝霜的 12 月酷寒。玛嘉烈用一只手护住火焰，以防烛火被风吹熄，然后缓步走向爱妮丝。爱妮丝沉睡着，但眼皮下的眸子疾疾晃动，毛毯踢到了床尾。爱妮丝在颤抖，肘紧紧缩在两侧，双手紧握，像是准备赤手空拳干上一架。

“爱妮丝？”

爱妮丝闷哼了一声。玛嘉烈用空着的手去拉毛毯，试图覆盖女人裸露的身躯，但拉到爱妮丝胸口时，爱妮丝却一把攫住了玛嘉烈的手腕。

玛嘉烈张嘴要尖叫，却什么声音也没发出。她僵在爱妮丝冰冷手指的骤然狠握之中。

“你要做什么？”爱妮丝的口气就和手劲一样不和善。烛火颤抖摇曳。

“没什么。你在发抖。”

“你在窥伺我。”

玛嘉烈咳嗽着，嘴里尝到血的滋味。她咽下血，不情不愿地放下蜡烛：“我没有在窥伺你，是你把我吵醒了，你刚才在哭。”

爱妮丝端详了玛嘉烈好一会儿，终于放下手。玛嘉烈看着爱妮丝抹去两腮的泪并检视着自己的泪。

“我刚才在哭吗？”

玛嘉烈点头：“我被你吵醒了。”

“我刚才在做梦。”爱妮丝注视着屋顶横梁。

玛嘉烈再度咳嗽，这次咳得太突然，她没来得及伸手掩口。两个女人一同低头，看见毛毯上星星点点的血渍。爱妮丝看看血渍，又看看玛嘉烈。

“要不要坐下来？”爱妮丝缩起腿。玛嘉烈安安适适地在床沿落了座。

“两个命在旦夕的女人。”爱妮丝喃喃咕哝。

玛嘉烈知道，换作其他任何情况，她都会觉得这话是侮辱。但此时此刻和爱妮丝相对而坐，她知道这话是真话。

“曜恩很担心我。”玛嘉烈承认，“他嘴上什么也没说，但是和一个人结婚久了，有些话不说出口也明白。”

“你有没有告诉他地衣冻的事？”

“他知道你对草药挺在行。他听说了萝丝琳宝宝的事。”

爱妮丝沉吟着：“他不反对吗？”

玛嘉烈摇头说：“你千万别以为我家曜恩是坏人。”她低头俯视地板，“他尽可能做个与世无争的基督徒，我们都是。他不想伤害任何人，只不过你在这里……”她张开嘴，仿佛还有话要说，却又打住了，“他心里担忧的事情很多，但只要我们撑得下去，就会一直撑下去。”

“可是他知道你的病越来越严重了吗？”

玛嘉烈感觉着肺脏里的沉重，耸耸肩。沉默半晌后她问：“你刚刚梦到什么？”

爱妮丝把毛毯拉到颈边说：“卡塔谷。”

“弗德瑞克的农场？”

爱妮丝点头。

“噩梦吗？”

两个女人间较年轻的那个悄悄把眼光挪移到她俩之间那块毛毯的血渍上，似乎在细细端详：“纳旦死前的几天，我都住在那里。”

“我以为你住在伊路加斯塔德？”玛嘉烈哆嗦一阵，爱妮丝伸手取下挂在床头板上的披肩递给玛嘉烈。

“我住在伊路加斯塔德，但纳旦后来把我扫地出门。我无处可去，只好去卡塔谷投靠弗德瑞克的家人。”

“你说你和他们并不是朋友。”

“的确不是。”爱妮丝抬起眼望向玛嘉烈，“你怎么没问起凶杀案的事？”

这问题来得突兀，玛嘉烈吃了一惊：“我以为这是你和牧师之间的话题。”

爱妮丝摇头。

玛嘉烈口干舌燥。她往丈夫躺卧的地方望了一眼，丈夫正鼾声大作。“你要不要和我一起到厨房去？”她问，“我需要暖一暖骨头，不然天亮之前我就会死掉了。”

爱妮丝从乳品室搬了张凳子出来，坐着看玛嘉烈敲碎火炉里的余烬，用干燥粪便撬出其中的火焰。烟冒出来时她咳了一阵，抹抹眼睛。

“你渴吗？”

爱妮丝点头，玛嘉烈于是在炉上挂了一只盛满牛奶的小锅，然后在爱妮丝隔壁的凳子落座，两人一同看着火舌逐渐淹没余烬。

“我母亲绝不让厨房的火熄灭。”玛嘉烈说。她感觉到爱妮丝转头望她，但她并不把眼光迎上去。“她认为只要房子里有光，魔鬼就不会来，即使是三更半夜也一样。”

爱妮丝默不作声，半晌才终于问：“那你认为呢？”

玛嘉烈把一只手伸向炉火：“我认为火是能使身体温暖的好东西。”

爱妮丝点头，火在她俩面前毕毕剥剥烧旺起来。“我在加博农场工作时，有个冬天火熄掉了。那是我的错，我们被雪封住了，小孩子都在挨饿，我正在想办法让最小的那个从一块破布吸吮乳浆，结果忘了检查厨房。我们过了三天没有火、没有光的日子，一直到天气放晴，才有办法到隔壁农场去求助。我原本还以为邻居会发现我们浑身发青地死在床上。”

“这种事是会发生的。”玛嘉烈承认，“人死掉的方法有千百种。”

两个女人沉默了。牛奶开始颤动，玛嘉烈起身去倒牛奶，递了一只腾腾冒烟的杯子给爱妮丝，自己又重新坐下。

“你们家很幸运，没有什么匮乏。”爱妮丝说。

“我们今年有一点点余钱。”玛嘉烈说，“地区首长布伦达尔给了我们一些补偿。”她才一说出口就后悔了，但爱妮丝毫无反应。

半晌后她才说：“我没想到这一点。”

“不多啦。”玛嘉烈补充。

“对呀，我值不了多少钱。”爱妮丝冷冷地说。玛嘉烈瞥了她一眼，啜一口自己的牛奶。滚烫的液体灌入她的胃肠，暖意慢慢扩散到全身。

“牧师最近都没来？”玛嘉烈转换话题。

“没有。”爱妮丝的脸因为刚从睡梦中醒来而肿胀，玛嘉烈忽然有股冲动，想伸手环抱她。这是因为她看来像个孩子，玛嘉烈想。她用双手把杯子握得更紧一些。

“我刚刚不是故意要把你吵醒的。”爱妮丝说。

玛嘉烈耸耸肩：“我常常半夜醒来。女儿还小时，我常常半夜起来检查她们还有没有在呼吸。”

“那你今天是为了这个而醒的吗？”

玛嘉烈眼神锐利地望向爱妮丝：“才不是。”

“我很抱歉你要担心她们的安危。”爱妮丝说，“我是说有我在的缘故。”

“做母亲的人时时都在担心孩子的安危。”玛嘉烈说。

“我从没做过母亲。”

“但你有母亲。”

爱妮丝摇头：“我很小的时候，母亲就离开我了。从那以后我就没有母亲了。”

玛嘉烈沉吟了许久才说：“这不重要。无论她在哪里，一定都想着你。”

“不可能。”

玛嘉烈顿了顿，又重申她的想法：“做母亲的人时时都想着孩子的。你的母亲，弗德瑞克的母亲，思嘉的母亲，所有的母亲都一样。”

“思嘉的母亲死了。”爱妮丝直言不讳，“弗德瑞克的母亲要被送到哥本哈根去。”

“为什么？”

爱妮丝慎重地瞟了玛嘉烈一眼：“莎碧娥对弗德瑞克的计划略有所知。弗德瑞克偷羊的事，她知道其中几件。她在法庭上说谎。”

“原来如此。”玛嘉烈说。她又啜了一口牛奶。

爱妮丝停顿了好一会儿才又说：“莎碧娥救了我的命。纳旦把我赶出门之后，她发现我倒在她家门前的阶梯上。如果她没带我进屋收留我，我早就死了。”

玛嘉烈点点头：“没有人是彻底的坏人。”

“莎碧娥年轻时当女仆，放火烧了女主人的床，还用斧头砍死主人的狗。他们在法庭上提起了这件事。”

“我的老天！”

“但这对我的案子没什么帮助。”爱妮丝急急地说，“她说我跟她是朋友，说我和纳旦吵了架，我向她请教。”

“但你没有？”

“他们说是她叫我放火把伊路加斯塔德烧掉的，但根本没有。我去卡塔谷也不是为了寻求莎碧娥的协助，或是和弗德瑞克密谋什么。他们讲得好像我去卡塔谷是别有所图，是去密谋杀人的。”爱妮丝啜饮牛奶，吞咽的时候嘴里喷溅着唾沫，“我去卡塔谷是因为纳旦不让我待在伊路加斯塔德，我没有别的地方可以去。”

玛嘉烈沉默了。她凝视着火焰，想象爱妮丝夜里在康索偷偷摸摸走动，从厨房燃起一根火炬，趁大伙儿熟睡时放火焚烧农场。她会不会闻到烟味而醒来呢？

“爱妮丝，放火烧掉伊路加斯塔德的人是弗德瑞克，对吗？”玛嘉烈努力不让忧虑从声音里透出来。

“我在法庭上说，火是从厨房蔓延出去的。”爱妮丝语气坚定，“我说纳旦正在熬一锅草药，火就是从那儿烧起来的。”

玛嘉烈半晌不说话：“我听说是弗德瑞克。”

“不是的。”爱妮丝说。

玛嘉烈又咳嗽了，她朝火里吐了口痰，湿气在哧哧燃烧的余烬里冒泡：“如果你是在维护你的朋友……”

“弗德瑞克不是我的朋友！”爱妮丝插嘴，她摇着头把牛奶杯放在地上，“他不是我的朋友。”

“我以为你们两个在一起相处了不少时间。”玛嘉烈解释。

爱妮丝对着她蹙眉，然后又把凝视的眼光重新转回火炉。“不是，但在伊路加斯塔德……”爱妮丝叹息，“纳旦常不在家，寂寞……”她艰难地拣选措辞，“寂寞时时刻刻都虎视眈眈要把你吞噬。我能有谁做伴，就和谁做伴。”

“所以说，弗德瑞克会造访伊路加斯塔德？”

爱妮丝点头：“伊路加斯塔德和卡塔谷相隔不远。弗德瑞克和思嘉之间有一点儿小小的情愫。”

“我听说过思嘉这个人。”玛嘉烈站起来，往火里添了点儿粪便。

“她很漂亮，大家都喜欢她。”

“我听说她不是很聪明。”

爱妮丝郑重地望着玛嘉烈：“对，可是弗德瑞克的看法相反。纳旦不在家时，弗德瑞克常常从卡塔谷跑来，有时是办些小小事务，或是假传一些他父母或牧师的口信，然后他就会佯作渴了或饿了，思嘉会倒杯牛奶或弄点儿吃的给他，两人就会开心地聊天说笑。到了秋天，我常常看见他俩并肩坐在思嘉的床上，像小鸟一样咯咯谈笑。”

“冬天独处是件难事。”玛嘉烈表示她感同身受。

爱妮丝点头：“在伊路加斯塔德更难。那里和山谷这边不一样，那里长日漫漫，长夜也漫漫，而我没有朋友或邻居，只有思嘉和达尼埃。达尼埃是纳旦从盖塔斯卡请来的男仆。偶尔还有弗德瑞克。”

“黑暗会使人寂寞。”玛嘉烈沉吟，“人不跟外界来往是不好的。”她又斟了些牛奶给爱妮丝。

“纳旦从来不喜欢冬天，他一辈子都没适应过黑暗。”

“那他买伊路加斯塔德还真奇怪，他应该买那种有人可以做伴的农场才对。”

“他常常不在。”爱妮丝承认，“大半都是去盖塔斯卡。他说他都是为工作而去，但我认为他是为了和朋友待在一起。”她又补上一句，“也或者是为了躲我。他在家的话，情况会比较好，我们需要他在家。但他出门的时间一次比一次长，回来时看到我们也并不开心。他甚至看到自己的女儿莎兰娜也并不开心，他把这孩子扔给我们照顾。”

“你们就三个人孤孤单单地在那里大眼瞪小眼，他却连来个访客也大惊小怪，真是铁石心肠。”

爱妮丝浅浅苦笑：“他可能不是介意我们有访客，而是介意访客是弗德瑞克。”

“原来如此。”

“弗德瑞克和纳旦即使在好的时候，友谊也是很脆弱的，彼此并不信任。后来他们大吵了一架，就是有条鲸鱼在兴迪维克搁浅的那年秋天。”

“我记得那件事。我们从山谷北侧的人那儿买来了一些鲸鱼油。他们跑去北边看能搜罗到什么好东西。”

“我们运气很好。那年收成时雨水多，我们很担心干草会腐烂或着火，春天之前可能家畜都会死光光，我们会瘦成皮包骨。纳旦听说有鲸鱼搁浅时恰巧在家，于是他去向拥有那段海岸线的人家买了些鲸鱼肉。

“那天纳旦出门了一整天，直到晚上才回来。我在门口遇见他，看见他浑身泥泞，脸上、头发上都是，衣服没有一丁点儿干净之处。我问他怎么回事，他说他买了鲸鱼肉，已经付了钱，正在拿刀切割属于自己的部分，弗德瑞克忽然出现，要拿走他的肉。纳旦要弗德瑞克自己去拿刀割块肉，自己付钱，弗德瑞克却把纳旦推倒在地，饱以老拳。但后来伊路加斯塔德隔壁史塔帕农场的人却告诉了我完全不同的事情经过。他们说纳旦对着弗德瑞克大吼，推了他的背部一把，弗德瑞克转身把纳旦撞倒在地，狠揍一顿并拖到泥浆里。但当时我唯一知道的就是纳旦回家时灰头土脸，情绪也相去无几。”

“那你真是难受。”玛嘉烈低语。

爱妮丝摇摇头：“思嘉更难受。我腌鲸鱼肉时，听见纳旦在火炉前洗净身体，思嘉试图安慰他。纳旦嚷着弗德瑞克是疯子，20 岁以前一定会犯下滔天大罪。弗德瑞克是思嘉的心上人，这事让她很受打击。她当然不敢对纳旦说什么，但稍晚大伙儿都上床后，我听见她在哭。”

玛嘉烈没接腔。她极渴望看看爱妮丝，但她担心此刻她一转头，爱妮丝就会停止说话，情况又会恢复到从前。

她小心翼翼地斟字酌句：“你在伊路加斯塔德一定过得很辛苦。”

“鲸鱼事件之后就每况愈下，纳旦越来越少在家。难得回来时，他会花几个小时训斥我和思嘉，说他不是付钱请我们来当少奶奶的。我们做的每件事他都挑三拣四，奶油太湿、起卧间太脏、有人偷进他的工作室乱动他的瓶瓶罐罐。其实他不在时，我们根本不敢进他的工作室。有时风会吹乱他的东西，有时我们从海岸拖漂流木到屋里，弄乱了院落泥土，他会说我们试图挖洞，想找他的钱。但他没说之前，我们根本不知道他把钱埋在院落里。

“后来情况更加恶化。有一天纳旦从南方回来，恰巧撞见弗德瑞克从伊路加斯塔德出来。起初两个人还客客气气，但过不了多久，我和思嘉、达尼埃就听见他俩隔着小径咆哮，纳旦威胁弗德瑞克若胆敢踏进他家农场一步，他就会痛扁他一顿，还要请地区首长介入处理。两人就这么互相叫嚣了好些时候，弗德瑞克才终于回家。

“那天晚上纳旦大发雷霆，他把思嘉拖到门外，我听见他指责思嘉欺骗他，辜负了他的信赖。他威胁要让思嘉去喝西北风，我听见思嘉苦苦哀求，她无处可去，这个季节没有人会雇用仆人，外面在下雪，她会冻死。最后纳旦终于放低了音调，我听不见他说什么。他俩在门外待了一个多小时，思嘉进门时双眼红肿，直接上了床。然后纳旦把我叫起来，要我跟他走。

“外头一片漆黑，伸手不见五指。纳旦把我带到海滨，告诉我弗德瑞克要求他把思嘉嫁给他。他说他早知道思嘉背着他和弗德瑞克暗通款曲，但他以为他俩不过是打打情骂骂俏，没料到会到这地步。

“我告诉纳旦，我想他俩只是纯真少年两小无猜，纳旦笑了，说他俩一点儿也不纯真。他伸手到口袋里，掏出三枚银币，告诉我那男孩拿出聘礼，想要迎娶思嘉。我问他，既然他摆明了要反对这门亲事，又为何收下聘礼。纳旦笑着说，只有傻子才会拒绝自动送上门的金钱。然后他问我，既然我知道他不愿弗德瑞克趁他不在家时踏上他家的土地，又为什么放任思嘉和弗德瑞克大谱恋曲。我告诉他，我也不喜欢弗德瑞克，但我惯于生活在仆役众多、人声鼎沸的农场，而伊路加斯塔德是我所知最度日如年的地方。”

爱妮丝把剩下的牛奶一饮而尽，残余的渣滓往火里一泼，嘶嘶声令玛嘉烈微颤。

“我再也睡不着了。”爱妮丝说。

玛嘉烈点头说：“我想我也一样。”迟疑一瞬后她又说，“我不知道弗德瑞克和思嘉是夫妻。”

爱妮丝短促一笑：“他们没结婚。弗德瑞克的确求了亲。他隔天又回来，纳旦去了盖塔斯卡，思嘉生着闷气，游魂似的无声无息地晃来晃去。我在厨房逮到她，逼问她纳旦昨晚说了什么。她失声痛哭，什么话也不肯说。我问她有没有告诉纳旦她爱弗德瑞克，她摇头。我告诉她弗德瑞克拿钱给纳旦，要向思嘉求婚，这话把她惊得止住了泪，她目瞪口呆地看着我，咕哝着说她不敢相信纳旦竟然会同意。纳旦说她不该嫁给这样一个人，她太年轻了，何况她是他的仆人，除非他愿意放她走，否则她就必须一直服侍他。

“那天，达尼埃看见弗德瑞克前来，达尼埃劝弗德瑞克，若还想见到夏日，最好快快掉头离去。但弗德瑞克不理会他，问我思嘉在哪里。我没兴趣跟着进屋看会发生什么事，于是走到海滩去等。果不其然，弗德瑞克牵着思嘉的手走出来，向我和达尼埃宣布他俩订婚了。”

“你是什么反应呢？”玛嘉烈问。

爱妮丝叹了口气：“我还能怎么做呢？我慢吞吞爬上坡回到屋里，给所有人各斟了些白兰地。弗德瑞克喜气洋洋、眉开眼笑，思嘉却焦虑惶恐、心神不宁。喝了几口之后，达尼埃为小两口唱起歌来，我溜到户外去透气，沿着下坡走到海边。”

炉火在她俩面前毕剥作响，一块燃烧的粪便裂成两半，一股星星火花直冲横梁。

爱妮丝终于又再度开口："你到过海边吗？"

玛嘉烈点点头，在披肩下蜷缩成一团："我年轻时曾在海边工作过一阵子。在兰基山谷附近。"

"瓦斯尼斯的海不一样。有时峡湾里的水像面镜子，让你恨不得伸出舌头舔一舔。纳旦说：'像死人的眼睛一样光滑。'"她往火炉的方向挪了挪，"有回我看见两座冰山互相摩擦，风把它们吹到了一块儿。冰山漂近时，我发现两座山的冰架上都堆积了许多漂流木，一会儿之后，我听见一声巨响，看见漂流木轰然起火。"

"听起来像英雄传奇里的情节。"玛嘉烈说。

"的确很诡异。"爱妮丝表达同感，"我忍不住一直看。一直到夜幕低垂，我还能看见小小的火焰在大海上漂流。"

有好一会儿的时间，两个女人就这么凝视着炉火。火舌凋萎成的小小红光爬上女人的脸颊。窗外低沉的悲吟声预告着新一波的寒风蓄势待发。

*　　　　*　　　　*

弗德瑞克向思嘉求婚之后风狂雪骤，足可以把拦路强盗掩埋得尸骨无存。弗德瑞克无法骑马回家，于是我让他在达尼埃旁的床位过夜。就像鞋拔子轻易把脚送入鞋中一般，白兰地无比流畅地把他们送入了梦乡。

我却清醒着。纳旦与思嘉厮磨的场面在我的脑海中蠕蠕爬行，惊断我的梦境。我知道纳旦为什么讨厌弗德瑞克了，不是因为弗德瑞克觊觎他的金银财宝——当然那也是部分原因——而是由于思嘉。我断定纳旦对思嘉的渴望就和对我的嫌弃一样深。

我最后想必是坠入了某种不安宁的睡梦，醒来时起卧间已空，雪终于停了，窗外除了油一般灰蒙蒙的大海外，一片白茫茫。牧场上一阵嘈杂，我出门探究是怎么回事，看见弗德瑞克踢着一头死羊。这样的攻击行为令我作呕。

“你在做什么？”凝滞的空气中，我的声音清晰而响亮。弗德瑞克没听见，继续踢着死羊，喃喃嘟囔，染血的雪从他的靴边飞溅而起。

“弗德瑞克！”我大嚷，“你到底在干吗！”

他停下动作，转过身。我看见他用袖子抹抹脸，在厚重的积雪中拖着脚步向我走来。他走近时，我才看出他显然心情不佳。

“你好呀，爱妮丝。”他气喘如牛。

“你干吗踢那头羊？”

弗德瑞克喘着气，口中吐出成团云雾：“反正那羊已经死了。”

“那你干吗踢它？”

“有什么差别？”弗德瑞克眯起眼仰脸看天，“我看还会下更多雪，最好别被雪困住。”他吸了吸鼻子，伸手一抹，羊毛手套上随即现出一道亮闪闪的污痕。

“纳旦会杀了你。”我比画着血渍及死羊周遭的尘土，“你把羊肉和羊皮都毁了。”

弗德瑞克放声大笑。我恨不得甩他一巴掌，以惩罚他乱踢死羊。但我无权管他，他也知道这点。

“爱妮丝，这羊早就死了，今天早上死的。”他抹去脸颊上一片融化中的染血雪花，从雪堆中提起脚，擦肩从我身边走过，“别担心，这肉还能吃。”

“你踩过了。”

他翻起白眼。

“你会着凉的。”他背对着我喊。我看着降雪云沉落在山头，我任由凛冽寒气刺得我肋骨发疼，直到我冻得哆嗦。

弗德瑞克用靴子痛踢死羊的景象搅乱了我内在的某种东西。快速晃动的肢体撞击着瘫软的尸体，血水如薄雾飞溅，靴子衬在白皑皑的雪上显得乌黑。这是个不祥的景象。

雪开始下了，我转身跟随弗德瑞克回到农庄，看见一只乌鸦栖落在死羊身上。乌鸦哀戚地呱了一声，把喙埋入死羊内脏，片片雪花落在乌鸦漆黑的羽毛上。

弗德瑞克和思嘉坐在思嘉的床上低声谈话，思嘉看来像是哭过。

我打断他们。“不见了两头羊。”我说。

“其中一头死掉了，你亲眼看到的。”弗德瑞克打着哈欠。

“我不是说你踢的那头，还有另外两头不见了。”

弗德瑞克奸险一笑，我立刻明白是怎么回事了。

“是你杀的。”思嘉呜咽啜泣。

弗德瑞克站起来，走向我，欠过身，我闻到他身上的汗臭。“爱妮丝，你可能有兴趣知道，我今天早上和思嘉谈过了。”愤怒使他的嗓音沙哑，“纳旦占过她的便宜。”

我等自己镇定后才开口：“我早就知道了。”

思嘉放声痛哭：“对不起，爱妮丝！我一直都想告诉你！”

弗德瑞克顿了顿：“你知道？”

“我以为他们是两相情愿。”我的语气冷淡。

“他一直在强暴她！”他开始在房间里踱步。我发现他手上拿着思嘉的绿色丝质睡衣，那是纳旦送的礼物。“我要杀了他。”

我翻了个白眼。“那就动手啊！那样一切就都能挽回了。”我转而对思嘉说话，“他是硬上的吗？”

“他当然是硬上的！”弗德瑞克在思嘉身旁坐下，往床垫捶了一拳，思嘉惊跳起来。

“我不知道。”思嘉嗫嚅。

我回想纳旦与她交欢的那晚，死亡之浪的那晚。我想起急促的呼吸声，轻而快的低吟。思嘉并没有反抗。

“这违背了上帝的律法。”弗德瑞克说。

我忍不住笑了：“我看这和上帝没有太大关系。”

思嘉显得惊惶：“爱妮丝？你对我很失望吗？”

“我干吗要对你失望？”我的声音平静如海。

弗德瑞克愤愤低头瞪视手中的睡衣：“他是个浑蛋！我要杀了他！”

“我不希望纳旦死掉。”思嘉话语中那种傻乎乎的媚笑令我恨不得赏她一巴掌。

我笑笑：“弗德瑞克谁也不会杀的。”

“我会。”弗德瑞克再度站起来，双手握成肥壮的拳头。

“你不会。”我说，“何况那又有什么差别？你还是一样要娶她。”

弗德瑞克轻蔑地冷笑：“我也不期待你这样的女人能理解。”

我感觉自己口干舌燥。

“思嘉说你和纳旦也有一腿，只不过你好像甘之如饴。”

我走向思嘉，她颤缩。我说：“我没有要打你。”但我大可以打她，我恨不得打她。

达尼埃走进来，弗德瑞克立即住嘴。我气得浑身哆嗦。我恨弗德瑞克，恨他被寒风冻得红通通、痘痘满面的皮肤，恨他的蓝眼睛和周遭那圈黏腻的金黄睫毛。我恨他尖锐的嗓音、他身上的马粪味、他一次又一次的来访。

“回你家去，弗德瑞克。”达尼埃打破沉默。

“暴风雪要来了。”

“那就去困在风雪里。”我忽然非常感激达尼埃的出现。

“我哪儿也不去。”弗德瑞克再度在思嘉身边坐下，一只手带有保护意味地环抱思嘉。

“果真如此，对吧？”达尼埃轻声问，“纳旦和你们两个都上过床，是真的吧？”他摇摇头，“真是亵渎神灵啊！”

“弗德瑞克杀了几头羊。”

“什么？我们这儿的羊吗？”

“可能昨晚或今天一早，他偷了至少两头羊到卡塔谷，然后在那儿把羊杀了。”

“纳旦会杀了他！”

“那得要他没先被弗德瑞克杀掉才行。”我说，“弗德瑞克现在一肚子火。”

达尼埃用手顺了顺头发，望了望床上的小情侣，叹了口气：“那家伙又蠢又好闹事。等他头脑冷静点儿的时候，我再和他谈谈。”

*　　　　*　　　　*

三天后，纳旦回到伊路加斯塔德。他回家的时候，弗德瑞克并不在那里。我不敢想象弗德瑞克若在场，会是个什么景况。我把思嘉和弗德瑞克订婚的消息告诉纳旦，他并不开心。思嘉一听见纳旦走进院子，就一溜烟躲进储藏室。

“我只要一出门，灾难就降临。”

“纳旦，这不能算灾难。你接受了弗德瑞克的聘金，就该预知这事会发生。”

“我看你很高兴吧。”他咕哝。

“我？这和我有什么关系？”

“你整个秋天都在替他们牵红线。”

纳旦正解下马背上的鞍，我伸手接过缰绳：“我才没做这种事。”

“我看你们都在庆祝。”

“才没有。就连思嘉都搞不清楚是怎么一回事。”

他转过身正对我，扬起眉毛：“是吗？”

我点头：“弗德瑞克高兴得快要手舞足蹈了，但思嘉似乎不太兴奋。”

纳旦笑了，摇摇头：“真是一对年轻的蠢蛋，两个都蠢！”他温柔地接过我手中的缰绳和鞍褥，放在雪地上。他的神情严肃：“爱妮丝，我的爱妮丝，我该向你道歉。我不该打你的。”

我没说话，但他执起我的手，我也没有抗拒。

“我最近和沃姆谈过，他觉得我最近心思太不集中了。常常在潮湿的天气里来往劳顿，那些梦又……”他的话嗫嚅着中断了，“我们对彼此都太坏了，我失去了理智。”

他放下我的手，拾起地上的缰绳和鞍褥递给我：“来！这些收起来，我们待会儿屋里见。”我转身要走开，纳旦却抓住我。“爱妮丝，”他柔声说，“见到你真高兴！”

那天晚上，往昔的焚身欲火重新令我们激荡震颤。醒转在冬日的黑暗中，因为确知他躺在我身畔，喜悦在我的周身欢快奔流。或许思嘉和达尼埃夜半曾醒来，撞见我们并肩而眠，但他们什么也没说。我剥去了纳旦床上的毛毯，放在我自己的床脚。

*　　　　*　　　　*

玛嘉烈从乳品室又拿了一锅牛奶回来。屋外风势强劲，耳朵听得见幽咽的呼啸声。

爱妮丝俯身戳了戳炉里的煤炭。“要用泥煤还是用粪便？”她问。

玛嘉烈指指粪便：“继续说吧。我们坐在这儿时，不如就让火一直烧。”

“我说到哪儿了？”

“你说到弗德瑞克向思嘉求婚。”玛嘉烈轻轻往炉上的锅里添牛奶。牛奶泼洒在滚烫锅底时嘶嘶作响。

“思嘉答应了弗德瑞克的求婚后，就很怕见到纳旦。纳旦发现她躲在储藏室里。后来思嘉告诉我，纳旦说他自己太不讲理，被自己对弗德瑞克的成见蒙蔽了。他祝福她，并说如果她决定嫁给一个既没钱也没好名声的男孩，那也是她的选择。他告诉我，两只小狗想玩在一起，他是不会阻挡的。

“我以为他可能想到，一旦思嘉嫁给弗德瑞克，他就永远不用再看见这男孩，也就不用再担心藏在农场的钱会被偷走了。

“圣诞假期的时光飞逝，我们没做什么庆祝仪式。纳旦把达尼埃送回盖塔斯卡，我以为只剩下我和思嘉两人后，我们的相处就会像往日一样。我想清理屋舍，以及准备圣托拉克节[1]要吃的鲫鱼，但思嘉自从和弗

1　托拉克为12世纪时冰岛的主教，死后被冰岛人尊奉为圣人，并将其辞世日12月23日定为纪念节日。冰岛人视该日为圣诞节庆准备的最后一日，在该日进行最后一次采买。该日的传统节日食品为烟熏鲫鱼。

德瑞克定亲后，就不再有兴趣和我说话。她变得郁郁寡欢，工作马虎，永远都在凝视窗外。对她说话时，她会惊跳起来，并且回避直接的眼光接触。纳旦告诉她，她可以邀请弗德瑞克来伊路加斯塔德喝一杯，一同过圣托拉克节，但弗德瑞克并没有来。或许思嘉不信任纳旦忽然对弗德瑞克释出的善意，我相信她迫切地想把两人隔开。”

* * *

某天深夜，我决定告诉他。

“纳旦，我知道你睡过思嘉。”

他正在打盹儿，听到这话，他睁开了眼。

“我知道，纳旦。我原谅你。”

他看着我，忽然大笑起来：“你原谅我？”

我在黑暗中伸手去握他的手：“我说这个不是要跟你吵架的，我只是希望你知道我知道。”

他的手指在我手中死沉沉躺着，他在思索。“我知道你看到我们了。”他说。

他这话像正中我肚腹的一拳。我张开嘴又闭上，什么声音也没有出口。我爬下床，提了盏灯回来。看不见他的脸，我无法对他说话，我无法在一片漆黑中信赖他的话。

灯光照耀在他毫无屏障的脸上，他冷冷地打量我，转脸往思嘉的方向瞥一眼，看她是否醒着。

“纳旦！”我的声音苍老。我低下头，看见自己赤条条的胴体。头一次，我猜测我在他心目中究竟是什么地位。

“你在玩弄我。”

纳旦用一只手遮挡眼睛，他说：“爱妮丝，把灯熄掉。”

我抓住床柱，好稳住自己：“你好残忍！”

“我不想谈这个。”

“你从来就没打算让我当过管家，对吗？”

“灯熄掉，睡觉吧！你的眼睛看起来像雪地里被尿冲出来的洞。”

“睡觉？”我瞪着他，压抑着，确定自己不会带着哭腔说话后才重新开口，“你怎么知道我知道？”

他笑了笑，没搭腔。

“你爱我吗？”

“你真是无理取闹。”

“回答我！”

他伸手去够灯：“灯熄掉！”

“纳旦！”我恳求他，嗓音中的呜咽把我自己都吓着了。

“我要是不希望你来，会开口邀请你吗？”

“你是要我来当女仆！”

“你不只是女仆，爱妮丝。”

“是吗？”

“灯熄掉！”

“不要！”我从他手中夺下灯，“你不能这样对我！”

他的眼光闪烁：“你真是个唠叨婆，爱妮丝。”

我的火气轰然炸开：“我唠叨？见你的鬼！我什么时候干涉过你了？你一天到晚出远门，我阻挡过你吗？你趁我睡着时爬上隔壁思嘉的床，我阻挡过你吗？她才 15 岁！你真是色迷心窍！”

他撑在手肘上向后靠：“你怎么会认为我是等到你睡着以后才行

动的？”

纳旦脸上的神情不是嘲笑，而是轻蔑鄙视却又乐在其中。绝望与失落转瞬间重重压在我身上，我忽然无可回复地被悲伤压陷了。

“我恨你。”这话听来愚蠢且孩子气。

“你以为我爱你吗？”纳旦摇头，“你，爱妮丝？”他眯着眼站起来，热热的口气喷在我的脸上，“你是那种低贱的女人，我看错你了。”

“如果我低贱，那是你害的。”

“哦，是啊，继续说啊！你神圣纯洁，错都在别人身上。”

“不是别人身上，是你身上！”

“真是抱歉，我还以为你得偿所愿了。”他抓住我，粗暴地把我拖到跟前，“我以为你想离开那座山谷，原来你只是想得到你得不到的东西。”

“我想要的是你！我想离开山谷是因为我想和你在一起。”我愤怒得欲呕，“我受不了这个地方。”

“那就滚啊！”他退后一步，抓住我的手腕，“出去！你什么忙也没帮上，净会惹麻烦！”他拖着我走出起卧间，我知道思嘉坐在床上看着我们，莎兰娜开始哭。

“放开我！”

“我只是要满足你的愿望啊！你恨我，不是吗？你想离开，不是吗？很好，门在这里，请自便！”

纳旦个头虽小，劲道却十足。他拖着我穿过走廊，一把把我推向门外阶梯。我被门槛绊了一跤，整个人赤身裸体扑倒在雪地里。跪爬起来时，门已经在我眼前砰然关上。

屋外夜色苍茫，大雪纷飞，但我又气又悲伤，以至于头脑昏眩，对周遭环境浑然无感。我想拍打大门，或是到窗边去呼喊思嘉，请她让我进屋，但我也想和纳旦赌气。我用光溜溜的手环抱躯体，寻思有哪里可以去。寒气扎在我周身，我寻思着要不要寻死，要不要走到岸边，把手臂浸入冰冷海水。我甚至不必沉溺，酷寒自会把我冻死。我想象纳旦发现我的死尸与海藻被一同冲刷上岸。

我走到牛棚。

天寒地冻，难以成眠。我蹲在母牛身旁，把一丝不挂的肌肤贴紧它温暖的庞大身躯，拉下一块鞍褥来覆盖我的身体，冻僵的脚趾伸入牛粪堆好舒缓痛楚。

夜半时分，有人走进牛棚。

“纳旦吗？”我的嗓音微弱而可悲。

来的人是思嘉。她替我带来衣服和鞋子，双眼因哭泣而肿胀。

“他还是不让你进屋。”思嘉说。

我的手指冻得僵硬，慢吞吞地穿衣。我问思嘉：“如果我死在这里怎么办？”

思嘉转身要离去，我扳住她的肩膀：“跟他讲点儿道理，思嘉。他这次真的失去理智了。”

思嘉望着我，眼里噙满泪水。“我真的受够这里了。”她轻声低语。

第二天我醒来时，一时之间辨不清自己身在何方。但前一夜的记忆随即回来，愤怒钳住了我的胃，振奋了我的气力。我靠在牛身上焐暖我冰冷的鼻子和手指，思索着下一步该怎么做。我想在纳旦出门喂牲畜之前离开。

*　　　　　　*　　　　　　*

托蒂在布雷达波斯塔德阴暗的起卧间里醒转，看见父亲坐在床尾，佝偻的身体倚着墙，华发苍苍的脑袋耷拉在胸前。他睡着了。

“爸爸？”他的声音比窃窃私语大不了多少，但说这话已使他喉头焦枯。

他想用脚去推醒父亲，但他的肢体比记忆中沉重许多。“爸爸？”他又喊了一声。

永恩牧师动了动，猛然睁开眼睛。“儿子！”他抹抹胡子，俯过身来，“你醒了，谢天谢地！”

托蒂想举起手臂，却发现手臂被绑在身侧。他像个婴孩似的，被用毛毯紧紧包裹起来。

“你又发了一次高烧。”父亲解释，“我要让你出汗。”他用结着厚茧的手掌抚摩托蒂的额头。

“我必须去康索。”托蒂咕哝，他的舌头干涸，“爱妮丝。”

父亲摇头：“就是为了照顾她，你才弄成这样的。”

托蒂愁容满面：“我忘记这个月是几月了。”

“12 月。”

他挣扎着坐起来，但永恩牧师轻轻把他的脑袋按回枕上：“上帝还没把健康还给你之前，你先别关心她。”

“她无依无靠。”托蒂一边争辩，一边再度试图撑起身子，但肌肉并不听使唤。

“那是她罪有应得。”父亲的声音在小小的房间里乍然洪亮起来。他把儿子按在床上，无灯的斗室里，他的脸色灰暗。“她不值得你花这么多时间关怀。”

*　　　　*　　　　*

玛嘉烈沉默了一阵，杯中的牛奶凉了。“他在大雪天赶你出门？”

爱妮丝点点头，谨慎地端详着玛嘉烈。

玛嘉烈摇摇头：“这会冻死人的。”

“他脑筋错乱了。”爱妮丝把披肩裹紧一些，“纳旦想要自己占有思嘉，但他终于明白思嘉比较喜欢弗德瑞克。”

玛嘉烈吸吸鼻子，用火钳把一块燃烧的余烬戳回炉墙边。“你说得是。”她偷眼瞟瞟爱妮丝，爱妮丝正怔怔凝望炉火。“继续说吧。”她轻声说。

爱妮丝叹了口气，松开交叠的手臂：“我去了弗德瑞克的家，也就是卡塔谷农场。我从没去过那里，但我知道是在山那边的什么地方。何况天气放晴了，我可以徒步走去，不至于被风雪困住。但我还是花了好几个小时。走进卡塔谷的谷口时，我已经累到神志不清了。我跪倒在弗德瑞克的家门口，被弗德瑞克的母亲发现。

“卡塔谷是个可怕的地方，低矮且处处倾颓，屋顶快要塌陷，屋里不比屋外舒适到哪里去。我走进门时，有一群小孩在一张床上蜷缩成一团取暖，他们全是弗德瑞克的弟弟妹妹。弗德瑞克则和父亲、叔叔坐在另一张床上磨刀。

“弗德瑞克对我说的第一句话是‘他又干了什么好事？’，他问我纳旦是否打算自己迎娶思嘉。

“我摇头，并解释纳旦把我赶出家门。我告诉他我是在牛舍过的夜。弗德瑞克并不同情，他问我是做了什么才会招致如此待遇，我告诉他我和纳旦吵架，因为我无法忍受他这样对待思嘉。

“这时弗德瑞克的母亲插嘴。她一直默默地听我们说话，这时却忽然抓住弗德瑞克的臂膀说：‘他想要夺走你的妻子。’

“我依稀看见弗德瑞克往床单上的刀瞥了一眼，我害怕起来。

“我建议弗德瑞克找特约恩的牧师谈一谈，也许他们可以请哪个地区政务专员主持公道，但弗德瑞克的母亲莎碧娥再次打断我。她站起来，扣住弗德瑞克的肩膀，注视他的眼，说：‘只要纳旦还活着，你是得不到思嘉的。’然后他们全都坐下了。我睡觉的时候，他们想必是商定了要把纳旦杀掉。”

玛嘉烈静默不语。炉火熄了，仅存一块小小的焦炭外壳在灰烬里闪烁，发着红光。风仍未停止呼号，玛嘉烈缓缓舒了一口气，她感到疲乏：“也许我们该回床上去了。”

爱妮丝转头望她：“你不想知道后来怎么了吗？”

/第十二章

在沙陵格谷的雷加，太阳一升起，歌姿润就起了个大早。她走进兄弟们的起卧间，摇醒欧斯帕。欧斯帕和兄弟们立刻醒了。欧斯帕见来人是姐姐，便问她这样早起床所为何来。歌姿润说她想知道他们这天打算做什么。欧斯帕回答，他们打算清清静静过这一天，“因为这天没有什么工作要做”。

歌姿润说：“你们这性格真适合当农夫的儿子，好事坏事都不做，只会袖手旁观。卡尔坦做了这么多羞辱你们的事，如今他仅带一名同伴从你们家门前经过，你们却情愿呼呼大睡。如果他只带着一两个同伴走在路上，你们也没胆子面对他，那么期望你们会去卡尔坦家寻仇，也只会落得一场空。你们装出一副大有可为的模样，其实不过是一群人数过多的无用家伙。”

欧斯帕说她把事情看得太严重了，但承认她的话难以驳斥。他立即跳下床着装，其他兄弟也跟进。接着他们开始准备要对卡尔坦发动伏击[1]。

——《拉克斯戴拉英雄传奇》

1　在这场攻击行动中，歌姿润的丈夫在歌姿润的怂恿下，亲手杀死歌姿润心中挚爱的卡尔坦。

我和弗德瑞克来到伊路加斯塔德时，纳旦并不在家。我不知道万一他在家会发生什么事。我们敲门敲了好几分钟，思嘉才开门让我们进屋。她把纳旦的女儿抱在腰间。

“他说万一你回来的话，我要让你吃闭门羹。”但她还是放我和弗德瑞克进门了。

我接受了她端来的咖啡。“纳旦呢？”我问。

“盖塔斯卡派了个人来报信，说沃姆身体不舒服。纳旦一早就出门了。”

“他这两天怎么样？”

思嘉白了我一眼：“脾气很坏。”

“他有没有又强迫你跟他睡？”弗德瑞克检视着纳旦床边的架子，拿起一只又一只盒子，咔啦咔啦摇晃。

思嘉惊惧地注视着他的动作：“你在找什么？”

“找赔偿金。”弗德瑞克咕哝，他眯眼望向窗外白皑皑的积雪，“我打赌我没猜错，他肯定把钱都埋在院子里。”

我望着思嘉：“他有没有说我什么？”

思嘉摇头。

我挤出一丝冷笑：“大概没说什么能复述给我听的好话。”

弗德瑞克拍掉肩上的雪花，在思嘉身旁坐下，把思嘉拉到他腿上。“我的小宝贝。”他说，“我的妻子。”

思嘉躲开他的爱抚，重新坐回床上：“别那样叫我。”

弗德瑞克红了脸：“为什么？你是我的人啊！”

“纳旦说他改变了主意，他不同意这门亲事。”思嘉的声音从哽咽转为啜泣，“永远都不会同意。”

“天杀的纳旦！”

虽然这场小聚会气氛凝重，但弗德瑞克的喊声这样戏剧化，我很难压抑一股笑意浮上脸庞。“我相信纳旦总有一天会接受这件事的。”

思嘉抹抹眼睛，摇摇头：“他说如果我一定要嫁人的话，应该嫁给他。”

我的胃脏骤然坠落，弗德瑞克也白了脸。

“什么？”

“他是这么说的。”思嘉吸着鼻子。

“那你怎么说？”我的声音听来细微而哆嗦。

思嘉开始一波新的哭泣。

“你没说好吧？”弗德瑞克用一只手环绕思嘉，思嘉把脸埋进弗德瑞克的颈窝，放声大哭起来。

接下来的两天，我们三个就这么待在伊路加斯塔德，筹划如何远走高飞。思嘉盘算她可以回斯托拉伯格。我则提议一等天气放晴，就带她跟我回山谷。弗德瑞克则建议我到奥斯比亚纳斯塔德去找工作，等到冬天结束再说。他说那间农场的主人讨厌纳旦，有可能会出于同情而收留我。

有天下午我们就这么说着话，却发现有旅人从山隘朝下坡走来。我们讨论脱逃计划讨论得过分专注，没看见这两个人靠近。那天天气稍好，我们在院子里呼吸新鲜空气，这会儿要躲已经太迟，他们想必已经看见我们了。

“爱妮丝！”思嘉用气音喊，“是纳旦！他看见你会把我揍死。”

我的心跳怦怦如战鼓，但我不敢显现出来：“思嘉，他不是一个人。有旁人在的时候，他不会轻举妄动的。”

我们三人就这么站定，等待那两个骑在马上的人上前来。走近时，我很诧异地发现纳旦身边的人竟是绵羊杀手裴杜。

“你看看，裴杜。”纳旦说，“三只小狐狸鬼鬼祟祟地到处乱跑。”他的脸上带着笑，眼神却冷若冰霜。我以为他会出手攻击弗德瑞克，但他却跨下马，向我走来。

“这女人在这儿做什么？”他脸上的笑容消失了。我唰地红了脸，偷眼瞄裴杜，他似乎大吃一惊。

“请让她回来做到冬天结束吧！”思嘉提出抗议。

“我受够你了，爱妮丝。”

“我是做了什么不该做的事？”我强作镇定。

“你说你想要离开，那就走啊！”他朝我更跨近一步，“快滚！”

思嘉面露惊惶：“纳旦，她没有地方可去，天要下雪了。”

纳旦哈哈大笑：“你总是口是心非，爱妮丝。你说一句话，底下总是藏着另一层意思。你想离开？那就走啊！”

我想告诉纳旦我爱他，我希望他也爱我，但我什么话也没说，什么话也说不出。

弗德瑞克打破沉默。

“你不准娶她。”他咬牙切齿。

纳旦大笑。“又来了！”他转头对裴杜说，“你看看，跟小朋友一起生活就会有这种麻烦，他们强拉你玩愚蠢的小孩游戏。”

裴杜勉力笑了笑。

“好。”纳旦开始牵着马往农地走，“爱妮丝可以留下来，但不能睡在起卧间。我和裴杜今晚要住一夜，明天一早又要再前往盖塔斯卡。弗德瑞克，如果我们回来时你还在，我就要把你交给地区首长，控告你非法入侵。你趁早离开，否则我会让裴杜割断你的喉咙。”他大笑，但裴杜低头注视地面。

当晚我再度在牛舍过夜。这天没有纳旦把我赶出家门的那天那样冷，思嘉返回农舍前，先帮我在牛棚里凑合着弄了张临时小床。小床散发着牛粪恶臭，地上有虱子爬行，但我终究还是入睡了。

醒来时天色昏暗，我站起来走到门口，看见农舍窗户仍透着光。一觉醒来，我的头脑清醒了，决定走回农庄，试试能否和纳旦谈和。这时我听见农舍背后的雪地里有脚步声。

“思嘉吗？”

脚步声停了，但不一会儿，脚踩雪地的微弱嘎吱声又再度响起。这脚步声朝我而来，我退回黑暗的牛舍中，背紧紧抵着墙。

有人轻声唤我：“爱妮丝。”

是弗德瑞克。他从门口溜进来。

“你跑到这里来做什么？”

他气喘吁吁。黑暗中，我看不见他的人影，却闻到了他的汗臭。有什么东西叮当响了一下。

“你从卡塔谷一路走来的吗？”

他咳了几声，吐了口痰：“对。”

“纳旦看到的话会杀了你。”

“我会等他睡着。”

“等他睡着后要干吗？如果他醒来，发现你和思嘉在隔壁床上甜言蜜语嘀嘀咕咕，天还没亮他就会把你吊死而且大卸八块。”

我听见弗德瑞克哼了哼鼻子。

“我不是为那个而来的。”

他奇特的语气令我顿住了。

“弗德瑞克，你是来做什么的？”

“我来把事情做个彻底的了结，我来索取我应得的东西。”

母牛在我们身后低沉地哞了一声，我听见它的蹄子摩擦着泥土地。

“弗德瑞克？”

“承认吧，爱妮丝，你也希望这样。”

这时月亮从遮蔽它的云朵间探出头来，我看见了弗德瑞克手上拿的是什么。

一把榔头和一把刀。

* * *

我记得什么呢？我不相信他。我回到牛舍地板的床上，忽然疲累起来。我完全不想和这人打交道。

后来发生了什么事呢？

我从断断续续的睡眠中醒来，走到户外。农舍窗内的灯光灭了，弗德瑞克不见踪影。

我动身去寻找他，蓦然恐惧起来。夜空清朗，月色照耀着农场，星光如芒刺，积雪在我的鞋底啾啾作响。我笨手笨脚摸索门闩，但门咿呀开了。

思嘉抱着罗莎的小女儿，蹲在走廊上，背倚着墙，两人都哭得抽抽搭搭。

“思嘉？”

她半晌才回应：“起卧间。”她的声音轻到我几乎听不见。

我走在长长的走廊上。不知怎的，我竟想到要去厨房拿盏灯。我的心蹦到了喉头。

发生了什么事呢？

我浑身哆嗦，笨手笨脚地摸索，一不小心把灯摔落了下去。熄灭灯芯的气味赫然清晰可闻，角落里传来声响，木板嘎吱，有个人在喘息，快而沉重，还有更多声音，低沉滞闷的声音，像个孩子在捶打枕头。又有一声低吟，某种湿漉漉的声音。然后有人轻声唤我："爱妮丝？"

我的心跳陡然停止。我以为是纳旦，但却是弗德瑞克。

"爱妮丝，"他说，"爱妮丝，你在哪里？"他的声音细薄微弱。

"我在这里。"我弯腰在黑暗中摸索灯，"我把灯摔掉了。"

我听见弗德瑞克往我声音的方向跨了一步。"爱妮丝，我不知道他死了没。"他的声音卡在最后几个字眼，"我分辨不出他死了没。"

我的心跳完全静止，手指不能动弹。我用意志力强逼手指在沙尘满布的地面摸索，想找到灯在何方，但我的指节僵直，无法弯曲。他没有杀死他，他不过是个孩子，他不可能杀了他。

我终于找到了灯。我拾起灯，地板的碎片划伤了我的手。

"爱妮丝？"

"我在这里！"我厉声回应，这语气连我自己都吃惊，我心里尽管害怕，说话声音却强韧有力，"我要把灯点亮。"

"快点儿！"弗德瑞克说。

我摸索着穿过走廊，墙上的托架有根孤零零的蜡烛放着光。我点起灯，转身重新往起卧间的方向走。我的手簌簌哆嗦，灯光在粗糙的墙面上颤巍巍跳动，朝着起卧间黑暗的大口挪移。来到起卧间时，我感觉喉头因恐惧而闭锁。我不想进去，但我必须看看弗德瑞克干了什么好事。

起初我以为他不过是糊弄我。我把灯光照向纳旦的床，看见纳旦身披毛毯，一脸沉睡模样，看起来一切如常。但弗德瑞克说："来，爱妮丝，把灯提过来。"灯光缓缓游移到床上时，我看见裴杜的脑壳碎裂，血水把枕头染成黧黑。墙上有什么东西幽幽闪烁，我望过去，是点点血渍，正沿着墙板缓缓向下滴流。

"我的天！"我说，"噢，我的天！噢，我的天！"

我看看他手中的榔头，上头粘着东西，是头发。一阵恶心涌上来，我瘫软在地。

弗德瑞克把我扶起来。他手上仍握着榔头，是随时蓄势待发的姿态。"你有没有伤害纳旦？"我问。弗德瑞克要我把灯拿到床边。纳旦也流着血，脸的一侧看来很怪，颧骨像是被压扁了。我原以为出自裴杜的鲜血淤积在他的颈窝。

一股尖锐的呐喊从我的胸臆破壳而出，我浑身的气力消失无踪，灯再度落到地面，黑暗霎时掩盖我们，我在一片幽森中跌落在地。

弗德瑞克想必是取来了走廊的蜡烛，他进门时，我看见他的脸庞漾着光亮。接着，我们都听见了一个声音。

"什么声音？"弗德瑞克走到我身旁，把我拉起来，我们两人都在抖。声音又来了，是呻吟。

"纳旦？"我抢过弗德瑞克手中的蜡烛，跌跌撞撞走向床边，把蜡烛凑近纳旦的脸。我看见他的眼睫在强光下抽搐，躯体在床上蠕动。

"你把他怎么了？"

弗德瑞克面如死灰，瞳孔极度扩张，显得黑洞洞的。"榔头……"他嗫嚅。

纳旦又哀号了一声，这回弗德瑞克俯身凑近聆听。

“他说：‘沃姆。’”

“沃姆·贝克吗？”

“他可能在做梦。”

我们站定不动，注视纳旦，看他是否呈现出更多的生命迹象。四下一片死寂，然后纳旦睁开了一只眼，直勾勾地看着我。“爱妮丝？”他咕哝。

“我在这里。”我大大松了一口气，“纳旦，我在这里。”

他的眼光从我身上移到弗德瑞克身上，然后转动头颅，看到了裘杜头破血流的样子。我想他看出发生了什么事。

“不会吧！”他哑着嗓子说，“不会吧！不会吧！不会吧！”

弗德瑞克从我身边退开，但我不准他逃跑。

“你看看你干了什么好事！”我轻声说，“你看看你的杰作！”

“我不是故意的，纳旦，我发誓我不是故意的！”弗德瑞克瞪着我们脚边血淋淋的榔头，开始喘气。

纳旦一阵哀号。他想从床上爬起，但压到手臂时尖叫了一声。弗德瑞克把他的手臂打断了。

“你想置他于死地！”我对弗德瑞克嚷，“这下你打算怎么办？”

我们听见砰咚一声，低头一看，纳旦跌倒在地。他用完好的那只手把自己撑下床，却无法再前进。

“帮我扶他起来。”我把蜡烛放在地上，对弗德瑞克说。但弗德瑞克碰也不敢碰纳旦一下。我弯下腰，想把纳旦的身子扶正，让他把头靠在梁柱上，但他太重了。他的头壳肿胀，血沿着他的背脊奔流如注，看到这模样，我一下子失了气力，手脚都化作水。我把他的头捧在我的膝头，我看得出他活不过这一夜。

“弗德瑞克，”纳旦反复呼喊，“弗德瑞克，我会付你钱，我会付你钱。”

“弗德瑞克，他要找你。”我说，但弗德瑞克转开脸，不看我们。“转过来，”我叫嚷，“你至少可以和你杀的人说说话！”

纳旦不再喃喃自语了，我感觉到他的躯体逐渐僵硬。他仰头看我，脑袋有些下垂：“爱妮丝……”

“是我，爱妮丝，我在这里，纳旦，我在这里。”

他的嘴大张，我以为他想说话，发出的却是一串水泡咕噜声。我仰头看弗德瑞克，他呆站着，面白如纸，散乱的头发插进眼里，一侧发丝因为溅了血而火红。他的双眼圆睁，胀满恐惧。

“他这是在干吗？”他问。

纳旦喉头哽着血，血从口里溢流，淹漫了他的下巴和我的裙子。

“他干吗这样？”弗德瑞克尖叫，“别让他继续这样！”

我伸手拾起地上的刀：“动手啊，把你没完成的事情做个了结！”

弗德瑞克摇头，他面如死灰，万般恐惧地瞪着我。

“快动手！”我说，“难道你要让他这样慢慢等死？”

弗德瑞克仍然不住摇头。纳旦头上的伤口汩汩冒出一股新的血流，弗德瑞克颤缩了一阵。“不行，”他说，“我不行，我做不到。”

纳旦仰起头看我，他的牙齿被鲜血染成殷红，嘴唇无声翕动，但我看懂了他要说什么。

刀刃长驱直入，首先轻轻巧巧戳穿他的衬衫，清脆的裂帛声犹如技巧拙劣的吻，动作流畅到我纵使想半途打住也打不住。我的拳头猛一震动，随后感觉到手腕上一股骤然而紧密的暖意，我知道他的血覆满了我的手。夜阑天寒，那暖意格外鲜明。我松开刀柄，推开纳旦，低头看刀。

刀从他的腹部隆起，他的衬衫黧黑，刀刃周边的布料湿漉漉起了皱。我们对视一霎，烛光照亮了他额角与眉睫的边缘，我忽然心中涌满感激——他清清楚楚地端详着我，那眼神似乎意味着原谅。

“爱妮丝。”弗德瑞克站在我身后，手捧着头，榔头在地上，“爱妮丝，你杀了他。”

我想哭，我想跪在他的尸体旁痛哭，但没有时间了。

我恨弗德瑞克。他崩溃了，缩在地板上哀哀哭泣，惊慌得不能自已，大口大口喘息。最后他终于站起来，气息依旧抖颤。他把刀从纳旦的腹部抽出。

“你干什么？”我问。我没有力气尖叫了。

“这是我的刀。”弗德瑞克说。他把刀在裤子上抹了几下，走出门去。

“等等！”我喊。

弗德瑞克转过身，耸耸肩。

“你会被吊死的。”我哑着嗓子说。

弗德瑞克顿住脚步，我看见他的手指握紧了黏腻的刀柄。“如果我被吊死，”他一边吸掉一团鼻涕，一边缓慢地说，“那你就会被活活烧死。”

我垂下头，看见鲜血沾染了我的手、我的颈项，湿透了我浑身的衣裳。我看见烛光在一阵无形的风中摇曳，想着当天色微微亮起时，这房间看起来会是什么模样。

这时我想起纳旦从兴迪维克买回来的鲸鱼油。

第十三章

备忘录

1829年12月22日

受文者：胡纳湖区地区首长伯尔尼·布伦达尔

兹随函检附以下文件：

一、本年度6月25日最高法院针对胡纳湖区居民弗德瑞克·西格森、爱妮丝·马格努多特及思瑰朵·葛蒙多特被控杀人、纵火及窃盗案的最高法院裁定书正本。最高法院判决于本月20日自雷克雅未克以特别专送邮件送抵本处。

二、国王敕书之认证副本。国王陛下于8月26日针对思瑰朵·葛蒙多特之事敕复地区首长。国王出于悲悯襟怀，赦免哥本哈根最高法院对该员之死刑判决。根据国王裁决，该员将移监至哥本哈根，于狱中接受严密看管并服终身劳役。最高法院对弗德瑞克·西格森及爱妮丝·马格努多特二罪犯之判决则维持原判。

三、丹麦皇家秘书处8月29日针对本案行文地区总督之公文认证副本。该文指示罪犯之处分应于罪行发生地进行，或在尽可能邻近之处，且仅可于不会引起暴乱或意外之时机进行，并须获得地区总督之完全赞同。

四、根据最高法院裁决，由伊路加斯塔德农人古孟笃·凯陶森担任弗德瑞克·西格森与爱妮丝·马格努多特二人之死刑执行人一案今日已获核准，祈请台端根据秘书处公文，以适当手续执行该裁决，并依据前述国王敕书所概述之变更，以合法程序执行死刑并不得拖延。执行完毕后，务请台端呈递函件以资确证。台端贵为地区之首长，身负以正确程序准备并执行罪犯处决之职责，有必要因应情况之复杂性妥善安排各项事务，但祈请台端务必留意以下细节。

（一）罪犯尚未获神职人员教诲抚慰，台端应立即安排神职人员每日造访罪犯弗德瑞克·西格森及爱妮丝·马格努多特。负责教诲罪犯之神职人员应接受督导，并向罪犯宣讲教理、抚慰罪犯情绪，协助他们迎向宿命。神职人员应陪同罪犯前往刑场。

（二）上级已同意台端径行决定是将于伊路加斯塔德附近行刑，或于所谓兴吉地区择定合适地点，或于能从各方目睹之任一山丘行刑。

（三）台端可舍弃建造木质平台，转而下令打造附有扶手之草皮平台。平台上务必安置一座设有沟槽以置放下巴之断头台，并以棉质或平织羊毛制之红色布匹覆盖。

（四）获选之刽子手应于贵府秘密就其所受托之任务接受训练及鼓励。此训练之目的在于尽可能保证该员于关键时刻不致丧失信念或自我掌控力。斩首务求一刀毙命，不可招致罪犯痛苦。古孟笃·凯陶森仅可饮用少许酒精性饮料。

（五）祈请台端自邻近农场召集必要数量之男丁，于平台四周打造两至三圈看台。上述男丁应义务出力，不得领取酬劳。

（六）未获认可者不得进入看台。

（七）后受刑者不得目睹先受刑者之行刑，应安置于无法直接目击行刑台之处。

（八）死刑犯遗体应置于未加工之白色棺木中，不举行仪式就地掩埋。台端务必出席行刑，并于刑场宣读最高法院及国王陛下之判决，主持并掌握行刑程序，并将行刑过程记载于地区政府之正式记录中。台端可以丹麦文或冰岛文记载，但须记载详尽，且应将该记录翻译本呈送本秘书处。记录中应详载行刑过程与完结方式，并记载古孟笃·凯陶森受托承担此项任务，详述该员预计将如何运用此任务酬劳及运用目的等。

最后，感谢您于 8 月 20 日来函，特此回复。行刑结束后，斧头应归还哥本哈根，其费用应以与本案其他各项支出之相同方式支付。

丹麦哥本哈根皇家秘书 G. 杨森

受文者：斯维纳湖、索克斯赫妥及斯韦劳各地区政务专员：

接获最高法院 6 月 25 日之判决及国王陛下 8 月 26 日之敕书后，本人在此确认罪犯弗德瑞克·西格森与爱妮丝·马格努多特将于 1 月 12 日，星期二，于霍拉巴克农场与史维恩斯塔德农场间靠近朗霍拉农庄的小山丘上被处决。

根据地区总督 12 月 22 日的指示，敬请诸君自行挑选斯维纳湖之农民，于上述时间地点，最晚于当日中午前，与诸君一同出席处决现场。此项命令须尽快下达。根据《冰岛法典》第七章（人身自由章）及第二章（窃盗章），上述农民有出席义务，若拒不遵从命令，则将遭受惩处。本人强烈建议诸位对可能不便放下农务或不便远行者提出警告。诸位专员亦务必出席。

倘因天气因素无法于预定日期执行处决，则将另行择日，所有奉命出席者仍应如期出席。由于时值隆冬，往来路程或有耽搁，所有出席者应自备粮食等必需物品。

地区首长伯尔尼·布伦达尔

我最敬爱的友人布伦达尔弟兄：

敝人以爱与深情，感激您为敝人所做的一切、数度的会面，以及今晨的邮件与指示。在此向您确认，今日上午敝人将与维迪谷居民会面，提醒众人下周二尽早抵达刑场。我已将思瑰朵所获之赦免条件告知当事人，她此刻正向上帝祈祷，并感谢国王赐予她仁厚待遇。敬请原谅敝人的仓促，愿上帝与您及家人同在，愿您在此新年伊始之际万事如意，在此生与来生均时时顺遂。

您真挚深情的友人米德霍普牧师 · P. 比耶特森弟兄敬上

1830 年 1 月 7 日星期四

1月的第六天，托蒂被农舍门上一阵急促的敲击声吵醒。他睁开一只眼，看见屋里暗淡的天光，他显然睡晚了。敲门声持续不休，他不情不愿地把穿着长袜的腿挪到地上，爬下床，用毛毯裹身以防寒气透心刺骨，两腿抖抖颤颤地走向大门，一手撑着墙以免摔倒。

访客是个华米尔来的信差，正往手掌呵着气，在酷寒的晨间空气里跺脚。他向托蒂颔了颔首，递给他一封小小的折叠起来的信函。信函上盖着布伦达尔的红色封印，衬在惨白的纸上像个猩红血滴。

“托瓦多·永恩森助理牧师吗？”

“是的。”

那人的鼻头冻得通红。“抱歉耽搁了，天气太差，我实在没法儿快些过来。”

托蒂疲惫地邀请信差进屋喝杯咖啡，但那仆人忧虑地眺望北方的隘口：“请见谅，牧师，我得赶路了。雪还会再下，我不怎么想困在风雪中。”

托蒂吃力地推开厨房门，跌跌撞撞走进厨房搅动煤炭。父亲到哪里去了？他装了一壶水放在炉上烧，慢吞吞拖了张凳子到炉边。晕眩褪去后，他撕开封印，展读来信。

托蒂把信读了三遍，然后瞪视炉火，任由信纸栖落膝头。不能这样，不该这样，有那么多事还没说、还没做，他甚至不在她身旁。他猛然起身，毛毯从肩头滑落，他摇摇晃晃走进起卧间，打开衣箱，拉出衣物穿上身，又在包袱里塞了更多衣物。

他的父亲这时走进小屋：“托蒂？怎么回事？你怎么在换衣服？你病都还没好。”

托蒂任由衣箱的盖子砰然合上，摇了摇头：“是爱妮丝。她六天后就要被处决了。我刚刚收到信。”他颓然坐倒在床上，奋力把脚塞进靴子里。

“你这样的身体还不能去。”

“太突然了，父亲，我辜负了她的期望。”

老牧师在儿子身旁坐下。“你身体还没好。”他的语气强硬，“外头在下雪，你会被冻死的。”

托蒂的脑袋里咚咚如鼓：“我得赶到康索去。现在出发的话，可能可以躲过暴风。”

永恩牧师把手重重搭在儿子肩头：“托蒂，你连穿衣服的力气都没有。别为这个杀人凶手把自己的命都丢了。”

托蒂怒目瞪着父亲，愤慨使他目光炯炯：“那上帝之子如何呢？他只为正直的人而死吗？”

“你不是上帝之子。你去会送命的。”

“我非去不可。”

“我不准你去。”

“这是上帝的旨意。”

老牧师摇头：“这是自杀，自杀是背离上帝的行为。”

托蒂摇摇摆摆立起，低头俯视父亲：“上帝会原谅我的。”

教堂里寒冷刺骨。托蒂举步维艰地走向祭坛，颓然跪倒。他知道自己双手颤抖，层层厚衣底下的皮肤滚烫，头顶的天花板摇荡翻腾。

“上帝呀……”他的嗓音哽咽，“请怜悯她。请怜悯我们大家！”

*　　　　*　　　　*

玛嘉烈正把一条披肩裹在头上，准备到储藏室去取干燥粪便，却听见门前有人正刮去靴上的雪。她等待着，门咿呀打开了。

“我的老天，是你吗，古蒙多尔？”她匆匆走出起卧间，走廊上迎面而来的却是托蒂，面白如牛奶，豆大的汗珠缀了一头一脸，“我的天，牧师！你气色真糟！你瘦了好多！”

“玛嘉烈，你先生在吗？”他语气急迫。

玛嘉烈点点头，把托蒂请进起卧间。“请在客厅小坐一会儿。”她一边说，一边拉上帘幕，“天气这么坏，你不该出门的。老天爷，看你抖成这样！这样吧，到厨房来暖暖身子。发生了什么事？”

“我病了。”托蒂的声音沙哑，“发了高烧，喉头和颈子肿胀到快要窒息。所以这阵子我都没来。”他重重坐下，顿了顿，咻咻喘息，又说，“我不是故意不来的。”

玛嘉烈看着他：“我去叫曜恩。”她轻声唤来露卡，要她替牧师脱去满覆冰霜的大衣。

短短几分钟后，玛嘉烈带着曜恩重返厨房。“牧师。”曜恩热情地向托蒂伸出手，“很高兴看见你。内人说你最近身体欠安？”

“爱妮丝呢？”托蒂打断他的话。

玛嘉烈和曜恩对视一眼。“和葵丝婷及史黛娜在一起。要我喊她来吗？”玛嘉烈问。

“不用，还不要。”托蒂吃力地脱下手套，在衬衫里一阵翻找，“这个你看看。”他把地区首长的信递给曜恩，大力吞咽口水。

“这是什么？”曜恩问。

“布伦达尔的来信，宣告爱妮丝处决的日期。”

露卡惊呼了一声。

“是哪一天？”曜恩轻声问。

“1 月 12 日，距离今天六日。你们还没听说吗？”托蒂问。

曜恩摇头："没听说。天气太差了，很难出门。"

托蒂神色肃穆地点头："那你现在知道了。"

露卡望望牧师又望望父亲："你要告诉她吗？"

玛嘉烈越过桌子，握住托蒂没戴手套的手，抬起头看他："你的皮肤好烫。我去找她来，她会希望由你告诉她。"

*　　　　*　　　　*

牧师在对我说话，但我什么话也听不见，仿佛我们全都沉在水底，光线在我的头顶晃悠，牧师的手在我的眼前挥舞，他握住我的手腕又放开，像个溺水的人试图抓住某样能把他拖上水面的东西。他像具皮包骨。这满溢的水是打哪儿来的呢？我想我不能呼吸了。

"爱妮丝，"他说，"爱妮丝，我会陪着你。"

"爱妮丝。"牧师说。

他如此善良，他伸手环住我，把我拉向他，但我不想让他靠近我。他的嘴一开一合，像条鱼，脸上的骨骼在皮肤下棱角分明如利刃，但我帮不了他，我不知道他要什么。没有被迫面临死亡的人无法了解心脏怎会变得坚硬而锋利，化作岩石做的巢，里面却仅有一枚空心蛋。我是贫瘠荒原，什么也哺育不出；我是寒天里风干的死鱼，是海岸上的死鸟。我浑身干涸，我不知当他们拖我上架领受极刑时我是否会流血。不，我仍温暖，我的血液仍在我的体脉里如风呼啸，摇撼着空巢，质问着鸟儿都到哪里去了，都到哪里去了？

*　　　　*　　　　*

"爱妮丝？爱妮丝？我在这里，我陪着你。"托蒂焦急地望着爱妮丝。爱妮丝瞪着地板，呼吸沉重，身躯晃动，凳子因此嘎吱作响。他感觉泪水在他的喉头后方蠢蠢欲动，但他知道玛嘉烈、曜恩、史黛娜、露卡以及仆人们全都在他身后的厨房门口望着他。

“我想她需要喝点儿水。”史黛娜说。

“不是。”曜恩转向农场工人站着等候之处，“巴尼！去拿点儿白兰地来。”

酒瓶拿来了，玛嘉烈捧到爱妮丝唇边。“来，”她说，“喝下会好过一点儿。”爱妮丝咕嘟吞咽，把一整口酒的一大半喷溅在披肩上。

“还有几天？”爱妮丝哑着嗓子问。托蒂发现她把指甲掐入了手臂的肉里。

“六天。”托蒂柔柔地说，他伸手捧起爱妮丝的手，“但我在这里陪着你，我不会放开你。”

“托蒂牧师？”

“是的，爱妮丝？”

“也许我可以恳求他们，如果我去拜托布伦达尔，也许他会改变心意，也许我们可以上诉。牧师，你能不能帮我去向他说情？如果你去向他解释，他应该会听你的。牧师，他们不能……”

托蒂把颤抖的手搭上爱妮丝的肩：“我在这里陪你，爱妮丝，我在这里陪你。”

“不要！”爱妮丝推开他，“不要！我们要去找他们谈，你要去说服他们！”

托蒂听见玛嘉烈咋舌。“不该这样。”玛嘉烈咕哝，“不是她的错。”

“什么？”托蒂转头望她，“她跟你谈过了？”他身后的某个人哭了起来，是两个女儿当中的一个。

玛嘉烈点头，泪水涌了上来：“有天晚上我们睡得很晚。不该这样的。”她复诵同样的话，“天哪，我们有没有什么办法可以帮她？托蒂？我们能不能帮她？”托蒂还没来得及回答，玛嘉烈哽咽一声，双手掩面扭头走开。曜恩跟上去。

爱妮丝浑身颤抖，眼睛瞪视着自己的手。

“我的手不会动了。”爱妮丝轻声说，她仰起脸，睁大眼睛望他，“我的手不会动了。”

托蒂再度握起她僵硬的手，他不知他俩谁抖得比较厉害。

“我在这里陪着你，爱妮丝。”这是他唯一能说的话。

* * *

我没有崩溃，我思索着种种小事，专注于感受紧贴皮肤的亚麻布。

我尽可能深而沉静地吸气。

此刻天空渐黑，一股冷风穿透你，恍若你并不存在，恍若它毫不在乎你是活是死，因为你将逝去。而风仍在，仍将吹得野草匍匐，恍若毫不在乎土壤是冰冻还是消融。因为土壤会再冰冻也会再消融，而你那现今温热而血液奔流、骨髓浓稠丰沛的骨骼，即将在尘土的重压之下干而脆地崩解、冰冻、消融，你躯体的最后一滴水分会被草根吸取到地表，风会来吹倒它，把你重新压在岩石上，或是用指甲把你刨刮而起，挟着呼啸的狂雪把你带往大海。

* * *

托蒂牧师陪着爱妮丝睁眼到夜半，至暗夜深沉，爱妮丝终于入睡。玛嘉烈从起卧间的一角焦急地观望牧师。他也睡着了，倚着床柱歪斜坐着，在玛嘉烈轻巧盖上的毛毯下剧烈哆嗦。玛嘉烈考虑把他摇醒，让他到空床上歇息，但又打消了念头，她想他不会轻易变换位置。

玛嘉烈终于放下手中的活计。她想起荷蒂丝死去的情景。打从爱妮丝来到的那天，她就不会再想起那个死去的女人，但此时此刻，如此阴郁地等待着死亡降临，灯光燃烧到太深的夜，哭泣哭到气力耗尽，这样的情景使她想起她。玛嘉烈张望沉睡的一家人，发现露卡没有在床上。

玛嘉烈轻巧地滑下椅子去寻女儿，但一站起来就咳得凶猛，跪倒在地，对着地板呕心掏肺，最后一团浓稠鲜血从肺里冲口而出。她虚弱瘫软，四肢着地重重喘气，好一会儿才有了重新站起的力气。

玛嘉烈花了好些时间才找到露卡。露卡不在温暖的厨房炉火边，也不在乳品室。玛嘉烈拖着脚步，端着蜡烛，走进暗淡的食品室。

“露卡？”

堆放着一只只木桶的角落有微微动静。

“露卡，是你吗？”

烛光在墙上投射阴影，照亮了一包装着半满粗磨谷粉的麻布袋背后的人影。

“妈妈？”

“露卡，你在这里做什么？”玛嘉烈跨步向前，把蜡烛凑近女儿的脸。

露卡被烛光照得眯起了眼，连忙站起。她的双眼通红：“没做什么。”

“你心情不好吗？”

露卡眨眨眼，匆匆揉了揉眼睛：“没有，妈妈。”

玛嘉烈端详女儿：“我到处找你。”

“我只是想一个人静一静。”

烛火飘摇，母女俩在明灭不定的微光里对望。

“上床去。”玛嘉烈终于开口。她把蜡烛递给露卡，然后一言不发地跟着露卡走出食品室。

*　　　　*　　　　*

没有皮包。弗德瑞克始终没找到他想找的钱。“爱妮丝，爱妮丝，他埋在哪里？是在箱子里吗？”但太迟了，把我的手指沾染得油腻黏滑的鲸鱼油已经抹进了木板中，与地上的鲜血交融，油灯已经扔掷在地上，玻璃咔啦碎裂时，思嘉已经开始尖叫。

他们劝我吃点儿东西。但托蒂，我吃不下。别强迫我吃，否则我会咬你，我会咬下喂养我的手、拒绝爱我的手、弃我而去的手。我的石头到哪儿去了？你不了解！我没有话可以对你说。乌鸦到哪儿去了？犹亚把它们都赶走了，它们从不对我说话，不公平！你看看我为它们做了什么？我吃石头，啃碎牙齿，它们依旧不对我说话。只有风，风对我说话，但它只会说胡话，只会呼号，而且从不等人回话。

你会迷惘飘零，没有最终的归宿，没有葬礼，只有无尽的泼洒，那是一段处处受挫的旅程，把你带往天涯海角，却不告诉你回家的路。因为没有家，唯有这座冰冷岛屿。你幽森的自我，稀薄铺撒在冰冷岛屿上，直到你如风呼啸，模仿起风的孤寂。你不会回家，你消逝无踪，寂静会吞噬你，会把你的生命吸入黑水之中，大量产制或许记得你的星辰。但纵使它们记得，它们也不说出口，若没有人说起你的名，你就被世界遗忘。

我被世界遗忘了。

*　　　　　　　　*　　　　　　　　*

处决前那一夜，康索农场一家人围坐在起卧间。涕泪纵横的史黛娜找来了她所能找到的所有油灯，点亮火光在起卧间里四处散放，好驱走角落里流连不去的阴影。仆人们背靠着墙坐在自己床上，默默凝望在爱妮丝床上相拥的托蒂和爱妮丝。两人交握着手，牧师轻声对爱妮丝说话，爱妮丝凝望地面，颤抖。

曜恩喂完牲畜，走进屋里，轻巧地在玛嘉烈身旁落座，缓缓俯身解开鞋带。玛嘉烈把毛线从膝头移开，站起身替丈夫脱外套。脱下后她却踯躅，磨损脱线的外套被她拎得离身子远远的。

“妈妈？”史黛娜从露卡身旁站起来。露卡木然地瞪着身旁油灯摇曳舞动的灯芯。史黛娜说：“交给我吧，妈妈。”

玛嘉烈抿紧了嘴唇，一语不发地把湿漉漉的外套递给史黛娜，然后缓缓跪下，忍住一阵咳，往自己的床挪近几步，手伸到床底。

史黛娜望着她。

“史黛娜？”

史黛娜弯下腰，帮玛嘉烈拖出一只上了漆的木箱。

“把这个放到床上。”

史黛娜吃力地把木箱扛到毛毯上，尘埃飞扬在空气里。史黛娜看着玛嘉烈拨开铁锁，里头全是衣物。

玛嘉烈看了一眼缩在牧师身边不住哆嗦的爱妮丝，伸手从衣箱里取出一条细致的羊毛披肩。她一语不发地走到爱妮丝床边，对托蒂点个头，径直倾身把披肩裹在爱妮丝肩头。

托蒂在昏暗微光里仰头注视玛嘉烈的脸庞，苍白病容露出一抹紧绷的笑。

全家人看着玛嘉烈抿紧嘴唇，持续在衣箱里翻找。她翻出一条裙摆绣着花样的深色裙子，小心翼翼摊放在身旁的毛毯上；接着又掏出一件白色棉质衬衫，一件绣花背心；最后是一条条纹围裙。她用双手抚平衣物上的皱痕。

“你在做什么，妈妈？”史黛娜问。

“这是我们能做的、最起码的事。”玛嘉烈说。她环顾室内，仿佛等着接受抗议，而后咔嗒关上衣箱，挥手要史黛娜重新把它塞回床底。

玛嘉烈呆站了好一会儿，望着房间另一头坐在床上的露卡，而后踏了几个大而快的步伐，来到房间那一头，摊开手掌。

“你的胸针。”她说。露卡仰起脸，惊愕地张大嘴。迟疑片刻后，她爬下床，弯腰到床底，慢吞吞把胸针交到母亲手上，重新坐下，眨着眼忍住泪。玛嘉烈转身，把银胸针搁上摊在床上的绣花背心，重新拾起活计开始编织。

* * *

世界不再落雪，也不再动弹，云朵停留在空中，如同死尸。唯一移动的东西是乌鸦，还有康索农场的一家人，但我分不清哪个是哪个，他们全都黑压压地在我身旁围成圆圈晃荡，等着被喂食。时间到哪里去了？和夏季一同离去了。我超越了时间。牧师呢？等在冈各斯克的河边，在苔藓间、熔岩间、灰烬间寻找一具骨骸。

玛嘉烈向我伸手，把我的手握进她的两手间，把我的手指夹得紧紧的，紧到会痛，会痛。

“你不是魔鬼。”她说。她的脸色酡红，她咬着唇，紧咬着唇，与我交缠的手指灼热而油腻。

“他们要杀我。”这话是谁说的？我吗？

“我们会记得你，爱妮丝。”她把我的手指捏得更紧，我险些痛得要哭号。而我真的哭了。我不想被记得，我想留在这里！

“玛嘉烈！”

“我在这里，爱妮丝。你会没事的，我的孩子。我的孩子。”

我哭了，我的嘴张着，嘴里塞着某种东西，那东西噎着我，我把它吐出，一颗石头落在地面。我扬起头看玛嘉烈，她没发现。“石头在我嘴里。”我说。她皱起脸，听不懂。没有时间解释了，她把我的手传递给史黛娜，仿佛我是某种纪念物，或是一片饼，他们把我当成圣餐来领受。史黛娜的手是冰的。她松开我的手，臂膀环住我的脖子，啜泣声在我的耳畔震耳欲聋，但我紧紧攀住她，因为她的身体温暖，而我记不起我有多久不会这样被人拥抱，这世界有多久不会有人在乎我到愿意用脸颊贴近我的脸颊。

“对不起。”我听见自己说话，“对不起。”但我不知我对不起什么。人人说的话都如气泡汩汩扬升，我用尽浑身气力忍住哭泣，忍得我脊骨痉挛，但我终究是哭了，我的脸上横着泪，但我不知道，或许那是史黛娜的泪。一切都是湿的，这里是汪洋一片。

“他们会把我淹死吗？”我问。有人摇头，是露卡。“爱妮丝。”她说。我说：“这是你第一次唤我的名字。”就这么一句话，她瘫倒在地，仿佛我拿刀捅了她的肚子。

“我想我们该走了。”托蒂说。我想转向他，但我做不到，因为我们在水底，而我不会游泳。

“来。”有只手抓住我的臂膀，我被拉到了空中。天空靠近了，有一刹那我几乎与云朵相撞，但随后我看清了，他们把我放上一匹马，即将如同运送死尸一般把我运往坟冢。他们将把我掩埋入土，仿佛我是个死去的女人。他们将把我套入大地的囊袋，如同我是一颗石头。天空中有乌鸦，但水中怎么会有鸟飞翔呢？什么鸟没有助人听话的石头也能歌唱？

纳旦会知道的，我要记得问他。

* * *

雪覆在山谷上，犹如床单，犹如裹尸布，等待苍穹的死尸从天而降。

一切都将落幕，托蒂想。他拍拍自己的马，敦促它前行到爱妮丝的马身边。他一手握缰绳，脱下一只手套，伸手去触碰爱妮丝的腿。这时他闻到一股浓热的尿臊味。爱妮丝望着他，眼睛圆睁，嘴唇无可控制地窸窣打战。

“对不起。”她无声地说。

托蒂握紧她的腿。他想定住她的视线，但她的视线在山谷里飞蹿。“爱妮丝，”他低语，“爱妮丝，看着我。”

她朝他瞥一眼，他感觉她淡蓝的眼珠褪了色，几近苍白。“我在这里陪你。”他再度紧捏她的腿。

政务专员曜恩骑着马在一旁，嘴巴抿成一条坚毅的线。托蒂吃惊地发现有数名男子加入了他们的阵容。这些人全都身着黑衣，围巾拉高到嘴边以抵挡凛冽寒风。他们的队伍松散，马匹嚼着缰绳，吞吐浓烈的云雾。

“牧师！”有人从后方呼喊。托蒂转身，看见一名金发飘逸的魁梧男子策马前来。靠近时，男子伸手从外衣掏出一只小酒瓶，一语不发地递给托蒂。

托蒂点点头，歪过身子执起爱妮丝的手，把酒瓶塞进她手里：“喝吧，爱妮丝。”

女人低头看看酒瓶，又看看托蒂，托蒂点头。女人拔开瓶塞，双手把酒瓶凑近抖动不休的嘴，啜了一口，随即喷溅呛咳。

托蒂柔声安慰："再喝一口。"他坚持，"喝了会舒服点儿。"

第二口喝得较顺，托蒂发现她的牙齿不再剧烈打战。

"全部喝掉吧，爱妮丝。"金发男子说，"我特地带给你的。"

爱妮丝在马鞍上旋身，想看看说话的人。她拨开脸上的浓黑长发，好好把他看了个清楚。

"谢谢你。"她喃喃咕哝。

些许时间后，一行人爬上山谷通往外部的山脊，看见了瓦特斯达霍拉群丘的第一群山丘。蓝光之下，奇形怪状的一个个土丘显得诡诞迷离，这景象让托蒂打了个寒战。

爱妮丝把下巴缩进缠绕颈项的围巾里，发丝落了满脸。托蒂不知白兰地是否使她进入了梦乡，但正当他狐疑的时候，马儿停下脚步，爱妮丝的脸猛然扬起。她低头俯视山谷入口，哆嗦起来。

"到了吗？"她轻声问托蒂。托蒂跨下马，匆匆把缰绳递给一个骑在马上的人。他甩甩头，甩开劈头盖脸的眩晕作呕，踏过雪地，啾啾的脚步声在霜华凝重的空气里回荡。他把手伸向爱妮丝："我扶你下来。"

曜恩和一名男子一同协助托蒂扶爱妮丝跨下马鞍。大伙儿七手八脚把爱妮丝扶上地面，爱妮丝却一阵腿软，跌坐在地。

"爱妮丝！来，牵我的手。"

爱妮丝泪眼汪汪地仰望托蒂，哑了嗓子："我的腿动不了。我的腿动不了了。"

托蒂屈下身，把她的胳膊环住他的肩膀，试图把她撑起来。但他膝头一软，两人双双栽进积雪中。

“牧师！”曜恩冲上前帮忙。

“不要！”叫声尖锐。托蒂仰头注视在他身旁围成一圈的人，爱妮丝紧紧攀住他的臂膀。他又说一次：“别帮忙。请让我扶她起来。我一定要扶她起来。”

男人们退开，托蒂先转作跪姿，然后缓缓把自己往上撑，踉跄了几下，但稳住身子，闭上眼深深呼吸，等待晕眩消退。站稳，他对自己说，站稳。他俯身，向爱妮丝伸出手。“来，”他说，“牵我的手。”

爱妮丝睁开眼，紧紧抓住他的手，指甲嵌入了他的皮肤。“别放手。”爱妮丝呜咽，“别放开我。”

“我不会放手，爱妮丝。我在这里陪你。”

他咬着牙，把爱妮丝拖出雪堆，把她的臂膀围绕他的颈项，把她撑高。“好了，”他一边说，一边紧紧揽住她的腰，屎味扑鼻，但他不为所动，“我抓住你了。”

这一区周遭的农民开始往聚成一堆的三座山丘移动。中间的那座山丘上已有四十多人聚集，全都穿着黑衣。像围绕猎物的猛禽，托蒂想。

“我们要跟他们一起过去吗？”爱妮丝的嗓子哽咽。

“不用，爱妮丝。”托蒂伸出空着的那只手，拨开爱妮丝眼前的发丝，“不用，我们只要再走一点点路，然后就等。弗德瑞克先走。”

爱妮丝点点头，紧紧攀着托蒂。托蒂极力撑起爱妮丝，慢吞吞、跌跌撞撞地踏过积雪，走向一丛杂草。他大力喘着气，轻轻把爱妮丝放在白雪皑皑的地上，自己也在她身边一屁股坐倒。曜恩蹲在他俩身旁，拾起从戴手套的手中滑落的小酒瓶。托蒂看着他快速啜了一口，颤抖了一下。

时间一分一秒颠颠簸簸地过去了。托蒂努力不去理会弯弯拐拐钻入他骨髓、扎得他麻痹刺痛的酷寒。他把爱妮丝的手握在他的手里，爱妮丝的头倚在他的肩上。

“我们来祷告好不好，爱妮丝？”

爱妮丝睁开眼睛，凝望远方，说：“我听见歌声。”

托蒂朝歌声的方向转过脸，听出是丧礼赞歌《恰如花朵》。爱妮丝坐在地上，浑身颤抖，专注而仔细地听。

“那我们一起听吧。”托蒂轻声说。他用手环绕爱妮丝。赞美诗越过覆雪的田野，如薄雾般笼罩他们。

托蒂的左侧，曜恩长跪，双手交握在胸前，喃喃念着主祷文：“主啊，求你宽恕我们的罪过。”

托蒂把爱妮丝的手捏得更紧一些，爱妮丝惊骇地轻喘了一声。

“托蒂，”她的语调惊慌，“托蒂！我好像还没准备好，我觉得他们不能动手。可以叫他们等一等吗？他们非等等不可。”

托蒂把爱妮丝往他身边拉得更近，捏了捏她的手：“我不会放开你，上帝就在我们身边，爱妮丝，我永远不会放手的。”

女人仰头遥望单调的天空，斧头骤然落下的声响响彻了整座山谷。

冰岛葬歌

我思量我的救主
信靠祂庇佑的力量
祂强有力的臂膀拥抱我
不分清醒或睡梦
主耶稣是我的磐石、我的勇气
是我灵魂真实的生命
主耶稣（我宁静的心知道）
将背负我穿越艰难险阻

我奉主耶稣之名而生
奉主耶稣之名而死
纵然生命的活力自死亡的冰冷阴影中飞去
我亦无惧
坟茔啊，你的胜利在何方？
死亡啊，你的螯刺在何方？
“请尽管来吧，我诚挚欢迎！”
我在主耶稣里放声歌唱

/ 尾声

罪犯弗德瑞克·西格森和爱妮丝·马格努多特今日自监禁处被带往刑场，陪同他们前往刑场的有马格努·奥纳森牧师、吉斯里·吉斯拉森牧师、约翰·托玛森牧师及托瓦多·永恩森助理牧师。两个罪犯要求托玛森牧师及永恩森牧师为他们做刑前辅导。约翰·托玛森牧师对罪犯弗德瑞克·西格森进行了一段训诫演说后，刽子手挥动一记斧头，斩下弗德瑞克的头颅。奉命担任刽子手的农人古孟笃·凯陶森以灵巧的动作英勇达成任务。此过程进行时，罪犯爱妮丝·马格努多特被隔离在遥远位置，以避免她目睹行刑过程。弗德瑞克处决完毕后，才将爱妮丝带至刑场。托瓦多·永恩森助理牧师为她进行适切的刑前教诲，而后同一刽子手以同样之精练手法斩下她的头颅。死者的头颅置于刑场的两根木桩之上，躯体则盛于两具以未加工木板钉制而成的棺木，在众人尚未散去前即就地掩埋。全部过程自始至终秩序井然，没有喧嚣。最后由马格努·奥纳森牧师向在场所有人简短致辞告终。

行刑过程记录如上

B. 布伦达尔、R. 奥森、A. 奥纳森

摘自胡纳湖区 1830 年地方政府记录

作者后记 /

本书虽为虚构之作，却是以真实事件为蓝本。爱妮丝·马格努多特（Agnes Magnúsdóttir）是冰岛最后一位被处决的人，因在1828年3月13—14日间的夜晚在冰岛北部瓦斯尼斯半岛的伊路加斯塔德（Illugastaðr）杀害纳旦·凯陶森（Natan Ketilsson）与裴杜·约森（Pétur Jónsson）而判刑。爱妮丝与弗德瑞克·西格森（Friðrik Sigurðssón）的遗体于1938年自席瑞斯塔帕（Prístapar）移至特约恩（Tjön）的教堂墓地，两人合葬于同一坟冢。纳旦·凯陶森之墓位于同一墓地，但已难以辨认。思瑰朵·葛蒙多特（Sigríður Guðmundsdóttir）被送往哥本哈根纺织监狱，据信数年后死于狱中。有段时间当地传说甚嚣尘上，称她被一名富人营救出狱，长寿以终。这是一段不实的传言，但事件发生后的多年间，她的确广受大众同情。

我对伊路加斯塔德凶杀案与罪犯处决事件的诠释出自我多年的研究，研究期间我递读教籍记录、教区档案、户籍记录、地方史、地方出版物，并访谈了许多冰岛人。故事中有部分历史人物为我所虚构，有部分人物我略去不提，部分人物的姓名做了必要的更动，但多数人物——包括伯尔尼·布伦达尔（Björn Blöndal）、托瓦多·永恩森（Þorvarður Jónsson）助理牧师、康索农场（Kornsà）家庭的多数成员，以及爱妮丝的父母及弟妹——都一五一十出自历史记录。

对于我借用了姓名来阐述爱妮丝故事历史人物的现存亲属，我绝无冒犯之意。

每章节开始的信函、文件与故事片段均译写自原文史料。伊路加斯塔德仍留有纳旦工作室的遗迹，席瑞斯塔帕的行刑地点则立有纪念石碑。故事中所有的地名都是真实地名，爱妮丝及其他人物提及的许多农场至今仍持续营运。

我在故事中重现了许多大众早已知悉或认定的有关爱妮丝生平及凶杀案的情节，我所叙述的事件若非直接移植自历史记录，则是出于猜测。这是虚构的可能性。康索农场的一家人的确接替斯托拉伯格农场（Stóra-Borg）监禁爱妮丝，爱妮丝也的确在人生的最后时日挑选托瓦多·永恩森助理牧师为她的牧师。两人的关系状态——包含神秘的初识与爱妮丝的梦境——均出自当地的口述传书或历史记载。故事中人物卓越的文字能力符合史实。冰岛自 18 世纪末以来，识字能力相当普及。

吉斯里·奥葛斯特·冈勒森（Gisli Águst Gunnlaugsson）、欧乐芙·加达多特（Ólöf Garðrsdóttir）、拉夫特·戈托姆森（Loftur Guttormson）、戈纳·索瓦森（Gunnar Thorvaldsen）、索伦·艾文森（Sören Edvinsson）、理查德·托玛森（Richard Tomasson）及希格德·马格努森（Sigurður Magnússon）的研究对我多有帮助。这些人针对 19 世纪冰岛的养子养女、贫民、婴儿死亡率、婚外生子及亲属网络等议题出版了包罗广阔的著作。我还援引了许多 19 世纪旅游冰岛的外籍人士手记，这些人包括有埃比尼泽·韩德森（Ebenezer Henderson）、约翰·巴洛（John Barrow）、亚历山大·布莱森（Alexander Bryson）、亚瑟·迪伦（Arthur Dillon）、威廉·胡克（William Hooker）、尼尔·霍尔伯（Niels Horrebow）、乔治·麦肯锡爵士（Sir George Mackenzie）及乌诺·冯·卓尔（Uno Von Troil）。《胡纳湖居民志》（*Hunavetningur*）、《胡纳区故事集》（*Sagnaettir úr Húnaping*）及《胡纳湖地区编年志》（*Hunavatnshing Brandsstaðaannáll*）也都是无比珍贵的出版物。

不少知名书刊文章都对伊路加斯塔德凶杀案及纳旦·凯陶森的生平（与死亡）有所着墨，这些书刊包括戈兹蒙森（Guðlaugur Guðmundsson）的《谁也不许望他方》（*Enginn Má Undan Líta*）、索吉尔森（Þorgeir Þorgeirsson）的《权威》（*Yfivaldið*）、索勒夫森（Gunnar S.þorleifsson）的《纳旦·凯陶森之死》（*Dauði Natans Ketilssonar*）、雍森（Guðbrandur Jónsson）的《纳旦·凯陶森之死》（*Dauði Natans Kefilssonar*）、霍夫曼（Eline Hoffman）的《纳旦·凯陶森之死》（*Dauði Natans Ketilssonar*）[由菲德兹庸森（Halldór Friðjónsson）翻译为冰岛文]、葛兹孟森（Tómas Guðmundsson）的《赎罪》（*Friðpoeging*）及索格丽姆多特（Sigrún Huld Þorgrímsdóttir）的《爱妮丝与弗德瑞克的死前与死后》（*Agnes og Friðrikfyrir og eftir dauðann*）。这些著作令我受益匪浅，但其中许多互有抵触，部分对爱妮丝仍持有“煽动杀机的蛇蝎巫女”的普遍观点。本书的撰写是为了给这名女性做个较为模棱两可的刻画。

/ 谢词

本书的研究与撰写受了许多人的帮助。诚挚感谢克努特・欧斯卡森（Knutur Óskarsson）及其母亲的咖啡与慷慨款待、对翻译的协助，以及在欧萨（Ósar）的夜半长谈。认识你们两位始终是个既巧合又幸运的美妙时刻。感谢佑恩・托法森（Jón Torfason）及冰岛国家档案馆（Þjóðskjalasafn Ìslands）其他档案管理人员的热心与协助，并感谢各位为我找出审判的原始文件。感谢歌兹蒙德・约翰森（Guðmundur Johannsson）极度实用的信件。感谢冰岛国家博物馆（Pjóðinjasafn）、奥尔尼・马格努森冰岛研究院（Árni Magnússon Institute for Icelandic Studies）、克凌兰图书馆（Kringlan Library）、奥尔巴露天民俗博物馆（Árbaejarsafn）及格拉姆培尔农村博物馆（Glumbær）的馆员与工作人员，感谢诸位的耐心与协助。

感谢我的“冰岛家庭”——非常感谢（Pakka Þér kærlega fyrir）！没有你们，这部小说永远不会成书。亲爱的皮耶特・毕约森（Pétur Björnsson）、蕾吉娜・冈纳多特（Reígna Gunnarsdóttir）、海拉・比尔吉多特（Hera Birgisdóttir）、哈妥多尔・西葛森（Halldór Sigurðsson）、希薇雅・德格・冈纳多特（Sylvía Dögg Gunnarsdóttir）及玛利亚・雷尼斯多特（María Reynisdóttir），我爱你们，并感激你们的亲切、慷慨与留宿。同时感激我所遇见的其他以各式各样甚至奇怪的方式对这部小说有所帮助的冰岛人。我但愿你们将这部小说视为我赠给冰岛的黑暗情书——如此也正符合我的本意。

感谢福林德斯大学（Flinders University）的许多人士，特别感谢茹丝·史塔克（Ruth Starke），茹丝从一开始便大力支持我。感谢我最早的几位读者——凯莉·卡戴尔（Kylie Cardell）和卡琳达·爱诗顿（Kalincia Ashton）。感谢凯特·道格拉斯（Kate Douglas）、大卫·索尼格（David Sornig）和贝克·史塔佛（Bec Starford）给予机会并真情相待。

感谢洁若婷·布鲁克斯（Geraldine Brooks）睿智的建言与指导，非常谢谢你！感谢澳洲写作协会未出版原稿奖（Writing Australia Unpublished Manuscript Award）、南澳作家中心（SA Writers' Centre）、彼得·毕夏（Peter Bishop）、薇乐丽·帕弗（Valerie Parv）、派崔克·阿灵顿（Patrick Allington）及马克·马克罗德（Mark Macleod），感谢你们慷慨提供意见。

我永远感激澳洲柯提斯·布朗文学经纪公司（Curtis Brown Australia）了不起的皮帕·梅森（Pippa Masson）及亲爱的安娜贝尔·布雷（Annabel Blay）。感谢英国柯提斯·布朗文学经纪公司（Curtis Brown UK）的戈登·外兹（Gordon Wise）、凯特·库珀（Kate Cooper）及其他同人。感谢作家之屋文学经纪公司（Writers' House）的丹·拉札（Dan Lazar）。感谢爱玛·拉佛提（Emma Rafferty）、苏菲·乔纳森（Sophie Jonathan）、雅蔓达·布劳尔（Amancla Brower）与乔·贾拉（Jo Jarrah）的犀利眼光与真知灼见，谢谢你们！感谢我棒极了的出版商——皮卡多出版社（Picardo）的亚历克斯·克雷格（Alex Craig）与保罗·巴格利（Paul Baggaley），以及利妥布朗出版社（Little Brown）的茱蒂·克莱恩（Judy Clain），感谢你们对这本书怀抱信心。

最后，最由衷诚挚地感谢潘姆（Pam）、亚伦（Alan）与布莱尤妮（Briony），谢谢你们的爱与不离不弃，也谢谢你们如我一般关切爱妮丝·马格努多特。最后——但重要性绝不逊于其他任何人——感谢安海拉（Angharad），谢谢你从不怀疑我的能力，且每一天、每一小时都大力支持我。